LA MALDICIÓN DEL BESO

ERIN STERLING

LA MALDICIÓN DEL BESO

TITANIA

Argentina • Chile • Colombia • España
Estados Unidos • México • Perú • Uruguay

Título original: *The Kiss Curse*
Editor original: Avon, an Imprint of HarperCollins*Publishers*
Traducción: Eva Pérez Muñoz

1.ª edición Junio 2023

ISBN: 978-84-19131-10-2
E-ISBN: 978-84-19497-48-2
Depósito legal: B-6.812-2023

Fotocomposición: Ediciones Urano, S.A.U.

Impreso por: Romanyà-Valls – Verdaguer, 1 – 08786 Capellades (Barcelona)

Impreso en España – *Printed in Spain*

Para Merlin y Bosworth.
Me alegro mucho de que no habléis.

Prólogo

Universidad Penhaven, hace trece años...

Teniendo en cuenta que el hechizo consistía en «convierte esta hoja en otra cosa» y Gwynnevere Jones había hecho exactamente eso, veía muy injusto que en ese momento todo el mundo le estuviera gritando.

Bueno, vale, no le gritaban directamente *a* ella, sino en *general*, y *quizá* la hoja ahora se parecía a un pequeño dinosaurio con dientes afilados que estaba mordiendo la puntiaguda bota de su profesora, pero el hechizo no había especificado nada en concreto, ¿verdad?

¡Por supuesto que no!

¿Todos los demás habían convertido sus hojas en objetos aburridísimos como un bolígrafo o una hoja un poco más grande?

¡Sí!

¿Qué culpa tenía Gwyn de haber conseguido que su hechizo tuviera ese efecto locomotor tan chulo? ¿No deberían estar felicitándola por la bruja tan cojonuda que era en vez de diciéndole frases como «¡Detenlo!» o «¡¿Qué diablos es eso?!»?

Sinceramente, ella creía que sí.

Y esta, pensó mientras intentaba volver a reunir el poder suficiente como para convertir a su criatura mordedora en una hoja de roble, *es la razón por la que no quería venir aquí.*

En la Universidad Penhaven de Graves Glen, en Georgia, se impartían clases tanto a estudiantes normales como a brujos. Las clases de brujería se mantenían ocultas, y la gente creía que los alumnos que acudían a los edificios más raros del campus estudiaban carreras relacionadas con el folclore o algo parecido. Fabricación avanzada de setos, tal vez.

Gwyn había crecido en Graves Glen, pero jamás pensó que la enviarían a Penhaven. Había creído que su madre era más enrollada, menos tradicional que la mayoría de las brujas (o que las madres) y supuso que terminaría en una facultad normal, bebiendo cerveza en fiestas y practicando magia por su cuenta.

Pero no. En ese asunto, su madre había decidido mostrarse supertradicional y había insistido en que fuera a Penhaven.

Elaine, su madre, era la persona menos tradicional que conocía. La había criado ella sola, ganándose la vida vendiendo sales de baño y mezclas especiales de tés en diversos festivales y ferias medievales y echando las cartas del tarot en la acogedora cocina de su cabaña. A Gwyn le había encantado esa vida. Siempre asumió que seguiría los pasos de su progenitora, haciendo cosas por su cuenta. Pero entonces, cuando terminó el instituto, Penhaven asomó su fea patita.

—Te vendrá bien —le había dicho Elaine, con su pelo rubio resplandeciendo bajo los rayos de sol que se filtraban en su cocina, su amable mirada y aspecto de santa, o peor aún, de Stevie Nicks. Porque, ¿a quién se le ocurriría decirle que no a Stevie Nicks?

Y así es como había terminado en Penhaven, teniendo asignaturas como Velas Rituales y Fases Lunares.

Y Conversiones Sencillas, una clase que no le hacía mucha gracia porque el nombre le recordaba a las Matemáticas.

—¡Señorita Jones! —le gritó su profesora.

Gwyn sacudió la cabeza, intentando convocar toda la magia posible. Lo que le estaba costando bastante, ya que hacía unos instantes también había puesto todo su empeño (mágicamente hablando) en transformar la hoja en la misma cosa que ahora mordía con ferocidad la bota de la doctora Arbuthnot.

Sabes que no tienes que estar pavoneándote todo el rato, ¿verdad?

Su prima, Vivi, no estaba en clase con ella; todavía le quedaban dos años de instituto antes de que Elaine la enviara a Penhaven (lo que sin duda haría). Pero Gwyn sabía que, si se hubiera encontrado allí, esas eran las palabras exactas que le habría dicho Vivi. Aquel pensamiento la hizo arrugar más la cara, tratando de concentrarse con más fuerza.

Tenía las manos apoyadas en la mesa que había frente a ella, la superficie temblaba ligeramente y las puntas de su largo pelo morado se enredaban junto a sus palmas.

Se lo había teñido de ese color como una muestra de rebeldía antes de empezar las clases, su melena pelirroja había adquirido un intenso tono amatista. Pero su madre no solo no había puesto el grito en el cielo, sino que le había sonreído y le había acariciado la cabeza diciéndole que le quedaba bien.

Ese era el problema de tener una madre guay.

—¿Lo tienes?

Su concentración disminuyó unos segundos cuando su compañera de laboratorio, una guapa morena llamada Morgan, se acercó a ella con los ojos negros abiertos de par en par.

—Sí. —Se obligó a sonreír a pesar de que acababa de soltar una descomunal mentira—. ¡Estoy a punto!

Esa cosa, gracias al cielo, había soltado la bota de la doctora Arbuthnot.

Aunque ahora parecía estar mirando con gesto voraz la bufanda de la profesora. Gwyn apretó los dientes y clavó con más fuerza sus brillantes uñas azules en la superficie de la mesa. Se negaba a ser la primera alumna en la historia de la Universidad Penhaven que hacía que se comieran a un profesor por accidente.

De acuerdo, cuando había lanzado el hechizo, había colocado las manos sobre la hoja y se había limitado a pensar con todas sus fuerzas en que tenía que cambiar de forma. No había dicho, ni hecho, nada más. Puede que ese fuera el problema.

Alzó la cabeza y se centró en lo que estaba sucediendo en la parte delantera del aula.

No había ninguna ventana; la única fuente de luz de la estancia corría a cargo de varios apliques situados en la pared. Las mesas de los estudiantes estaban situadas en una plataforma ligeramente elevada, como si se tratara de una antigua aula de medicina de la época victoriana.

En la zona delantera, la doctora Arbuthnot solía estar de pie, detrás de un antiguo atril de madera. *Solía*, porque en ese momento se encontraba delante de él, agarrándose al borde mientras enviaba ráfagas de luz azul que le salían de las yemas de los dedos hacia esa cosa que gruñía a sus pies.

Pero el monstruo de la hoja de Gwyn era listo y estaba esquivando las ráfagas sin ningún problema. Si no hubiera estado tan preocupada por que la fueran a expulsar o quemar en la hoguera (si es que todavía se aplicaba ese castigo) por aquel incidente, casi se habría sentido orgullosa de su pequeñín.

Era todo un luchador, igual que ella.

Gwyn sabía que la doctora Arbuthnot podía deshacerse de esa cosa con un simple hechizo, pero quería que fuera ella la que lo controlara o, mejor aún, la que lo convirtiera de nuevo en una hoja. Al fin y al cabo, ese era el objetivo de la clase y tenía toda la intención de hacerlo bien.

Puede que no hubiera querido ir a la Universidad Penhaven, pero de ningún modo iba a convertirse en la paria de la clase.

Dispuesta a lograrlo, se concentró en la criatura, levantó las manos y sintió cómo la magia fluía de sus yemas y el monstruo empezaba a cambiar.

Ya casi está.

La criatura volvió la cabeza hacia ella y Gwyn flexionó los dedos.

Justo en ese momento, la puerta del aula se abrió, golpeando la pared.

No prestó atención a ese hecho y siguió concentrada en la parte delantera de la clase, en cómo su magia iba surtiendo efecto y...

Vio un repentino destello de luz y un olor que le recordó a las hogueras y a las noches de otoño inundó la estancia.

En el atril, la doctora Arbuthnot se enderezó y Gwyn vio pequeñas volutas de humo y diminutos trozos de hoja en llamas elevándose hacia el techo.

Bajó las manos con la boca abierta. ¡Mierda!

¡Mierda!

No sabía cómo, pero se había pasado. Debía de haber canalizado demasiada energía en el hechizo y, en lugar de volver a transformar esa cosa en una hoja, se la había cargado.

Y entonces, justo cuando la doctora Arbuthnot miraba hacia la puerta, oyó a Morgan soltar un suspiro.

Gwyn miró en la misma dirección que su profesora.

Había un chico.

No, un hombre. Un poco mayor que ella. Llevaba el pelo oscuro despeinado y, a pesar de la distancia, sus ojos azules brillaban. Iba vestido de negro y todavía tenía las manos levantadas en dirección al atril. No le cupo la menor duda de que, fuera quien fuese, sus antepasados se habían enfrentado a la afilada hoja de alguna guillotina.

Uno no tenía unos pómulos como esos sin haber oprimido a algunos plebeyos.

—Penhallow —dijo la doctora Arbuthnot, ajustándose la bufanda.

Gwyn agudizó la mirada.

De modo que se trataba de él. Los Penhallow eran como la realeza del pueblo, aunque ni siquiera vivían allí. Pero uno de sus antepasados había fundado Graves Glen (y la propia universidad), así que, de vez en cuando, uno de los miembros de esa familia se dignaba a unirse a los humildes habitantes de la localidad durante un verano o un poco más.

—¿Estáis todos bien? —preguntó él, recorriendo con la mirada todo el aula, mientras se apartaba el pelo de la cara.

Gwyn abrió la boca, dispuesta a decirle que estaban mejor que bien y que solo habría necesitado unos segundos más para tenerlo todo bajo control y lanzar un hechizo básico no tan impresionante como la explosión que él acababa de provocar, pero la doctora Arbuthnot se le adelantó.

—Ahora sí. Gracias, Penhallow.

—Pasaba por aquí —empezó a explicar él— y he oído el alboroto. He pensado que podía echar una mano y...

—Nos hemos quedado sin medallas y sin galletas —le interrumpió Gwyn, doblando los dedos—. En realidad no has echado ninguna mano. Solo has explotado esa cosa. Algo que yo también podría haber hecho sin problema.

El chico Penhallow la miró y enarcó una ceja.

—Entonces, ¿por qué no lo has hecho? —preguntó.

Pero antes de que ella pudiera responderle, se fue, cerrando la puerta tras de sí.

En la parte delantera del aula, la doctora Arbuthnot se limpió restos de ceniza de la falda y se colocó las gafas.

—Hablaremos después de clase, señorita Jones.

Gwyn puso los ojos en blanco mientras asentía.

Hablaba con la doctora Arbuthnot después de clase al menos una vez a la semana. A ese paso, al final del semestre, Gwyn iba a tener que pagarle un alquiler por todo el tiempo que pasaba en su despacho.

A su lado, Morgan seguía mirando la puerta con añoranza.

—Era Llewellyn Penhallow —indicó con un suspiro.

Gwyn soltó un resoplido y se puso a recoger sus cosas.

—Llewellyn —repitió.

Cuando un tipo tenía un nombre como ese, no hacía falta burlarse de él. Con repetirlo era suficiente.

Morgan le dio un codazo y se colocó un mechón de pelo detrás de la oreja con la otra mano.

—Tienes que reconocer que es guapo.

Gwyn se colgó el bolso del hombro y miró hacia la puerta.

—Sí, puede que sea mono. —Se encogió de hombros—. Pero también un auténtico capullo. Y seguro que su segundo nombre es Esquire*.

—Bueno, no vas a tener la oportunidad de averiguarlo —comentó Morgan mientras recogía sus libros—. Me han dicho que ni siquiera va a terminar el semestre de verano. Por lo visto, su padre le ha pedido que vuelva a Gales por algún asunto familiar.

Como los Penhallow era una antigua y poderosa estirpe de brujos, Gwyn supuso que «asunto familiar» podía significar un montón de cosas diferentes y, lo más probable, ninguna buena.

Aunque tampoco le importaba.

No, en ese momento lo único que le preocupaba era que tenía que hablar con la doctora Arbuthnot, llegar a tiempo a su próxima clase, que estaba al otro lado del campus, y luego ir a ayudar a su madre en Algo de Magia, la tienda que tenían en el centro de Graves Glen.

Mientras iba hacia la parte delantera del aula y se enfrentaba al gesto de desaprobación de la doctora Arbuthnot, dedicó un único y último pensamiento a Llewellyn Penhallow, Esquire.

Menos mal que no tendré que volver a ver a ese imbécil nunca más.

---

*. Famosa revista masculina de moda, cultura, tecnología y política. (N. de la T.)

CAPÍTULO 1

—Si grito «¡Bu!» cuando atrapemos al fantasma, entenderás que estoy intentando ser sarcástica, ¿verdad? —susurró Gwyn mientras se arrastraba detrás de su prima por el oscuro bosque.

En el cielo, de un tono azul marino, podía verse una franja delgada de la luna, y sobre sus cabezas se desplazaba una pequeña bola de luz que había conjurado Vivi.

El aire de principios de septiembre era sorprendentemente fresco y tenía un ligero toque a humo que le hacía cosquillas en la nariz.

Sin duda, era la noche perfecta para cazar fantasmas.

Aunque no tan perfecta para bromear, ya que su prima volvió la cabeza y la miró con los ojos entrecerrados.

—Gwynnevere.

—¿Qué? —protestó ella—. Es eso o un «No le tengo miedo a los fantasmas» que, sinceramente, me parece un poco anticuado.

—¿Por qué tengo la sensación de que no te estás tomando esto en serio?

Gwyn, que en ese momento llevaba un jersey negro con pequeños fantasmas blancos, miró a su prima con su expresión más seria.

—No sé por qué piensas eso.

Tal y como esperaba, Vivi puso los ojos en blanco y su gesto severo se transformó en una sonrisa cariñosa.

—Está bien. Aceptaré tu sarcástico «¡Bu!».

—Gracias —repuso, colocándose la bandolera de cuero que llevaba cruzada al pecho.

Como era la primera vez que iba a cazar fantasmas, había estado buscando en Algo de Magia cualquier cosa que pudiera serle de utilidad, pero como la tienda estaba enfocada a los turistas, en vez de a brujas reales, lo único que llevaba en la bandolera era una bolsa llena de cristales, un par de velas en tarros de cristal y una bolsa de terciopelo con las sales de baño que su madre preparaba especialmente para el negocio familiar.

Vivi volvió a mirar hacia atrás mientras los tarros con las velas tintineaban entre sí.

—Te dije que no hacía falta que trajeras nada. Esto es una especie de misión preliminar de investigación.

—Y lo entiendo, Vivi, pero solo he visto un fantasma en mi vida y fue más que aterrador, así que, perdóname por querer estar preparada.

—¿Con sales de baño de camomila y lavanda?

—Lo importante es que sea sal.

Al ver que su prima se detenía y alzaba ambas cejas, Gwyn le hizo un gesto con la mano.

—Ya sabes, como en la tele.

—¿Como en la tele?

—Sí, esos programas de chicos guapos en los que cazan fantasmas y siempre están diciendo —bajó la voz hasta convertirla en un grave gruñido— «Vamos a necesitar hacer un círculo de sal alrededor del perímetro» o algo parecido. De modo que... —dio una palmada a su bandolera— he traído sal.

—Somos brujas, Gwyn —le recordó Vivi—. Quizá no deberíamos seguir los consejos que se dan en la televisión.

—Pero no somos brujas *cazafantasmas* —contratacó ella, esquivando una gran rama mientras se adentraban en el bosque—. Y ese programa se estuvo emitiendo como unos veinte años. Seguro que en *algo* llevaban razón.

Vivi se quedó pensativa un instante antes de encogerse de hombros.

—Bueno, no creo que nos haga daño.

El viento agitaba las hojas en lo alto y le apartaba los mechones de su largo cabello rojo de la cara. Aceleró el paso, intentando seguir el ritmo de su prima.

—¿Sabes? Si yo tuviera un marido que estuviera tan cañón como el tuyo, tendría más razones para quedarme en casa y menos para escabullirme en bosques encantados.

Vivi se rio.

—Le he dicho a Rhys que podía venir con nosotras, pero tiene mucho trabajo y está intentando zanjarlo todo antes de nuestro viaje.

Gwyn soltó un sonido de aprobación al oír aquello e hizo caso omiso de la punzada de dolor que sintió en el pecho al pensar en que su prima se iba a ir. Sabía que era una tontería, solo iba a estar fuera unas pocas semanas para presenciar un ritual mágico que le interesaba en el país natal de Rhys, en Gales, pero iba a ser la primera vez en años que iban a estar tanto tiempo separadas. Y como su madre, Elaine, también estaba en un retiro de brujas en Arizona, se iba a quedar completamente sola.

No le importaba. Al fin y al cabo era una mujer adulta que podía llevar la tienda sin...

Un búho ululó en lo alto. Gwyn se sobresaltó y chilló, acercándose un poco más a Vivi.

Luego se aclaró la garganta, enderezó los hombros y siguió andando.

—De modo que este será tu primer viaje a la madre patria. ¿Cómo te sientes al respecto?

La sonrisa de Vivi fue casi tan deslumbrante como su hechizo de luz.

—Va a ser increíble. Rhys me va a llevar a Snowdonia, cerca de donde vive su hermano, y...

—¿El hermano capullo o el hermano hombre lobo?

Vivi volvió a mirarla.

—Se llaman Wells y Bowen. Y no te lo voy a repetir más veces, Bowen no es un hombre lobo. Lo que pasa es que... no se afeita con mucha frecuencia.

—No sé, Vivi, me parece la típica excusa que pondría un hombre lobo —dijo ella mientras rodeaba una pila de hojas.

Su prima se rio y negó con la cabeza.

—Da igual, pero sí, me refería a Bowen. Aunque teniendo en cuenta que Wells sigue viviendo en el pueblo donde se criaron, creo que también le haremos una visita.

—Estupendo. Tal vez puedas preguntarle qué era más importante que venir a la boda de su hermano.

Vivi gimió de frustración.

—Vale, Gwyn, en serio. ¡No me molestó! Ni siquiera le molestó a Rhys.

—Pues a mí, sí —replicó Gwyn, irritada de nuevo. Vivi se había casado en verano, en una pequeña ceremonia oficiada en Graves Glen, en el mismo prado donde había conocido a Rhys años antes. Había sido una boda preciosa y sencilla en la que había derramado alguna que otra lágrima, aunque jamás lo reconocería en voz alta. Eso sí, se había quedado alucinada cuando había visto el vello facial de Bowen, por no hablar de que parecía que se iba a morir cada vez que tenía que sonreír. Pero al menos él se había presentado.

El padre y el otro hermano de Rhys no habían aparecido.

Para Gwyn habría sido inconcebible no haber acompañado a su prima el día de su boda. Y no era porque no hubieran invitado a Wells. Que sí lo hicieron. Rhys incluso habló con él un par de días antes de la boda, pero cuando llegó el día del evento, no estuvo allí.

No ofreció ninguna explicación, nada. Simplemente no se presentó.

¿Qué clase de hermano hacía algo así?

Aunque, por lo que recordaba, de la única y brevísima interacción que había tenido con Llewellyn Penhallow, no debería haberle sorprendido tanto.

—Rhys dice que es así —prosiguió Vivi—. Como su padre no quiso venir, él tampoco lo hizo. Supongo que es un tipo... leal, no sé. Además, creo que está muy liado con el *pub*.

A Gwyn le seguía pareciendo raro que Llewellyn Penhallow, que durante el semestre que pasó en Penhaven prácticamente se hizo famoso por lo poderoso que era, ahora regentara un *pub* en Gales en lugar de dedicarse a alguna chorrada propia de superbrujos. Pero nunca le había preocupado tanto como para preguntar la razón.

—¡Y yo también ando muy liada con mi negocio! —Gwyn se cruzó de brazos—. El otro día, por ejemplo, mientras organizaba los grimorios en el almacén de Algo de Magia me puse a pensar que la palabra «grimorio» era muy rara; ¿de dónde vendría? Y antes de darme cuenta se había hecho de noche y tenía como unas doce ventanas abiertas de Wikipedia.

Vivi sonrió y sacudió la cabeza mientras seguía caminando cuesta arriba. Gwyn la siguió.

—Bueno, el caso es que, a pesar de todo, fui a tu boda.

Vivi estiró la mano y le rozó la suya.

—Y no sabes lo mucho que te lo agradezco. Al igual que hayas decidido acompañarme esta noche.

Gwyn había estado tan indignada por el detalle de la ausencia del hermano de Rhys en su boda, que casi se había olvidado de dónde se encontraban y de lo que estaban haciendo.

Sí. Cazar un fantasma. En un bosque espeluznante.

—Quizá no se trate de un fantasma —indicó. Esperaba de corazón que ese fuera el caso. Tenía planes para esa noche; planes que incluían probar un nuevo té que había pedido y darse un baño obscenamente largo, y que no contemplaban en absoluto hacer una excursión nocturna al bosque porque Vivi había oído a unos alumnos en la universidad comentar algo sobre unas luces y unos ruidos extraños por esa zona.

—Lo más seguro es que solo sean unos adolescentes con linternas, bebiendo cerveza y tomando malas decisiones románticas

—continuó Gwyn con la boca un poco seca, mirando a su alrededor. A pesar del hechizo de luz que había lanzado su prima, la oscuridad era intensa, opresora. Tenía la sensación de que fuera de ese cálido halo de luz, podía haber cualquier cosa observándolas, miles de ojos en los árboles. Se estremeció ante la idea y tiró de las mangas de su jersey para cubrirse las manos.

—Tal vez —reflexionó Vivi, dándole una patada a un montoncito de hojas—. Pero tenemos una responsabilidad para con el pueblo y hemos de cerciorarnos de que no se trate de nada importante.

Responsabilidad no era una palabra que a Gwyn le gustara mucho, pero tenía que reconocer que su prima tenía razón. La magia de las mujeres Jones era la que alimentaba las líneas ley de Graves Glen, lo que significaba que, si se estaba produciendo alguna anomalía mágica, era su deber detenerla.

Se enganchó al brazo de Vivi con el suyo y tiró de ella para acercarla.

—Odio cuando tienes razón. Es una de tus cualidades más molestas.

Vivi le sonrió de oreja a oreja.

—Eso mismo dice Rhys.

—El excepcional tema en el que tu marido y yo estamos de acuerdo —reconoció Gwyn con un suspiro.

Vivi, todavía sonriendo, le dio un empujón con la cadera, con la luz que flotaba sobre ellas brillando sobre su rostro.

De pronto, Gwyn se percató de que la susodicha luz era demasiado intensa.

Porque en realidad no era la única luz que tenían cerca.

Con el brazo aún entrelazado al de Vivi, giró la cabeza lentamente mientras contemplaba lo que se acercaba hacia ellas por el bosque.

El único fantasma que había visto en su vida había tenido forma humana. Resplandecía y flotaba, sí, pero parecía una persona.

Lo que en ese momento tenía ante sus ojos, no. Era como una nube-burbuja que se movía y ondulaba, emitiendo una luz verde extraña e irradiando una magia que...

Se estremeció aún más y casi le castañetearon los dientes. Siempre se había mostrado más sensible a la magia que su prima o su madre, pudiendo sentir su presencia mucho antes que ellas. Esa cosa se había acercado con sigilo hacia ellas, pero ahora que la había visto se dio cuenta de que, fuera de lo que fuese, algo no iba bien.

Pero nada bien.

Metió la mano en el bolso justo cuando Vivi se acercaba a ella, alzando ambas cejas.

—Nunca he visto algo como esto —dijo, levantando un brazo hacia esa cosa.

—Vivi, ¿podrías evitar tocar esa mancha espantosa? —Apartó las velas y los cristales y rozó con los dedos la bolsa de terciopelo en la que llevaba las sales de baño.

Su prima continuó caminando hacia la nube, con el brazo todavía estirado.

—El año pasado, Rhys y yo nos pasamos casi todo el tiempo investigando maldiciones y nunca encontramos nada que se pareciera en lo más mínimo a esto —indicó Vivi—. Ni siquiera sabría decirte de qué está hecho.

—¿De mis pesadillas y un poco de gomina para el pelo? —sugirió Gwyn. Por fin tenía un puñado de sal en la mano—. Sea lo que sea, es malo y no me gusta ni un pelo, así que *agáchate*.

CAPÍTULO 2

—¡Espera!

Gwyn se volvió y se encontró con tres figuras de pie, justo al borde del resplandor de la nube-burbuja, con las caras de un verde enfermizo. Tenía el puño lleno de sal, dispuesta a lanzarlo, pero entonces Vivi dijo:

—¿Sam?

Al oír su nombre, una chica se adelantó. Llevaba el pelo teñido de un vivo tono turquesa y la burbuja se reflejaba en sus gafas. Gwyn la reconoció. Era una bruja que iba a la universidad y que también trabajaba en el Café Cauldron, la cafetería que había al final de la calle donde estaba su tienda. Se fijó en la muchacha que estaba a su lado, más baja y con el pelo largo y negro recogido en una trenza. También trabajaba en el café. El tercer chico no le sonaba de nada, aunque parecía tan asustado como sus compañeras y las miraba con los ojos oscuros abiertos de par en par.

Pero estaba claro que Vivi los conocía a los tres, y cuando se acercó a ellos, todos se estremecieron un poco.

—¿Qué estáis haciendo aquí? —preguntó antes de volverse hacia ella y explicarle—: Estos son Sam, Cait y Parker. Están en mi clase de Historia de la Magia en Penhaven. *Suelen* ser unos buenos estudiantes, que no deberían estar en medio del bosque, tonteando con magia peligrosa.

—De acuerdo, sé que esto tiene mala pinta —señaló Sam—. Y reconozco que no está yendo como lo habíamos planeado, pero le prometo que es un hechizo inofensivo.

—En realidad ha sido idea mía, doctora Jones —indicó Cait—. Este semestre, los tres vamos a la clase de Conversiones Sencillas de la doctora Arbuthnot y nos ha estado enseñando cómo convertir una cosa en otra; como..., ya sabe..., una hoja en algo distinto.

A Gwyn le costó horrores no poner los ojos en blanco. Las brujas de la universidad nunca se apartaban de las tradiciones. ¿Para qué molestarse en innovar en la magia cuando podían dar las mismas lecciones aburridas año tras año?

—Y entonces me acordé de que Halloween está a la vuelta de la esquina —continuó Cait— y se me ocurrió que quizá podíamos usar la magia para subir un poco de nivel. Para los turistas.

—¿Y decidisteis hacer magia con un fantasma? —preguntó Vivi con el ceño fruncido y cruzándose de brazos.

Gwyn adoptó una postura similar a su prima, esperando parecer tan severa y autoritaria como ella, aunque sabía que su jersey de fantasmas no se lo iba a poner nada fácil.

—¡No es un fantasma! —exclamó Sam—. En serio, solo es un poco de purpurina, pegamento y agua que hemos hechizado para que *parezca* un fantasma. —Señaló con la cabeza al tercer miembro de aquella pequeña fiesta—. Eso fue idea de Parker. Se le dan muy bien este tipo de cosas.

Parker se pavoneó un poco, echando sus rizos castaños hacia atrás.

—No es tan difícil —dijo—. Solo hay que...

—¡No! —Vivi levantó una mano, interrumpiéndolo—. Puede parecer inofensivo, pero este es precisamente el motivo por el que no usamos magia real para los turistas. Los alumnos de mis clases normales llevan toda la semana hablando de la cosa que brilla en el bosque. Se supone que somos un poco más discretos.

El desánimo se apoderó de los tres brujos. A Gwyn le pareció que Cait estaba a punto de ponerse a discutir. Y la entendía. ¿Qué sentido tenía poseer magia si no podías divertirte de vez en cuando con ella?

Pero sabía que tenía que apoyar a Vivi en ese asunto, así que se acercó a su prima y dijo:

—Vivi tiene razón. Confiad en mí; hacer magia en plan de broma os puede estallar en la cara. Si queréis probar algo así, necesitáis, como mínimo, que os supervise una bruja con más experiencia.

Al fin y al cabo, Vivi y ella habían tenido a Elaine.

Pero Sam puso gesto apesadumbrado y negó con la cabeza.

—Doctora Jones, ya sabe lo estricta que es la universidad, con todas esas reglas sobre cuándo y dónde se supone que podemos hacer magia. Nunca tenemos la oportunidad de improvisar. De hacer algo nuevo.

—Sí, todas esas reglas están ahí por unas buenas razones, y os lo dice alguien que ha odiado toda su vida las reglas —replicó ella. Luego miró a su prima.

A Vivi le *encantaban* las reglas. Adoraba las reglas.

Pero su prima estaba mirando al trío de brujos, concentrada.

—Supongo que la universidad es un poco formal con este tipo de asuntos —dijo despacio—. Y necesitáis practicar para desarrollar vuestras habilidades. —Entonces se volvió hacia ella.

Gwyn frunció el ceño.

—No me pongas esa cara de pensar.

—No te estoy poniendo cara de pensar.

—¡Claro que sí! Me estás mirando así ahora mismo. ¡Y no me gusta!

—Solo estaba pensando... —empezó Vivi.

Gwyn la interrumpió, señalándola.

—¿Lo ves?

Vivi ignoró su comentario y continuó:

—... que tal vez esto también sea responsabilidad nuestra ahora. Por el pueblo. Para orientar a los brujos jóvenes. Proporcionarles un espacio seguro para practicar magia que no esté relacionada con la universidad.

Otra vez esa palabra. Gwyn se dispuso a recordarle a su prima que sobre ellas ya recaían un montón de responsabilidades: Gwyn tenía la tienda, Vivi dos trabajos y Halloween se celebraría el mes siguiente, lo que significaba que el ajetreo sería el doble. ¿De verdad se estaba planteando crear una especie de tropa *scout* para brujos novatos?

Pero, entonces, miró por encima del hombro de su prima y vio a Sam, a Cait y a Parker con caras entusiasmadas y miradas de cachorritos desamparados. Volvió a fijarse en el «fantasma» y tuvo que reconocer que se trataba de una magia bastante impresionante. Crear un efecto luminiscente ya era bastante difícil de por sí, y más todavía de mantener. Y ellos lo habían conseguido.

Además, si era sincera consigo misma, encontraba divertida la idea de convertirse en una especie de Elaine para una nueva generación de brujos.

—Está bien —dijo con un suspiro—. Pero solo porque creo que esto le va a tocar mucho las narices a tus jefes de la universidad.

Vivi negó con la cabeza, sonriendo y se volvió hacia sus alumnos.

—De acuerdo entonces. Gwyn y yo os supervisaremos si queréis empezar a probar hechizos, *pero* se acabó el merodear en el bosque de noche, y *nada* de improvisar sin hablar primero con nosotras, ¿estamos?

El trío asintió con tanta vehemencia y rapidez que fue un milagro que no se les rompiera la cabeza. Su prima se sacudió las manos, claramente complacida consigo misma.

—Pues ahora lo único que queda es deshacernos de esto. —Hizo un gesto hacia la burbuja flotante.

Parker frunció el ceño.

—Bueno..., por eso estábamos aquí, más o menos. No sabemos muy bien cómo deshacerlo.

Gwyn se giró hacia la nube brillante, que ahora que sabía de qué estaba hecha y quién la había creado le daba mucho menos miedo.

Sin pensárselo demasiado, metió de nuevo la mano en la bolsa de terciopelo y volvió a tomar un puñado de sal.

Vivi frunció el ceño.

—Gwyn, no creo que...

—¡Oh, vamos! —se quejó ella—. ¿Qué nos puede pasar?

Y con ese pronunciamiento tan nefasto, tiró la sal.

—¿No te ha dicho nadie nunca que eres un poco impulsiva, Gwynnevere?

Gwyn miró al otro lado de la mesa a Rhys, el marido de Vivi, mientras se secaba el pelo mojado con una toalla. Cuando habían regresado a la cabaña se había dado una ducha de veinte minutos, pero seguía sintiéndose como si estuviera cubierta de moco de fantasma. ¿Cómo era posible que una cosa hecha de pegamento, purpurina y magia se convirtiera en una asquerosidad tan grande cuando explotaba?

No creía que hubiera una ducha lo suficientemente larga como para conseguir que volviera a sentirse limpia. Algo que también debía de compartir su prima, porque todavía no había salido del baño de arriba.

—Pues en realidad sí —respondió ella—. Profesores, varios ex, un juez de tráfico particularmente mezquino. Y ahora tú.

—¡En qué glorioso grupo acabas de incluirme! —Rhys se acercó a la encimera, donde había una tetera eléctrica en ebullición.

En ese momento, apareció Vivi, envuelta en uno de los albornoces de Elaine, con el pelo húmedo, en el que todavía podían verse manchas azules.

—Creo que esta solo ha sido la primera de las muchas duchas que me voy a dar esta noche —dijo.

Rhys le sonrió y le entregó una taza de té.

—Siempre que pueda unirme en, al menos una, no le veo ningún problema, mi amor.

Vivi le respondió con una sonrisa, se acercó a él y ambos se abrazaron. Gwyn puso los ojos en blanco. Se alegraba por ellos. Su prima y Rhys habían pasado por lo suyo antes de encontrar su final de

«Felices para siempre», pero, sinceramente, tenían que respetar ciertos límites.

—Estoy aquí sentada —dijo—. ¡Y no tengo el más mínimo deseo de contemplar cómo os enrolláis!

—Oye —Vivi la señaló con un dedo—, ¿sabes la de veces que he tenido que sentarme en el sofá y fingir estar mirando el teléfono mientras te dabas el lote con alguien? Por fin puedo vengarme.

—Me parece justo —reconoció ella. Aunque se dio cuenta de que hacía tiempo que no se había besado con nadie. Meses, en realidad.

¡Qué deprimente!

Rhys se rio y le dio un rápido beso en la frente a su mujer antes de apartarse de ella y dar otro sorbo a su té. Vivi se sentó a la mesa, frente a Gwyn. La cabaña era el lugar en el que solían reunirse esos días. Y eso que Vivi tenía su propio apartamento en el centro del pueblo, encima de la tienda, donde vivía con Rhys. En teoría, su marido también tenía una casa familiar en lo alto de la montaña, pero teniendo en cuenta que parecía sacada de una película de Tim Burton, casi siempre estaba vacía.

Rhys regresó a la mesa y le entregó una taza a Gwyn. Como había usado su mezcla favorita, decidió perdonarlo por haberla hecho pensar en el sexo en la ducha.

—He de reconocer que me gusta esto de que nosotras salgamos a hacer cosas de brujas y tú te quedes aquí preparando el té. —Gwyn sopló sobre su taza mientras su gato, sir Purrcival, saltaba a la mesa. Se había pasado años intentando bajarlo de allí, pero el hecho de que ahora tuviera una mullida cama para felinos en el centro demostraba quién había ganado esa guerra.

El gato la miró y parpadeó. Tenía unos ojos de un brillante amarillo verdoso que contrastaba con su pelaje negro. Rhys resopló y se sirvió agua caliente en su taza.

—Conozco mis puntos fuertes —señaló, antes de acercarse a la mesa y sentarse al lado de Vivi—. Y si obviamos el asunto de la explosión, parece que habéis tenido una noche productiva —continuó—. Habéis descubierto qué había detrás de esos rumores sobre fantasmas y habéis reconducido a algunos jóvenes del pueblo al buen camino...

—Eso ha sido cosa de Vivi —le aseguró Gwyn—. Puso su cara de pensar y no he podido negarme.

—Yo no pongo cara de pensar —objetó Vivi, pero Rhys negó con la cabeza, sonriendo.

—Por supuesto que sí, mi amor. Y es una de mis caras favoritas tuyas. Es algo parecido a esto.

Al ver cómo Rhys fruncía ligeramente el ceño y miraba al vacío, adoptando una expresión ausente, Gwyn dio un golpe en la mesa con la mano que tenía libre.

—¡Esa es! ¡Dios, es de lo más inquietante!

Vivi los miró con cara de pocos amigos.

—¿Sabéis? Me gustaba más cuando no os caíais bien.

—A mí siempre me ha caído bien tu prima —protestó Rhys.

Gwyn se encogió de hombros.

—A mí, no.

—*Imbécil* —dijo un somnoliento sir Purrcival desde su cama en el centro de la mesa.

Rhys miró al gato con el ceño fruncido.

—Supongo que todavía no ha habido suerte con lo de revertir el hechizo parlante, ¿no? —le preguntó a Gwyn.

Ella se encogió de hombros.

—No está en mi lista de prioridades. —El año anterior, gracias a una cagada mágica, sir Purrcival había empezado a hablar. Algo que le había servido para descubrir que los gatos se pasaban la mayor parte del tiempo pensando en comida y en insultos, pero ya se había acostumbrado.

Se echó hacia delante y acarició a sir Purrcival el lomo, que ronroneó extasiado. Al otro lado de la mesa, Rhys apoyó la mano en la nuca de Vivi y su prima se inclinó un poco hacia él, de forma inconsciente.

Volvió a experimentar esa extraña sensación en la boca del estómago. No podía tratarse de celos, ni de anhelo, ni nada parecido, porque Gwyn no tenía esos sentimientos.

Pero estaba claro que se trataba de algo, y eso no le gustaba.

Intentó distraerse buscando el pequeño tarro de miel de lavanda en la mesa y agregó un poco más a su té mientras preguntaba:

—¿Así que ya queda poco para el gran viaje?

—Sí —respondió Rhys—. Y seguro que no te sorprende saber que Vivienne ya tiene una lista de equipaje minuciosa. Yo, sin embargo...

—Quizá no deberíamos ir.

Vivi pronunció aquellas palabras con duda, mirando de forma alternativa a Rhys y a ella.

—Esta noche me ha recordado que ahora nuestra magia nutre este pueblo y tenemos...

—Vivi, como vuelvas a hablar de responsabilidades te juro que voy a conjurar otra burbuja fantasmal solo para que vuelva a explotarte en la cara.

—Pero es que las *tenemos* —repuso su prima—. Y queda poco para Halloween.

—Un mes —le recordó Gwyn.

Rhys tomó la mano de su mujer y asintió.

—Y volveremos a tiempo.

—Y os merecéis una luna de miel, aunque venga con mucho retraso.

—Y eso también —acordó Rhys, señalando a Gwyn—. Además, hace años que quieres hacer este viaje.

Vivi se mordió el labio inferior, pensativa.

—Me vendría muy bien para mi investigación.

—Tienes que ir —la instó ahora Gwyn—. Todo va a ir bien por aquí. La tienda está funcionando genial. En esta época del año, prácticamente va sola. Y, si te soy sincera, estoy deseando pasar algún tiempo a solas.

Ambas cosas eran mentira. A pesar de que quedaba poco para Halloween, la tienda no iba muy bien. Y a Gwyn le producía una ligera urticaria la idea de quedarse sola, pero ofreció a su prima su sonrisa más deslumbrante.

—Además, quiero que me traigáis algún recuerdo —continuó—. Banderitas galesas, un dragón de peluche... ¡Ah! Y si ves al hermano de Rhys, ¡podrías darle una patada en las pelotas de mi parte!

—¿Qué hermano? —inquirió Rhys. Luego alzó una mano—. A ver, le daría encantado una patada a cualquiera de los dos. Solo necesito tener clara la estrategia de defensa adecuada para cuando se levanten del suelo.

—Se refiere a Wells —comentó Vivi, que por fin sonreía un poco—. Todavía está resentida con él por lo de la boda.

Rhys hizo una mueca.

—Pero a mí *no* me molestó. Y fue *mi* boda. Y también mi hermano, dicho sea de paso.

Gwyn se encogió de hombros.

—No cuestiones con quién ni cómo tengo que estar resentida, Rhys. Soy tauro.

No se molestó en explicar que su resentimiento contra Wells Penhallow provenía de mucho antes de la boda, que tenía su origen en su época universitaria, pero si una chica podía albergar cierto resentimiento, también podía guardar algunos secretos.

—Me parece bien —respondió Rhys—. Bandera galesa, dragón de peluche y hermano castrado. Lo tendrás todo a nuestro regreso.

Vivi se rio y apoyó un instante la cabeza en el hombro de su marido.

—De acuerdo. Es imposible venceros cuando formáis equipo —dijo—. Y tenéis razón. Todo va a ir bien. No va a suceder nada raro en el pueblo y nos iremos a Gales como estaba previsto.

—Bendito sea Dios —dijo Rhys con un suspiro, antes de recostarse en la silla.

Gwyn sonrió y estiró el brazo para dar un apretón a Vivi en la mano.

—Mira, hemos tenido que lidiar con un pueblo entero maldito, un gato parlante y un fantasma que explota y nos las hemos apañado bien. ¿Qué podría suceder que fuera peor que eso?

CAPÍTULO 3

Cuando se abrió la puerta de El Cuervo y la Corona, Wells se permitió el lujo de creer (tonto de él) que se trataba de un cliente.

Al fin y al cabo, era un atardecer lluvioso y en ese pequeño rincón de Gales siempre hacía frío y viento a mediados de septiembre. Por el contrario, el interior del *pub* era cálido, incluso acogedor. En la chimenea crepitaba el fuego, en la decoración abundaba la madera antigua y oscura y, lo más importante, si habías pasado la tarde bajo la lluvia y el frío otoñal, dentro encontrarías alcohol.

Mucho, ya que apenas servía un trago en aquel lugar.

Así que, cuando oyó el chirrido de la puerta y la lluvia que caía golpeando el lateral del edificio cuando alguien entraba, se situó junto a los grifos, listo para tirar una pinta, poner una copa o lo que hiciera falta.

La figura que estaba en el umbral farfulló algo para sí mismo y se quitó el gabán con capucha, mostrando una versión más envejecida del rostro de Wells.

¡Mierda!

No se trataba de ningún cliente, sino de su padre.

Simon Penhallow no solía bajar al pueblo de Dweniniaid; prefería los confines más espantosos de su mansión, situada en una ladera a las afueras de la localidad. De hecho, Wells estaba seguro de que, en los trece años que llevaba haciéndose cargo de El Cuervo y la Corona, su padre solo se había pasado por allí en dos ocasiones.

Una fue el primer día que Wells tomó el testigo del *pub*, y su padre solo se quedó el tiempo suficiente para soltar un gruñido, mirar a su alrededor, hacer un leve asentimiento de cabeza (que en la familia Penhallow se consideraba un gesto de aprobación) y volver a salir a toda prisa. La segunda vez había sido el año pasado, después de que su hermano pequeño, Rhys, informara a su padre de que la magia de los Penhallow, que antaño había alimentado las líneas ley del pueblo de Graves Glen, en Georgia, había sido sustituida por la de un poderoso aquelarre de brujas.

Una de las cuales se había casado con Rhys; algo que Simon no se había tomado particularmente bien. En el fondo, Wells pensaba que lo mejor que podía haberle pasado a su hermano era haber sentado cabeza con una mujer que, salvo por el hecho de haberse enamorado de Rhys, parecía bastante sensata, pero prefería guardarse esa opinión para sí mismo.

De modo que ahora, mientras observaba cómo su padre se quitaba la bufanda y la colgaba junto a su gabán, la decepción porque no se tratara de un cliente empezó a transformarse poco a poco en otra cosa.

En sospecha.

¿Qué narices había apartado a Simon de sus libros, hechizos y maquinaciones varias para llevarlo allí en un atardecer como ese?

—Buenas tardes —lo saludó Wells, buscando detrás de la barra la única marca de wiski que su padre se dignaba a beber. La tenía a mano por si alguna vez se presentaba una ocasión como esa. Y como había transcurrido casi un año desde su última visita, cuando encontró la botella tenía acumulado el polvo suficiente para tener que limpiarla disimuladamente con el trapo húmedo que llevaba colgado del cinturón.

—Esto está muy vacío —comentó Simon mientras miraba a su alrededor y se sentaba frente a la barra.

—Seguro que mucha gente se ha quedado en casa por la lluvia —repuso. Aunque hasta a él le pareció una tontería. ¿Cuándo la lluvia había impedido a alguien acudir a un *pub* en Gales? ¿O en el Reino Unido?

Pero su padre pasó por alto la mentira, asintiendo de forma distraída mientras aceptaba el vaso que Wells le había servido. Luego, para la absoluta sorpresa de su hijo, alzó el vaso y se bebió todo el contenido de un solo trago.

Cuando lo dejó de nuevo en la barra y gruñó «Otro», Wells hizo lo que le pedía y se sirvió una buena cantidad de wiski en otro vaso para sí mismo. Fuera lo que fuese lo que tenía de ese humor a su padre, pronto terminaría convirtiéndose en su problema.

Así era la vida de los hijos mayores.

Rhys, su hermano pequeño, no hacía más que decirle que en realidad le encantaba ser la mano derecha de su padre, y aunque Wells intentaba no tener muy en cuenta lo que salía de la boca de su hermano, tenía que reconocer que hubo un tiempo en que aquello no había sido del todo falso.

Al fin y al cabo, ser el hijo predilecto había sido fácil. Rhys tenía como misión en la vida molestar a su padre. Y Bowen, su hermano mediano, siempre había ido por su cuenta. De modo que sí, Wells había disfrutado cuando su padre posaba su estricta mirada en él siempre que había que hacer algo o asumir alguna responsabilidad.

Pero después de treinta y cuatro años (los últimos trece al frente de ese infructuoso *pub*) tenía que reconocer que estaba un poco harto de desempeñar el papel de hijo obediente.

Y aun así...

Ahí estaba, sirviendo a su padre un wiski y pendiente de lo que fuera a decirle.

¡Dios! No tenía remedio.

Simon se bebió el segundo vaso de wiski más despacio, con la vista clavada en el fuego. Cuando terminó, volvió el rostro hacia él. Las sombras caían sobre su severa estructura ósea, dándole un aspecto más siniestro del que tenía.

—Siempre está así —dijo Simon, antes de hacer un gesto abarcando el interior del *pub* por si Wells no sabía a lo que se estaba refiriendo—. Muerto, ¿verdad?

Durante un instante, se planteó volver a mentirle, insistir en que no había nadie en el *pub* por la tormenta o porque estaban televisando un partido importante (Dios sabía que su padre no tendría ni idea de si eso era cierto o no).

Sin embargo, dejó caer el trapo sobre la barra con un golpe húmedo y apoyó las manos en ella.

—En realidad, ahora que has entrado tú, podemos decir que es una noche con mucho ajetreo.

Su padre emitió ese sonido tan característico suyo, entre un resoplido y un gruñido, que significaba una risa. Un sonido que él mismo había hecho días atrás, mientras hablaba con Rhys al teléfono (no supo quién de los dos se horrorizó más).

—Así que la taberna que abrió mi tatarabuelo es un fracaso y en el pueblo que fundó mi tío bisabuelo ya no discurre ni una gota de la magia Penhallow.

Su padre alzó el vaso en una especie de brindis sarcástico. Algo que alarmó un poco a Wells, ya que era la primera vez que veía a Simon hacer un gesto que demostrara que entendía lo que significaba el sarcasmo.

—Este *pub* nunca ha tenido como objetivo ganar dinero —le dijo a su padre.

Habían construido El Cuervo y la Corona en el lugar del primer asentamiento de los brujos Penhallow, en Dweniniaid, donde aún quedaba una pequeña reminiscencia de magia ancestral; una magia que Wells cuidaba como un jardinero con un huerto que cada vez tuviera menos plantas.

Sus antepasados habían tenido la esperanza de que el *pub* mantuviera esa magia; que la tierra se alimentaría de la energía de toda la gente que bebiera, riera, se peleara y cantara en la taberna del pueblo. Y así fue durante los primeros años.

Pero, ahora, Wells sentía que esa pequeña llama de magia se iba apagando lentamente, sin importar todos los hechizos que lanzaba a diario para preservarla. Era como proteger una vela de un vendaval.

—Ya lo sé —señaló su padre con un suspiro, antes de sentarse. La melancolía desapareció de su rostro—. Tengo la sensación de que todo se está... esfumando. Echamos raíces aquí, y también en América, ¿y qué hemos conseguido? Un *pub* vacío y... esto.

Su padre agitó la mano y conjuró un óvalo del color del humo que, poco a poco, se fue haciendo más grande y nítido, transformándose el algo parecido a un espejo.

Wells supo al instante que estaba viendo Graves Glen. Solo había estado allí una vez: el verano en el que, siguiendo la tradición familiar, acudió a la Universidad Penhaven, pero aunque de eso hacía ya trece años, el pueblo no había cambiado mucho. Seguía siendo un pequeño y pintoresco remanso de paz escondido entre las suaves montañas de Georgia, con una calle principal que, como a la antigua usanza, atravesaba el centro, con farolas que ofrecían una tenue iluminación.

Mientras contemplaba la localidad, sintió una punzada de dolor en el pecho. Solo había estado en Graves Glen durante un semestre, apenas unos cuantos meses, pero el lugar se le había quedado grabado para siempre. Le había gustado. Y no solo eso, le había gustado el Wells que había sido allí. En Graves Glen, el apellido Penhallow era motivo de asombro e interés, no de miedo. Además, allí había practicado de forma activa la magia, en lugar de canalizarla de manera pasiva a través del *pub*. Pero su tío Colin, el encargado del *pub* hasta ese momento, falleció, y era de vital importancia que un brujo Penhallow le sucediera como guardián de la llama (por decirlo de algún modo). Desde entonces, habían pasado los años, y él se había quedado atrapado en Dweniniaid.

Hizo caso omiso de la tristeza que le producían aquellos pensamientos y se concentró en la imagen que tenía delante.

Estaba cayendo la tarde en Graves Glen, por lo que sus calles estaban relativamente concurridas, con personas que disfrutaban de ese perfecto y dorado día de otoño. En medio de todo aquello, se fijó en un llamativo escaparate con una bruja enorme de papel maché que le sonreía y unas resplandecientes luces moradas sobre la cabeza que rezaban:

—Practica... la magia... segura —leyó despacio.

La mirada de su padre casi desprendía llamas mientras dejaba el vaso en la barra.

—En esto se ha convertido el sueño de Gryffud —comentó Simon con tono sombrío—. Un lugar que antaño fue un refugio para los nuestros, una sede de... aprendizaje y erudición en el que podían perfeccionarse nuestros poderes, ahora está en manos de esas mujeres que venden baratijas de Halloween y se dedican a hacer juegos de palabras absurdos.

Su padre hizo otro movimiento con la mano y la imagen desapareció.

En cuanto a los juegos de palabras, no le pareció que ese fuese especialmente abominable, pero como su padre agarró de nuevo la botella de wiski y se sirvió otro vaso, creyó que era mejor no mencionarlo.

En su lugar, empezó a decir:

—En Graves Glen... —al ver la cara que puso Simon, se corrigió al instante y usó el nombre en galés—, *Glynn Bedd,* todavía hay representación de los Penhallow. Rhys sigue allí.

Su padre lo miró de una forma que expresó a la perfección la opinión que tenía al respecto. Wells levantó las manos a modo de defensa.

—Lo único que quiero decir es que no nos han expulsado del todo.

Simon soltó un resoplido e hizo a un lado su vaso medio lleno.

—En el momento en que tu hermano se casó con una mujer Jones, se convirtió en uno de ellos. No te equivoques, muchacho, ha escogido a su familia por encima de la nuestra. Los Penhallow han dejado de existir en Glynn Bedd, al igual que nos terminará pasando en Dweniniaid. —Lanzó otro suspiro mientras los truenos del exterior retumbaban en el cielo. Como siguiera de ese humor, toda la aldea acabaría inundándose.

De pronto, se le hizo insoportable la idea de pasar más días lluviosos en ese *pub*, detrás de la barra, sin recibir la visita de ningún cliente. Wells combatía el aburrimiento leyendo sobre magia y fortaleciendo las runas y los hechizos que había lanzado sobre ese lugar para preservar la llama original de la magia Penhallow, pero había llegado un momento en que ya no podía hacer mucho más.

Volvió a pensar en la sensación que se había apoderado de él cuando su padre conjuró a Graves Glen.

No había sido una añoranza en sí, pero sí algo parecido. De repente, el corazón empezó a latirle con más fuerza, su mente fue a mil por hora y las palabras salieron de su boca antes de que le diera tiempo a pensar siquiera.

—¿Y si voy a Glynn Bedd?

CAPÍTULO 4

Wells intentó mantener una expresión neutral y la voz calmada, pero en el momento en que lo dijo, supo que eso era exactamente lo que quería hacer, donde quería estar.

Por fin se le presentaba una oportunidad de ser útil, de salir de aquel lúgubre lugar.

Al ver que Simon lo miraba desde debajo de esas espesas cejas canosas que tenía, sin delatar emoción alguna, Wells no pudo evitar apoyarse en la barra y apresurarse a decir:

—Sé que el *pub* es una tradición familiar, pero quizá ha llegado la hora de probar algo nuevo, ¿no crees? Podría... Podría montar algún tipo de tienda allí. Algo para quienes se toman la brujería en serio, no esa tontería para los turistas. De ese modo, me aseguraré de que recuerden nuestro apellido aunque nuestra magia ya no alimente las líneas ley.

Simon meditó su propuesta, girando el vaso entre las manos.

—Desde hace un siglo, El Cuervo y la Corona siempre lo ha regentado un miembro de la familia Penhallow —dijo con voz ronca—. Verlo cerrado sería...

—Mira a tu alrededor, papá. Es como si ya estuviera cerrado. Es imposible que mantengamos esa chispa de magia con esto tan vacío. No lo lograríamos ni con todos los hechizos del mundo. —Se echó hacia delante, agarró a su padre del brazo y le dio una leve sacudida—. Déjame hacer esto. Permíteme ser útil.

—Glynn Bedd es el legado familiar más importante, tienes razón —reconoció Simon de mala gana—. Y no puedo confiar en tu hermano.

—Su padre lo miró y, por primera vez, Wells vio un atisbo de suavidad en el rostro del anciano—. Siempre he podido contar contigo a la hora de hacer lo mejor por la familia.

—Y lo haré —prometió Wells. Eso era precisamente lo que Rhys y Bowen nunca habían entendido de su padre. Sí, era estricto, y frío y distante, pero los quería a su manera. Eran sus hijos, y a Simon lo que más le importaba en este mundo, por encima de cualquier otra cosa, era la familia. ¿Por qué si no le iba a preocupar tanto esa taberna de mala muerte o un pueblecito en las montañas de Georgia?

Porque los había construido y fundado su familia. Y Simon consideraba que era su deber salvaguardarlos.

Wells había estado pendiente de ese *pub* durante más de una década, y ahora haría lo mismo con Graves Glen.

Simon soltó otro suspiro y se soltó del agarre de Wells.

—Eres un buen chico, Llewellyn —dijo. Luego se quitó el pesado anillo de plata que llevaba en el dedo.

Wells no recordaba haber visto a su padre sin ese anillo en el dedo. Tenía una piedra en el centro de un púrpura tan oscuro que casi parecía negro, con dragones Penhallow grabados a ambos lados.

Simon depositó el anillo en la palma de Wells y colocó la mano que tenía libre en su hombro, para acercarlo a él.

—Está bien. Ve a Glynn Bedd y protege nuestro legado. —Después, sorprendiéndolo aún más si cabía, le dio un breve abrazo—. Te echaré de menos, hijo.

Wells se quedó estupefacto al notar que se le hacía un nudo en la garganta.

—Yo también te echaré de menos, papá.

Su padre le dio una brusca palmada en la espalda y se apartó de él con un resoplido.

—Bien.

—Bien —repitió Wells.

Entonces, su padre se despidió de él con un asentimiento de cabeza y salió del *pub*.

Al abrirse la puerta, Wells se dio cuenta de que había dejado de llover.

En teoría, el *pub* tenía que estar abierto una hora más, pero después de que Simon se fuera, decidió cerrar la puerta con llave y apagar las luces principales.

Se iría al día siguiente, temprano, pero ahora se dedicaría a limpiar las mesas y a apilar sillas, aunque pensara: *Ya era hora de salir de aquí, joder.*

En su cabeza empezaron a bullir un sinfín de ideas, y ninguna de ellas incluía volver a tirar una pinta en su vida. En el breve vistazo que había tenido de Graves Glen, se había fijado en lo que parecía ser la fachada de una tienda vacía y ya se estaba imaginando lo que podría hacer en ese espacio.

Sería todo lo contrario a lo que fuera que hacía la familia política de Rhys. Para gustos los colores, estaba claro, pero seguro que había un mercado para algo más elegante, más *real*. Un lugar donde los brujos de la universidad pudieran reunirse y discutir sobre hechizos y técnicas de magia. Un lugar que asegurara que el apellido Penhallow continuara asociado a la magia en aquella localidad, sin importar el poder que ahora fluyera por ella.

Abrió una pequeña puerta detrás de la barra. Estaba tan absorto en sus pensamientos sobre su nueva vida, que hasta que no llegó a mitad de las escaleras que llevaban al sótano que había convertido en un apartamento, no se dio cuenta de que no estaba solo.

Se le erizó el vello de la nuca y sintió el ambiente cargado de magia. Quienquiera que estuviera allí abajo también era un brujo.

Uno poderoso.

—¡¿Quién anda ahí?! —gritó, empezando a agitar los dedos a sus costados. Hacía mucho tiempo que no conjuraba un hechizo como ese, pero todavía se acordaba de cómo hacerlo—. ¿Qué narices estás haciendo en mi *pub*?

Cuando estaba a punto de levantar la mano y lanzar el hechizo de aturdimiento que había preparado, se encendió una luz que hizo que entrecerrara los ojos y una cara conocida le sonrió desde el otro lado de la estancia.

—Vaya una bienvenida que me estás dando, hermano mayor.

Bowen estaba tumbado en su cama, con la mano todavía levantada por el hechizo de luz que había conjurado y lo que parecían toneladas de pelo en la cara. Wells sintió esa familiar oleada de irritación y afecto que experimentaba cada vez que estaba delante de alguno de sus hermanos.

—Podría haberte matado —le dijo a Bowen, encendiendo las luces mientras el hechizo de su hermano se apagaba.

—Podrías —Bowen se encogió de hombros—, pero no lo has hecho.

Hacía más de un año que no veía a su hermano y estaba claro que Bowen había aprovechado ese tiempo para volverse más peludo y molesto. Lo de la parte peluda podía entenderlo: su hermano se había pasado los últimos años haciendo una especie de investigación relacionada con la magia en las montañas. El vello facial tenía que ser un requisito para ese tipo de cosas.

—¿Cómo has conseguido llegar hasta aquí sin que papá o yo nos percatáramos? —preguntó, cruzándose de brazos.

—Gracias a la magia —gruñó Bowen.

—Mmm. —Fue la única respuesta que dio. Luego miró hacia abajo y frunció el ceño—. Quita tus malditas botas de mi cama —ordenó, dándole un golpe en los pies. Bowen sonrió, bajó las piernas y se sentó en el borde del colchón.

Ahora que lo veía más de cerca, se dio cuenta de que parecía cansado y un poco pálido. No tenía ni idea de lo que su hermano estaba haciendo exactamente en medio de la naturaleza, pero fuera lo que fuese, estaba claro que le estaba pasando factura.

—¿Quieres beber algo?

Bowen hizo un gesto con la mano, negándose.

—No, no me voy a quedar mucho tiempo. En algún momento tendré que subir a la casa. Es solo que... —hizo una pausa y soltó un suspiro prolongado— todavía no estaba preparado.

Wells sabía que sus dos hermanos tenían una relación con Simon muy diferente a la suya, pero le parecía un poco absurdo que actuaran como si hablar con su padre les supusiera toda una gesta. Al fin y al cabo, él lo hacía casi todos los días, aunque tal vez se trataba de una de esas cosas a las que tenías que ir acostumbrándote poco a poco para generar cierta tolerancia.

Como el deporte. O el veneno.

—¿Cómo estás? —le preguntó a Bowen mientras cruzaba la habitación hasta el pequeño carrito de bebidas que había instalado para servirse un dedo de wiski. No era una marca tan selecta como la que le gustaba a su padre, pero el ardor ahumado le ayudó a liberar un poco de tensión de los hombros y a ahuyentar parte del frío.

—Bien —fue la única respuesta de su hermano.

A veces, no podía evitar preguntarse si era el único de los tres que sabía usar el número de adecuado de palabras para construir una frase. Rhys hablaba demasiado, Bowen muy poco.

Su hermano señaló con la cabeza las escaleras.

—He oído que te vas a Glynn Bedd.

—¡Vaya! Así que has entrado a hurtadillas y nos has estado espiando. Maravilloso —dijo. Al ver que Bowen continuaba mirándolo, a la espera de una respuesta, hizo un gesto de asentimiento—. Sí, necesitamos que alguien de la familia esté allí ahora que hemos sido expulsados por arte de magia, por decirlo de algún modo.

—Rhys ya está allí.

—Rhys tiene un conflicto de lealtades. O eso cree papá.

Bowen se frotó la barbilla y luego asintió.

—Tiene sentido. Está perdidamente enamorado de ella.

—Es lo lógico, teniendo en cuenta que se han casado.

Bowen ladeó la cabeza y lo observó con atención durante un instante antes de preguntarle.

—¿Por qué no fuiste a la boda?

La culpa todavía lo atenazaba por aquello. Había querido ir, incluso ese había sido el plan en un primer momento, pero al final había decidido seguir el ejemplo de su padre. Y como a Rhys no le había sentado mal, creyó que tal vez había sido lo mejor.

Sin embargo, seguía sintiéndose un poco mal por aquello.

—No pude escaparme —fue su única respuesta.

Bowen hizo uno de sus típicos y lacónicos encogimientos de hombros.

—Bueno, ahora vais a vivir en el mismo pueblo, así que supongo que os veréis a menudo.

Cierto.

Aún no había pensado en eso, en cómo se lo iba a tomar Rhys. Se llevaban bastante bien, pero su hermano pequeño no confiaba en su padre y dudaba que fuera a creerse que había ido allí por propia voluntad. Siempre tendía a pensar lo peor de ambos.

Algo de lo que Wells se ocuparía más adelante. En ese momento, sin embargo, se limitó a sonreír a Bowen y se apoyó en la pared.

—Exacto. Vamos a tener un montón de tiempo para estrechar lazos fraternales.

—¿Y papá va a dejar que te vayas sin más? —quiso saber Bowen, con el ceño fruncido.

Wells soltó un resoplido y se bebió el último trago de wiski.

—Hablas como si me tuviera prisionero.

Bowen no dijo nada al respecto, pero miró la habitación con una expresión que fue lo suficientemente elocuente.

De acuerdo, tenía que reconocer que quizá la estancia se parecía un poco a una celda.

—Fui yo el que decidió quedarse aquí —le recordó a su hermano, señalándolo con la mano en la que sujetaba el vaso—. Igual que tú decidiste hacer lo que sea que estás haciendo en esas montañas y Rhys eligió... Bueno, Rhys eligió largarse, básicamente. El caso es que me quedé porque quise. Y ahora quiero ir a Graves Glen.

Sabía que Rhys habría insistido más en el asunto, pero Bowen, gracias al cielo, aceptó lo que le decía con un gesto de asentimiento, se levantó de la cama y se dio una palmada en los muslos.

—Me parece bien. Seguir aquí es desperdiciar a un buen brujo.

—Gracias —replicó. Aquellas palabras, viniendo de su hermano, eran todo un cumplido.

—Te dejo que te pongas con los preparativos —dijo Bowen, dirigiéndose hacia la escalera.

—Pensaba que nunca te irías —repuso él con ironía. Le pareció ver el atisbo de una sonrisa debajo de su tupida barba.

Pero entonces Bowen se detuvo y se volvió para mirarlo.

—Ten cuidado. En Glynn Bedd.

Wells alzó ambas cejas.

—¿Por qué? ¿Acaso corro el riesgo de morir asfixiado bajo una pila de caramelos de Halloween y máscaras horteras?

Bowen soltó un gruñido parecido a una risa.

—Siempre cabe la posibilidad. Pero no, es solo porque... siempre que hay una transferencia mágica de poder, como sucedió allí el año pasado, las cosas se pueden poner raras.

Wells esperó, pero al ver que su hermano no iba a decirle nada más, preguntó:

—¿Te importaría darme más detalles o las ovejas te han enseñado a ser tan críptico?

Bowen volvió a gruñir y se encogió de hombros.

—Es solo una advertencia. Los lugares como ese son vulnerables durante una temporada. Empiezan a ser imanes para la magia chunga. Y con Samhain a la vuelta de la esquina no está de más ser precavido.

—Yo... —empezó él, pero antes de que le diera tiempo a terminar la frase, su hermano había desaparecido.

CAPÍTULO 5

La casa Penhallow, situada justo al final de la montaña en la que se encontraba la acogedora cabaña de Gwyn, era, por decirlo de una forma benévola, un poco rara.

Si no querías ser benévola (y Gwyn rara veces lo era), era como si alguien que fuera un ferviente admirador de la Mansión Encantada de Disney World hubiera decidido recrearla en su propia casa. Había terciopelo, damasco, pesadas lámparas de araña hechas de hierro y cuernos y retratos de antepasados fallecidos hacía mucho tiempo, que fruncían el ceño bajo siglos de suciedad.

Una auténtica pesadilla de lugar. No le extrañaba que Vivi y Rhys hubieran decidido vivir en el apartamento de su prima, en el centro de la localidad, a pesar de que podría haber cabido perfectamente en la cocina de esa casa.

No obstante, no le quedaba más remedio que reconocer que, a la hora de organizar una despedida de soltera con temática de brujas, la casa Penhallow era el sitio ideal.

—¿Me he pasado con la lavanda?

Alzó la vista de su propia mezcla de sales de baño y vio a la novia, Amanda, sujetando una bolsa de redecilla que se veía tremendamente púrpura, pero se limitó a sonreír y a negar con la cabeza.

—Aquí no existe el exceso —dijo alegremente, antes de añadir otra cuchara de romero a sus sales—. Eso es lo divertido de este tipo de proyectos.

—Claro. Además, ¿no se supone que la lavanda sirve para calmar? —preguntó Leigh, la dama de honor, que estaba sentada a su izquierda, con el sombrero de bruja con purpurina torcido. Señaló a la novia—. ¿Por qué no lo usas, maja?

Las otras mujeres se echaron a reír y Amanda se encogió de hombros antes de beberse lo que le quedaba de vino y dejar la copa sobre la maciza mesa de roble. También llevaba un sombrero de bruja con purpurina, pero Gwyn le había añadido un velo de tul negro, así como un fajín que proclamaba a Amanda como la bruja encargada.

Amanda no era una bruja de verdad. Las seis mujeres que en ese momento estaban sentadas en la mesa del comedor de la casa Penhallow eran humanas normales, y creían que ella también lo era. Pero teniendo en cuenta que estaban en Graves Glen...

Las despedidas de soltera (y las fiestas de cumpleaños, de Navidad y una especie de jubilación muy rara) habían sido una de las ideas más brillantes que había tenido Gwyn para sacar un poco de dinero extra para la tienda. Tenía sentido aprovechar el ambiente que había en Halloween en el pueblo; un ambiente que cada vez parecía durar más tiempo.

—¿Y después de esto qué vamos a hacer? —preguntó Amanda, apoyando la barbilla en la mano—. ¿Una sesión de güija?

Gwyn reprimió un escalofrío mientras ataba su bolsa de sales de baño con un trozo de cinta.

—Estaba pensando en una lectura del tarot —respondió—. La energía que desprende una tabla güija es un poco más oscura.

—Cierto —dijo Mel, otra de las damas de honor, asintiendo—. Nadie ha rodado una película de terror sobre una lectura del tarot, Amanda.

Hubo un murmullo de acuerdo por parte de todas las demás y Gwyn se levantó de la mesa y fue hacia el aparador donde había colocado los aperitivos y, como elemento decorativo central, un caldero gigante lleno de un líquido verde brillante de aspecto peligroso y nocivo, pero que en realidad era una mezcla de zumo de frutas, champán, un poco de vodka y mucho colorante alimentario. Hasta ese momento, había sido todo un éxito; tanto, que se alegró de haber organizado que llevaran a las asistentes a casa después de la velada.

De hecho, mientras las observaba reírse con sus copas de plástico, las mejillas ruborizadas y hablando cada vez más alto, se preguntó si no sería conveniente pasar del tarot y dejarlas charlar. Las cartas no solían ser muy claras cuando se las echabas a alguien que estaba borracho y lo último que quería era arruinar el ambiente festivo si sacaba La Muerte a una novia que iba a casarse en dos semanas.

Sí, mientras removía el ponche, decidió que lo mejor era descartar el tarot.

—Señoras, ¿os apetece que hagamos algo con cristales? —preguntó, pero cuando se dio la vuelta, ninguna de las asistentes la estaba mirando.

Todas tenían la vista clavada en la puerta del comedor o, más en concreto, en el hombre que estaba de pie, en el umbral.

Gwyn no podía culparlas.

Era alto, tenía el pelo oscuro que se le rizaba sobre el cuello del chaquetón marinero azul oscuro que llevaba y una barba bien recortada que acentuaba los ángulos de su rostro. Traía en la mano un enorme bolso de cuero y su expresión era una mezcla de cautela y desconcierto mientras contemplaba la escena que tenía ante sí.

Gwyn entrecerró los ojos. Era mayor y la barba la había despistado durante un segundo, pero supo exactamente a quién estaba mirando.

—¿Es un *stripper*? —intentó susurrar una de las mujeres, pero como su flujo sanguíneo debía de contener un sesenta por ciento de alcohol, más bien fue un grito.

—No va vestido como un *stripper* —replicó otra de las invitadas.

El hombre continuó mirando alrededor de la mesa, hasta que por fin posó la vista en Mel, la única de dama de honor que había decidido seguir la tradición en lo que respectaba al tocado y, en lugar de un sombrero de bruja, llevaba puesta una diadema rosa brillante con dos penes de plástico balanceándose como antenas sobre su pelo rubio.

Gwyn observó cómo sus ojos seguían aquellos penes durante un momento antes de levantar la vista y fijarse en ella por primera vez.

Frunció aún más el ceño.

—¿Alguien puede decirme qué está pasando aquí?

Tenía una voz ronca, con un acento un poco más marcado que el tono cadencioso de Rhys, más intenso que hacía trece años.

Gwyn se cruzó de brazos.

—Una fiesta —respondió de forma concisa.

Tal y como había previsto, incluso esperado, lo vio ponerse aún más rígido.

—Esta es la casa de los Penhallow —informó él, cuadrando los hombros y volviendo a fijarse en la diadema de Mel.

—Cierto—repuso ella—, pero la estamos usando esta noche.

El hombre la miró de nuevo, alzando ambas cejas.

—¿Con el permiso de quién?

Gwyn sonrió con suficiencia y apoyó la espalda en el aparador.

—Bueno, en primer lugar, «permiso» no es una de mis palabras favoritas. Y, en segundo lugar, aunque no creo que sea asunto tuyo, Rhys nos ha dejado estar aquí esta noche.

El severo gesto del hombre se suavizó al oír el nombre de su hermano, pero antes de que le diera tiempo a decir algo más, Gwyn lo señaló con el dedo.

—Este, señoras, es Llewellyn Penhallow —informó a las damas de honor y a la novia—. El hermano de Rhys. Un hermano que no se presentó en la boda de Rhys y Vivi, he de decir.

Mientras se acercaba a Llewellyn, oyó un ligero jadeo de las asistentes, pero no las miró.

—No es que sea de tu incumbencia, pero tuve mis razones para no asistir a la boda.

—Fui la dama de honor. Por supuesto que es de mi incumbencia —replicó ella.

Llewellyn arrugó aún más la frente.

—Eres la prima de Vivienne. Gwyn.

—La misma que viste y calza. —Se preguntó si la recordaba de Penhaven. Solo se habían visto una vez, y por aquel entonces ella llevaba el pelo morado. Además, en ese momento, a él lo único que le había interesado era ponerla en evidencia.

—¿Hemos allanado una propiedad? —quiso saber Amanda, que ahora parecía un poco más sobria y mucho menos contenta que hacía unos minutos.

Gwyn taladró con la mirada a Wells.

—No —respondió. Se obligó a sonreír y a adoptar de nuevo el papel de la anfitriona perfecta—. El dueño nos ha permitido estar aquí. Esto solo es... una confusión familiar. Ya sabéis lo que pasa. Y Llewellyn se marcha ya, ¿verdad?

—Pues no, no me voy. Esta es mi casa.

Vale, aquello ya estaba rozando el ridículo. El ambiente alegre y achispado de la fiesta estaba desvaneciéndose a toda prisa y las mujeres murmuraban entre sí mirándola a ella y a Wells. Si no terminaba con eso en ese *preciso* instante, sabía que podía ir olvidándose de celebrar más despedidas de soltera.

—¡Vamos a hablar en la otra habitación! —dijo, forzando un tono jovial. Luego se agarró al brazo de Wells y prácticamente lo sacó de la estancia a rastras.

Lo que no le resultó fácil, ya que, para su sorpresa, era bastante fuerte. Pero Gwyn era cabezota, una fuerza imparable que nunca había cedido ante un obstáculo inamovible.

—Mira —le dijo en voz baja, en cuanto estuvieron en el salón; una habitación con una lámpara de araña de cuernos horrible—. Si no quieres que estemos aquí, discútelo luego con Rhys. Pero ahora, déjame que hable un poco a estas mujeres sobre astrología, enseñarles algo sobre fases lunares, dar por finalizada esta feliz y bien pagada reunión y enviarlas de vuelta a sus casas, ¿de acuerdo?

Wells la miró de forma arrogante (seguro que esa era su expresión habitual) y luego volvió a fijarse en la fiesta.

—¿Haces esto a menudo? —preguntó él—. ¿Este tipo de fiestas? —Lo dijo como si la hubiera sorprendido regentando una especie de casino/burdel en el comedor de su casa familiar.

Gwyn apretó los dientes.

—Te prometo que, si encuentras otro lugar distinto a este horror lovecraftiano al que llamas «casa» para pasar el rato mientras termino aquí, no tendrás que aguantar ninguna fiesta más.

Ahora fue él quien apretó la mandíbula.

—Mi padre construyó esta casa. Todo lo que hay aquí es obra de su magia o lo trajo desde nuestro hogar en Gales.

—¿Crees que estamos en una competición por ver quién alardea más? Porque te aseguro que no es mi intención.

Wells frunció el ceño. Luego se pellizcó el puente de la nariz, cerró los ojos y respiró hondo.

—Estaba preparado para lidiar con Rhys —masculló para sí mismo—. ¿Cómo me las he arreglado para terminar peor? —Después, levantó la cabeza y la miró a los ojos—. Está bien. Termina tu fiesta. Yo me mantendré al margen. Pero que sea la última vez que hagas algo parecido en esta casa.

Dicho eso, se dio la vuelta y fue hacia las escaleras.

Gwyn no pudo evitar gritar.

—Me refería a que no habrá otra mientras estés de visita. Pero en cuanto regreses a Gales, ¡no tendré miramientos!

Wells se detuvo y se volvió hacia ella. En medio de la penumbra, se dio cuenta de que era casi idéntico al antepasado que aparecía en el retrato colgado en la pared de detrás de él. Si le quitabas la peluca empolvada y le cambiabas los pantalones hasta la rodilla por un par de vaqueros, cualquiera diría que era el mismo hombre.

—No estoy de visita, señorita Jones —anunció él. Gwyn dudó que su aristocrático antepasado hubiera podido sonar más frío o que en esa casa hubiera algo que diera más miedo que aquella frase—. He venido para quedarme en Graves Glen. Para siempre.

CAPÍTULO 6

—De modo que asumo que has venido aquí para arruinarme la vida.

Era un poco más tarde de lo que Wells solía despertarse. Los efectos de un viaje mágico no eran tan intensos como los del desfase horario de un viaje normal, pero existían. Acababa de servirse una taza de té, que en ese momento agradecía enormemente.

Tomó un vigorizante sorbo y se volvió para mirar a Rhys.

Su hermano pequeño estaba de pie, en el umbral de la puerta entre la cocina y el salón, con las manos en los bolsillos, un abrigo muy bonito y esbozando su habitual media sonrisa, pero le miraba con cautela.

Hacía casi un año que no veía a Rhys y notó algunos cambios sutiles en él. Se le veía un poco más cómodo consigo mismo, más estable. No le cabía la menor duda de que aquello era obra de Vivienne Jones; algo que agradecía, aunque le parecía surrealista que fuera Rhys el primero que hubiera echado raíces de los tres.

Apoyó una mano en la encimera que tenía detrás, levantó la taza y le dio otro sorbo antes de responder:

—Arruinar la vida de mi hermano pequeño está en la lista, sí, pero no en los primeros puestos. Tienes tiempo para prepararte como corresponde.

Rhys soltó un resoplido, entró en la cocina y se apoyó en el frigorífico.

—No será el número uno tocar las narices a Gwyn Jones, ¿verdad? Porque si es así, ya puedes marcarlo como conseguido, hermano.

Wells frunció el ceño y miró hacia el comedor.

Aquello lo había... pillado por sorpresa. *Ella* lo había pillado por sorpresa. Sabía de la existencia de Gwyn por Rhys, pero nada lo había preparado para ese tornado con el aspecto de una mujer hermosa, sobre todo cuando todavía tenía la cabeza embotada por el viaje.

En ese momento, ya no quedaba rastro de ella (ni de su fiesta) en la casa. Gwyn había limpiado la estancia a fondo la noche anterior, pero tenía la sensación de que se pasaría una buena temporada encontrando restos de purpurina y lavanda en las alfombras.

—No, eso solo fue un desafortunado efecto secundario al auténtico puesto número uno, que era «Llegar a la puta casa familiar y no encontrármela llena de gente desconocida».

Rhys se encogió de hombros.

—Lo gracioso es que, si hubieras hecho algún movimiento que, ¡oh!, fíjate por dónde, me hubiera enviado alguna maldita señal de que ibas a venir a Graves Glen, podríamos haber evitado todo esto. Habrías aparecido aquí sin que nadie te importunara y habrías encendido una vela frente a la foto de nuestro padre o lo que sea que haces cuando llegas a un nuevo lugar, y ninguna llamada intempestiva habría despertado a mi adorable esposa con palabras que incluían «prepotente» y «soberano imbécil». —Le guiñó un ojo—. Así es como supe que estaba hablando de ti.

Wells tenía treinta y cuatro años, así que pensó que no era muy maduro preguntarse si había algo a mano para tirarle a su hermano a la cabeza, pero las viejas costumbres nunca morían. Al final, se conformó con mostrarle el ofensivo gesto inglés de los dos dedos con la mano que tenía libre. Rhys sonrió y se colocó delante de él, con los brazos cruzados.

—En serio, Wells... —Aunque Rhys y la seriedad eran incompatibles, tuvo que reconocer que ahora sí lo parecía—. Gwyn le ha comentado a Vivi que le has dicho que te ibas a quedar para siempre. ¿Por qué?

—El *pub* lleva mucho tiempo muerto y no tenía mucho sentido seguir con él. Quería... no sé... un cambio de aires, supongo. Me pareció bien volver aquí.

No estaba mintiendo, aunque tampoco contando toda la verdad. Rhys se lo quedó mirando durante un buen rato.

En ese momento, a Wells le preocupó no saber lo que estaba pensando su hermano. Estaba acostumbrado a las ocurrencias y réplicas de Rhys, a sus bromas y desvaríos, pero si de verdad estaba sopesando lo que iba a decirle, estaba claro que el último año le había cambiado por completo.

Entonces lo que dijo fue:

—Menudo cabrón estás hecho.

Wells parpadeó.

—¿Perdón?

—Papá te ha enviado aquí —repuso Rhys, señalándolo— porque no puede soportar que ya no dirijamos este pueblo. Quería asegurarse de tener aquí un apoyo y Dios sabe que no podía ser yo. De modo que te ha mandado a ti, su favorito, para salvar la situación.

Se sintió un poco dolido, aunque entendía por qué Rhys había llegado a esa conclusión. Al fin y al cabo, él era el leal. El que siempre obedecía a su padre.

—En realidad, ha sido idea mía —le explicó a su hermano, manteniendo un tono tranquilo mientras se disponía a tomar otro sorbo de té.

—Idea tuya —repitió Rhys—. Dejar Gales y venir a vivir a un pequeño pueblo de Georgia.

—Sí —indicó él, dejando la taza en la encimera—. Lo creas o no, de vez en cuando *tomo* mis propias decisiones, y estaba cansado de llevar un *pub* al que nadie se molestaba en entrar. Y lo creas o no, *también* soy un brujo con bastante talento y he pensado que quizá debería dar un mejor provecho a mis habilidades. Hacer algo más en mi vida. Tal vez...

—¡Dios mío! ¿Ahora vas a ponerte a cantar?

No lo pudo evitar y le lanzó algo a su hermano, pero como solo fue una cucharilla, se estrelló de forma inofensiva contra el frigorífico mientras Rhys alzaba las manos y se reía.

—Está bien —continuó. Ahí estaba de nuevo el Rhys que conocía: tardaba en enfadarse y enseguida se le pasaba—. Pero en serio, si vas a vivir aquí, ¿puedes intentar que mi nueva familia no quiera ver tu cabeza en una bandeja? Acabo de conseguir que Gwyn empiece a llamarme por mi nombre en vez de con un insulto.

—Bueno, ojalá hubiera sabido ese detalle anoche. La señorita Jones y yo podríamos haber estrechado lazos con lo único que, por lo visto, tenemos en común.

No tenía muy claro que aquello hubiera funcionado. Puede que hubiera sido..., bueno, no un *imbécil*, pero tampoco había ofrecido su mejor cara la noche anterior. Sin embargo, parecía que a esa mujer le había caído mal desde el mismo instante en que había entrado por la puerta y, además, toda la situación lo había puesto a la defensiva: desconocidas en su casa, el empalagoso olor a lavanda y romero mezclado con vodka y zumo de frutas, los sombreros puntiagudos... Sí, le había costado asimilarlo.

Se lo había tomado como una especie de recordatorio de que esa localidad ya no era el pueblo de su familia.

Pero todo eso iba a cambiar, y más pronto que tarde. Aunque Gwyn Jones tuviera sus tonterías de Halloween y su versión americana de la brujería, estaba convencido de que allí también había un lugar para él y se iba a esforzar por conseguirlo.

En ese momento, Rhys frunció el ceño y ladeó la cabeza.

—¡Vaya! Acabo de darme cuenta de que tú también tienes una cara de pensar, Wells —dijo.

Lo miró confundido.

—¿Qué diablos significa eso?

Rhys negó con la cabeza e hizo caso omiso de su comentario.

—Da igual. Entonces, supongo que tienes pensado vivir aquí arriba, ¿no?

—¿Te supone algún problema?

—No —dijo Rhys. Luego se estremeció ligeramente—. No tengo la más mínima intención de quedarme aquí. Además, como le pidiera a Vivi que se viniera a vivir aquí conmigo, estoy seguro de que me pediría el divorcio. La mansión encantada es toda tuya.

Le habría gustado hacer algún comentario en contra de esa descripción, pero tenía que reconocer que la casa era un poco más gótica de lo que recordaba. La noche anterior, Gwyn la había llamado «horror lovecraftiano» (se había pasado un pelín).

No obstante, tal vez cambiara algunas cosas de la decoración para hacerla un poco más suya.

—Bien. —Se dio la vuelta y dejó la taza en el fregadero—. Entonces vives abajo, encima de la tienda de Gwyn.

Al ver que su hermano asentía, sonrió y estuvo a punto de frotarse las manos, satisfecho.

—Estupendo. Porque necesito que alguien me lleve a esa calle.

Media hora más tarde, estaba en la calle principal de Graves Glen, observando el edificio que había visto en el *pub*.

Efectivamente, estaba vacío y, según el cartel del escaparate, disponible para alquilar.

Estaba un poco deteriorado, con los cristales sucios y el toldo caído, pero tenía mucho potencial. Wells podía verlo y, a diferencia de otros propietarios de negocios, él tenía unos cuantos trucos bajo la manga. *Literalmente* hablando.

Por la calle pasaba un montón de gente. Sobre él, el cielo era de un azul resplandeciente con unas pocas nubes esponjosas que se desplazaban lentamente. La brisa agitaba los banderines negros y naranjas que ya habían colgado y, a lo lejos, en las montañas empezaban a verse toques de naranja y rojo entre todo el verde.

Sintió cómo se le levantaba el ánimo por el mero hecho de estar allí.

Sí, era eso. Allí era donde se suponía que tenía que estar.

Notó el pesado anillo de su padre en su mano izquierda y lo frotó distraído con el pulgar antes de sacarse el teléfono del bolsillo y marcar el número del cartel.

Solo había pulsado el primer número cuando oyó una carcajada al otro lado de la calle.

Se dio la vuelta y vio lo que parecía ser una bruja mecánica de un tamaño considerable, saliendo por la puerta de Algo de Magia, moviendo la cabeza de un lado a otro de forma espasmódica.

Segundos después, la bruja chocó y se cayó en la acera, todavía riendo. Wells vio a tres personas, una de ellas con el pelo de un turquesa chillón, intentando colocar a la bruja en su sitio.

Justo detrás de ellas, estaba Gwyn, con su pelo rojo ondeando en la brisa.

Estaba tan concentrada en indicar a sus acompañantes dónde colocar la bruja que no se fijó en él, lo que le proporcionó la oportunidad de observarla con atención.

Ahora que la veía sin el embotamiento mágico que había nublado su mente la noche anterior, el cansancio por el viaje y el enfado por la escena que se encontró nada más llegar, se dio cuenta de que era muy guapa. De acuerdo, se había fijado en eso cuando la vio en su salón, pero de una manera distante, como catalogándola. En plan, *esta mujer guapa no me gusta.*

Ahora, sin embargo, estaba sonriendo, incluso se rio cuando la chica del pelo turquesa se puso a imitar a la bruja mecánica. Wells también sonrió.

Y, por supuesto, ese fue el momento preciso en el que ella lo vio.

La sonrisa de desvaneció al instante de su rostro. Se llevó una mano a los ojos para protegérselos del sol. Puso una expresión que dejó claro que se estaba preguntando qué narices estaba haciendo él, delante de ese edificio.

Bueno, pensó Wells, dándose la vuelta y terminando de marcar el número de teléfono, *enseguida lo descubrirás.*

CAPÍTULO 7

Llewellyn Penhallow, Esquire, estaba tramando algo.

Hacía casi una semana que había llegado a la ciudad y, aunque Gwyn no había hablado con él, lo había visto en varias ocasiones, entrando y saliendo del edificio situado frente a Algo de Magia. A veces llevaba cajas, y un día, estuvo bastante segura de haberlo visto arrastrando una armadura, justo antes de que se cerrara la puerta principal, pero las ventanas estaban cubiertas con papel, y fuera no veía ningún indicio que le diera alguna pista de lo que estaba ocurriendo dentro.

Rhys le había jurado que no tenía ni idea de lo que estaba haciendo su hermano.

—Se está mostrando muy reservado al respecto —le había dicho a Gwyn la noche en la que fue a su casa y a la de Vivi a cenar—. Lo más seguro es que esté construyendo alguna especie de museo en honor a nuestros ancestros fallecidos o algo parecido. Yo *no* me preocuparía mucho.

Gwyn no estaba preocupada. Solo sentía... curiosidad.

Al fin y al cabo, Wells era su vecino. Hacía días, se había cruzado con él en la carretera de la montaña; ella con su vieja camioneta roja restaurada que con tanto mimo cuidaba, y él con un absurdo BMW nuevo que debía de haber comprado.

Ya me contarás qué tal te va con eso cuando llegue el invierno, había pensado mientras alzaba la mano para ofrecerle un mínimo saludo de cortesía. Él le respondió haciendo una mueca desde el volante, como si supiera lo que estaba pensando.

Pero si él había alquilado el local de enfrente, eso significaba que *también* serían vecinos de trabajo y, sinceramente, eso implicaba más relación de vecindad de la que quería mantener con Wells.

Y además, siendo una de las brujas a cargo del pueblo, ¿no tenía que saber lo que hacían los demás brujos en *su* territorio? ¿No formaba parte eso de su (e iba a usar la palabra favorita de Vivi) *responsabilidad*?

Sabía que podía echar mano de la magia para averiguar qué estaba haciendo Wells exactamente, pero una bruja tenía que regirse por unas normas, y creía que utilizar la magia para espiar a alguien era excederse un poco de los límites.

Lo que significaba que iba a tener que esperar, y como *odiaba* esperar, había pasado toda la semana de mal humor.

En cuanto a tener que ir a la Universidad Penhaven siendo sábado... Bueno, aquello elevaba sus niveles de mala leche hasta puntos insospechados.

—En serio, creo que esto es algo que podías haber hecho por tu cuenta —le dijo a Vivi mientras se dirigían a la biblioteca. Era un día soleado, el cielo era azul y estaba despejado y las hojas estaban empezando a cambiar de color. Si Gwyn no hubiera tenido esa alergia a Penhaven, habría reconocido que estaba en un entorno bonito. Incluso idílico, con todo ese ladrillo rojo y el césped verde.

—Necesito tu ayuda —insistió su prima—. Si no terminaré escogiendo algo demasiado académico o denso. Tú sabes mejor qué tipo de historias pueden interesar a los turistas.

La oficina de turismo de Graves Gen les había encomendado una misión. Cuando el principal reclamo de un pueblo era Halloween, había que aprovecharlo al máximo, y eso conllevaba celebrar tres eventos oficiales durante el mes de octubre, empezando por lo que hasta hacía poco se había conocido como el Día del Fundador, una celebración en honor a Gryffud Penhallow, el hombre que había fundado la ciudad y (algo que los residentes no brujos de Graves Glen desconocían) establecido las líneas ley mágicas que daban al pueblo su poder. Sin embargo, el año anterior, su prima y Rhys habían descubierto que Gryffud había robado la magia de la antepasada de Vivi y Gwyn, Aelwyd Jones, matándola en el proceso. Después de aquello, como era obvio, ninguno de ellos tuvo en muy alta estima a Gryffud, así que Vivi y su marido se las apañaron para convencer a la alcaldesa del pueblo de hacer algo que fuera «un poco menos patriarcal».

Por esa razón, ese año se iba a conmemorar la Primera Unión Anual de Graves Glen. La celebrarían el día trece y giraría en torno a la historia del pueblo (y a la venta de artículos a los turistas). Una semana después, llevarían a cabo la Feria de Otoño, que era más bien una especie de carnaval de disfraces con comida (en la que se vendían artículos a los turistas).

Y por supuesto, justo once días *después*, vendría Halloween propiamente dicho, con sus casas encantadas, laberintos del terror en los maizales y chucherías (y más ventas de artículos a los turistas).

Siempre habían estado muy ocupadas durante el mes de octubre, pero ese año, además, Vivi y ella formaban parte del comité de planificación encabezado por la alcaldesa, Jane Ellis. Jane también era su ex, pero se llevaban bien, por eso había dejado que su prima la convenciera para unirse al comité. Un comité que había creído que solo implicaría acudir a alguna que otra reunión vespertina, no rebuscar en una biblioteca polvorienta un sábado.

—Ni siquiera hace falta que encuentres una historia real u oficial sobre el pueblo —le recordó a Vivi—. Puedes inventarte algo. «Un dato interesante sobre Graves Glen es que sufrió una breve invasión de murciélagos en 1976». «Graves Glen es el principal productor mundial de gominolas de uva». «Cada marzo, los lugareños de Graves Glen luchan entre sí en los Juegos del Hambre».

Vivi se rio y le dio un golpe en el brazo.

—No. Jane fue muy clara y me pidió que buscara algunos hechos *reales* en el archivo de Penhaven que pudiéramos mencionar ahora que ya no vamos a hablar de Gryffud. Y espero encontrar algunas fotos antiguas de la universidad cuando se fundó. Esta es la Primera Unión Anual de Graves Glen, así que tenemos que empezar fuerte.

Gwyn soltó un suspiro y se colocó el pelo detrás de los hombros.

—Y como no vas a estar aquí para la PUAGG, te sientes culpable y vas a hacer horas extra.

—Sabes que Jane quiere que dejemos de llamarla así, pero sí.

Gwyn sonrió y le golpeó el hombro con el suyo.

—Está bien. Pero en cuanto terminemos, me invitas a comer.

—Trato hecho.

Cuando estaban a punto de llegar a las escaleras de la biblioteca, vio un destello de color turquesa por el rabillo del ojo.

Sam estaba viniendo por un lateral de la biblioteca, seguida de Cait y Parker. Enseguida se dio cuenta de que estaban persiguiendo a la doctora Arbuthnot.

—¿Qué hace aquí un sábado? —preguntó.

Vivi soltó un suspiro y se cruzó de brazos.

—Prácticamente vive en su despacho.

Los años no pasaban por esa mujer. Seguía siendo tan guapa, imponente y aterradora como hacía trece años. Mientras la observaba, la doctora Arbuthnot se detuvo, se dio la vuelta, con sus fulares revoloteando a su alrededor, y se enfrentó a los tres brujos.

—Os lo voy a decir una última vez. —Su voz retumbó hasta las escaleras de la biblioteca—. La tarea es muy sencilla. Los tres habéis decidido complicarla más de lo necesario y por eso ahora me estáis pidiendo más tiempo.

—No la estamos *complicando* —repuso Sam, con un leve tono de súplica—. Solo queremos que sea... sofisticado.

—Evolucionado —añadió Parker.

Cait asintió.

—Exacto, si nos da un poco más de tiempo, podemos entregarle algo *realmente*...

—Lo que me vais a entregar —les interrumpió la doctora Arbuthnot— es lo que os he pedido. El lunes, sin falta.

Y dicho eso, se giró y se alejó, lanzando una breve mirada en dirección a ella y a su prima.

—Vivienne —la saludó con un gesto de cabeza que Vivi le devolvió—. Gwynnevere.

Puede que se lo estuviera imaginando, pero estaba convencida de que, cuando la doctora Arbuthnot la miró, la temperatura del lugar bajó al menos diez grados. Sin embargo, se obligó a devolverle el saludo.

Unos metros más allá, a Sam, Cait y Parker se les veía completamente decaídos, con las cabezas juntas y murmurando algo. Vivi soltó otro suspiro.

—Tienen talento —señaló—. Estas últimas semanas he trabajado con ellos un par de veces en mi despacho. Pero la doctora Arbuthnot tiene razón. Complican demasiado las cosas para poder lucirse.

—O —contraatacó ella— los hechizos que les manda la doctora Arbuthnot son aburridos y se ciñen demasiado a los libros y ellos solo quieren ser un poco más creativos.

Vivi la miró con ironía y enarcó una ceja.

—O —arrastró la palabra— alguien está proyectándose en ellos.

Gwyn le frunció el ceño a su prima, pero no la contradijo. Durante todos los años que estudió en Penhaven, se resistió a las normas, a las exigencias, a la política de «Lo hacemos así porque esa es la forma en que hay que hacerlo» que la volvía loca. Y sí, puede que eso significara que de vez en cuando metía la pata, pero al menos lo estaba *intentando*.

Al igual que esos tres.

¡Mierda! Estaba claro que iba a tener que asumir su responsabilidad.

—Creo que esta tarde te vas a encargar tú sola de buscar en los archivos —le dijo a su prima. Después, masculló por lo bajo y fue hacia el trío de brujos.

En cuanto se acercó a ellos, los tres la miraron esperanzados. De acuerdo, aquello le resultó adorable. Se veía que *eran* buenos chicos.

Brujos con talento que solo necesitaban una ligera orientación por parte de la bruja correcta; una bruja que había metido la pata tanto como ellos; una bruja que los entendía y sabía lo que estaban intentando hacer.

—Entonces —dijo, poniendo los brazos en jarra—, ¿qué hechizo se supone que tenéis que realizar?

Tres horas más tarde, Gwyn sentía un nuevo y reticente respeto por la doctora Arbuthnot.

El hechizo que les había asignado a Sam, Cait y Parker era bastante sencillo. Consistía en crear un espejismo elemental que cambiaría su aspecto, pero de forma sutil. Pelo castaño en lugar de rubio, unos centímetros más de altura, ese tipo de cosas.

Gwyn había estado de acuerdo en que hacer solo eso era un aburrimiento y le había parecido estupenda la idea de los alumnos (dotar al hechizo de una magia un poco más poderosa para obtener resultados más visibles).

Hasta que tuvo que averiguar cómo enderezar una nariz que se había quedado del revés, cómo deshacerse de cinco codos de más (y por qué el hechizo había hecho que salieran cinco codos) y si su pelo se iba a quedar verde para siempre.

El humo todavía flotaba en el aire cuando respiró hondo y se miró en el espejo que colgaba sobre el sofá del salón de su cabaña.

Menos mal que volvía a tener el pelo rojo. Se giró hacia Parker, cuyo pelo castaño ahora era de un rubio oscuro, pero tenía la nariz en su sitio.

En cuanto a Sam, tenía otra vez dos codos, el pelo turquesa negro, los ojos ligeramente más redondos y la nariz más fina.

Cait se estaba mirando las uñas con el ceño fruncido, pero solo porque había estado probando el esmalte rojo, y tenía las uñas de color púrpura.

—De acuerdo —señaló Gwyn despacio, antes de ponerse de pie—. Esto ha sido.... Bueno, no voy a mentiros, ha sido horrible, y me ha quitado al menos cinco años de vida, pero creo que al final hemos dado en el clavo y ya estáis listos para el lunes. Y también hemos aprendido una valiosa lección sobre los consejos de magia que salen por internet, ¿verdad?

Se sacudió las manos en los pantalones y echó un vistazo a su alrededor en la sala de estar. La marca de quemadura en la alfombra había sido un accidente y seguro que sir Purrcival no volvería a bajar las escaleras, pero al menos habían logrado contener el fuego, ¿no?

Desde luego, era algo de lo que sentirse orgullosa.

—¿Cuándo vas a poder ayudarnos de nuevo? —preguntó Sam, poniéndose de pie. A su lado, Parker y Cait hicieron lo mismo.

Gwyn se rio y negó con la cabeza.

—Sinceramente, novatillos, creo que será mejor que hagáis caso a Vivi y a la doctora Arbuthnot. Con su ayuda sacaréis buenas notas, lanzaréis hechizos seguros y obtendréis menos codos. De verdad.

Pero los tres negaron con la cabeza.

—De eso nada —insistió Parker—. Tú nos has entendido. Has dejado que *intentáramos* hacer algo chulo.

—Y luego, cuando metimos la pata hasta el fondo, ¡nos has ayudado a arreglarlo! —añadió Cait, balanceándose sobre sus talones—. Eres Glinda, la bruja buena. ¡Te necesitamos!

—¡Sí! —Sam se acercó a ella, la agarró del hombro y le dio una leve sacudida—. ¡Sé nuestra Glinda!

—El rosa me queda fatal y llevo como medio año sin viajar en burbuja —indicó ella.

Pero de nuevo le estaban poniendo esos ojos de corderito y, si era sincera consigo misma, a pesar del humo, del fuego y de los codos de más, le había gustado ayudarlos. Dejar que practicaran magia sin decirles que era demasiado para ellos, o demasiado raro o avanzado.

Y esa tuvo que ser la razón por la que se oyó decir a sí misma algo tan absurdo como:

—De acuerdo, está bien. Podemos volver a intentarlo la semana que viene.

CAPÍTULO 8

—Sigo sacando el Cinco de Espadas.

Gwyn estaba sentada en uno de los reservados traseros de El Refugio de la Sidra, un restaurante nuevo de Graves Glen que había abierto el verano anterior y que, enseguida, se había convertido en uno de sus lugares favoritos. Un establecimiento que también le había parecido un sitio seguro al que llevar a sus novatillos para impartirles su segunda lección de magia. Aunque sospechaba que debían de sentirse un poco decepcionados, ya que sin duda habían esperado que los llevara a un enclave un poco más místico que un local donde se servía chile de calabaza y algo llamado «puré de Macbeth». Sin embargo, tras lo sucedido el sábado, Gwyn había decidido que era mejor que se tomaran las cosas con más calma y usar una magia que pudiera practicarse en público sin correr peligro.

De ahí la clase de tarot que en ese momento les estaba dando.

Y si el objetivo de esa lección tenía que ser un «A ver qué os pueden decir las cartas sobre... no sé... por ejemplo... lo que Wells Penhallow está haciendo al otro lado de la calle», pues que así fuera.

Se había prometido que no utilizaría la magia para averiguar qué estaba tramando Wells, pero ya llevaba más de una semana indagando por su cuenta y la curiosidad estaba empezando a matarla.

Además, usar la magia de forma indirecta, a través de *otra* persona, no era tan malo, ¿verdad?

En ese momento, dejó su hamburguesa «Escoba de bruja» sobre la mesa y le dio un golpecito a la carta que había sacado Parker.

—¿Y eso qué crees que significa?

Parker soltó un suspiro y echó la cabeza hacia atrás mientras Cait se acercaba a elle y le decía:

—Lo sabes perfectamente. —Miró a Gwyn—. Esta se la sabe, Glinda.

—Aquí no hay respuestas correctas o incorrectas —le recordó a Parker—. Todo se basa en la intuición.

Parker arrugó la cara y se quedó pensando un instante.

—Las espadas son aire. El aire representa el pensamiento, la inteligencia.

—Bien —asintió Gwyn—. ¿Y?

—El cinco está en el medio, por lo que el conflicto...

Sam empezó a cantar *Bad Blood*, lo que hizo reír a Cait. Gwyn puso los ojos en blanco aunque esbozó una sonrisa. Eran buenos chicos. Los tres le habían estado echando una mano en la tienda, como una especie de contraprestación por estas clases. Vivi había tenido razón cuando le dijo que eran brujos con talento.

—Sigue intentándolo —le instó ella, limpiándose las manos en la servilleta—. Mientras tanto, voy a la barra a por una sidra.

Sam se apartó para que pudiera salir. De camino a la barra, empezó a oírlos discutir sobre qué carta era la peor, si La Torre o La Muerte.

El Refugio de la Sidra estaba lleno para ser un miércoles por la noche. Vio a varias caras conocidas: Sally, una de sus clientes habituales, que estaba en la barra con su marido; Nathan, el amigo de Elaine.

Y en una mesa de un rincón divisó a Jane. Estaba con su novia, Lorna, y tanto Jane como Gwyn se saludaron con el mismo gesto de mano incómodo que hacían cada vez que se encontraban; algo frecuente, teniendo en cuenta que Graves Glen no era un pueblo muy grande.

No habían quedado mal después de romper. Lorna le caía bien y se alegraba por Jane, pero cada vez que se topaba con ellas sentía como si la vida le estuviera recordando que llevaba casi un año con cero relaciones románticas.

Después de dejarlo con Jane, había salido un par de veces con Daniel, el chico que regentaba el Café Cauldron, y Vivi le había presentado a Beth, una compañera profesora de Historia, pero aquello tampoco había llegado a ninguna parte.

En realidad, a quien echaba la culpa de su mal de amores era a Vivi y a Rhys. Ver a su prima tan feliz, tan a gusto con alguien, la había vuelto más exigente. Ya no quería estar con alguien con quien poder hablar y tener un poco de sexo del bueno. Quería... Bueno, no tenía claro qué exactamente.

Tal vez, mirar a alguien y saber lo que estaba pensando. Estar en una habitación llena de gente y comprender que esa persona era tuya. No solo pasarlo bien con alguien, sino disfrutar de la persona en la que se convertía cuando estaba con ese alguien.

Negó levemente con la cabeza.

Sí, la culpa la tenían Vivi y Rhys, que la habían vuelto una blandengue.

Lo que necesitaba era un poco de sidra con algún nombre rimbombante y volver con sus alumnos, así que siguió caminando y pidió un vaso de una cosa llamada «La manzana envenenada de la Reina Malvada».

Justo cuando terminaba de agarrar el vaso, vio una figura familiar acercándose a ella.

Wells tenía en la mano un botellín de cerveza en lugar de una botella de sidra artesanal, y en medio de ese océano de camisetas y vaqueros, llevaba unos pantalones de vestir, una camisa y, ¡Dios bendito!, un *chaleco*.

Pero no un chaleco tipo suéter, no, un chaleco de traje.

No pareció verla hasta que casi estuvo encima de ella. Se notaba que tenía la cabeza a miles de kilómetros de allí. Y, cuando se percató de su presencia, se sobresaltó.

—Señorita Jones.

—Llewellyn Penhallow, Esquire —respondió ella. Él apretó los labios.

Ahí estaba. Era demasiado fácil burlarse de él y se lo pasaba demasiado bien como para detenerse.

—¿Qué haces en El Refugio de la Sidra? —le preguntó—. Se te ve más de... no sé... El Castillo del Champán.

Durante un instante, tuvo la sensación de que Wells se iba a reír, pero si sintió el impulso de hacerlo, se esfumó rápidamente.

—Veo que te has formado muchas opiniones de mí cuando solo nos conocemos desde hace dos semanas y apenas hemos estado juntos cinco minutos.

Gwyn sonrió con suficiencia y se cruzó de brazos.

—No nos conocemos desde hace dos semanas —señaló.

Wells frunció el ceño, confundido.

—¿Qué? No, estoy seguro de que no nos conocemos de antes. De lo contrario, me habría...

La miró con intensidad durante un segundo. Un gesto que no le pasó desapercibido a Gwyn, que sintió una ligera oleada de calor recorriéndole la columna.

Mira, no, le dijo a ese cuerpo traidor que tenía. *Sé que últimamente te he descuidado un poco, pero contente, por favor.*

No podía negar que era atractivo. Y tenía unos ojos muy bonitos. Además, a ella siempre le habían gustado los hombres con barba, pero seguía siendo *Llewellyn Penhallow,* un esnob de cuidado que tendía a saltarse las bodas de la familia.

En ese momento, dio un sorbo a su cerveza y negó con la cabeza.

—Si dices que nos conocemos de antes, es probable que tengas razón, pero te aseguro que no me acuerdo.

—¿Quién sabe? Puede que algún día lo descubras —sugirió ella con un encogimiento de hombros.

Ahí estaban de nuevo esos labios apretados, esa mirada dura, ese enderezamiento apenas perceptible de la espalda.

—Seguro. Me alegro de volver a verte —dijo, aunque estaba claro que no lo hacía en absoluto—. Ahora, si me disculpas, solo he venido a beber un trago rápido. Todavía tengo mucho trabajo que hacer esta noche.

—¡Ah, sí! —indicó ella, con el tono más desenfadado que pudo, mientras él pasaba a su lado—. Me ha parecido verte estos días en ese destartalado edificio de enfrente. ¿Qué estás haciendo allí?

Estaba convencida de que había sido sutil, pero aquello era algo que nunca se le había dado bien, así que, en cuanto vio la arrogante sonrisa que esbozó Wells, supo que había vuelto a fallar.

—¿Quién sabe? Puede que algún día lo descubras —dijo él.

Si no se hubiera sentido tan indignada por la pulla, se habría quedado impresionada.

Entonces él se volvió, miró al otro lado del restaurante y frunció el ceño.

—¿No son esos tus empleados? He reconocido a la del pelo azul.

—No son empleados, sino *pupilos* —lo corrigió ella—. Ahora que la magia de la familia Jones alimenta las líneas de poder de este pueblo, hemos empezado a trabajar con algunos de los brujos más jóvenes, enseñándoles hechicería y supervisando sus prácticas. Supongo que crees que lo único que hacemos son tonterías, con sombreros puntiagudos de plástico, pero aquí nos tomamos en serio la magia.

—Mmm. Bueno, ahora mismo, se están poniendo «muy en serio» las cartas del tarot en la frente —explicó él.

Gwyn se dio la vuelta.

En efecto, Cait estaba lamiendo el dorso de una carta del tarot y se la pegó en la frente, mientras Parker y Sam intentaban adivinar cuáles eran las suyas.

Genial.

—En realidad, se trata de una nueva técnica de lectura que están practicando —respondió, con la cabeza bien alta—. Supongo que todavía no habéis oído hablar de ella en Gales.

—Mmm —volvió a decir él.

Y entonces, cuando Wells se dio la vuelta, Gwyn volvió a captar ese leve atisbo de sonrisa.

—Buenas noches, señorita Jones.

No se molestó en darle una última réplica, sino que se fue directa a la mesa y le quitó a Cait La Emperatriz de la frente.

—¿En serio? —preguntó al grupo de brujos.

Cait se encogió de hombros sin el menor remordimiento.

—Estabas tardando mucho y nos aburríamos. —Se giró en su asiento y miró a Wells—. Es la primera vez que lo veo tan de cerca. Está bueno.

—No lo está —mintió ella, mientras Parker susurraba un «pero que muy bueno».

—Hay que reconocer que esa familia tiene buenos genes —señaló Sam.

—Que esté bueno o no, no es relevante aquí —les recordó Gwyn—. Se supone que lo que tenéis que averiguar es lo que *está* haciendo en Graves Glen.

Miró las cartas extendidas sobre la mesa. El Cinco de Espadas seguía allí. También el Seis de Espadas; lo que no le extrañó, ya que ese naipe solía significar que se estaba urdiendo algo.

La servilleta de Parker cubría ligeramente una tercera carta. Gwyn la apartó.

Ahí estaban los Amantes.

—La he sacado unas nueve veces seguidas —indicó Parker, señalándola con la cabeza—. Incluso barajamos las cartas entre tirada y tirada y, aun así, ¡ha salido en todas las ocasiones!

Gwyn recogió la carta, la juntó con el resto y las devolvió a la baraja, haciendo todo lo posible por no pensar en el momento que había compartido con Wells, hacía unos instantes, cuando él la había mirado (*mirado* de verdad) y ella había sentido lo que fuera que hubiera sentido.

—Está claro que esta lección ha sido un fiasco —dijo a los brujos—. Supongo que tendremos que esperar y averiguar qué es lo que se trae entre manos a la antigua usanza.

Pero la espera no se hizo muy larga.

CAPÍTULO 9

Gwyn llegó a la tienda a primera hora de la mañana del día siguiente. Esperaba un envío de tés y quería desempaquetar todo en cuanto llegara, más que nada para decidir cuáles quería llevarse a casa para probarlos. De hecho, estaba tan concentrada en los tés que, al principio, ni se dio cuenta.

Hasta que no abrió la puerta de Algo de Magia, vio por el rabillo del ojo un destello y se giró, no se percató.

Y en ese momento, a pesar de que lo tenía delante de sus narices, no estuvo segura de creerse lo que estaba viendo.

De hecho, cruzó la calle y se quedó de pie, delante del edificio, mirándolo todo con atención, pero no le pareció real.

El día anterior, el escaparate frente a Algo de Magia había estado completamente vacío, las ventanas cubiertas con papel marrón y la pintura azul oscuro alrededor de la puerta descascarillada.

Ese día, la puerta estaba recién pintada, de un verde tan oscuro que casi parecía negro y el escaparate mostraba un despliegue de cristales y amuletos sobre un suave terciopelo del mismo color.

Sobre la puerta, había un elegante cartel de madera con un cuervo que llevaba una corona y en el que podían leerse tres palabras:

ARTÍCULOS MÁGICOS PENHALLOW

—¡Oh, no! De ningún modo —murmuró en voz baja antes de abrir la puerta de un tirón.

No se oyó ningún graznido, solo el leve tañido de una campanilla. Cuando entró en la tienda (porque estaba claro que se trataba de eso, que Wells Penhallow había montado *una tienda justo enfrente de la suya*) una mezcla de salvia, laurel y cuero viejo le dio la bienvenida.

Las suaves luces insertadas en las tulipas de cristal proyectaban un cálido resplandor sobre el interior, y aunque fuera hacía sol, sintió que, si decidía abrir la puerta para salir, se habría topado con un día gris y ventoso. Esa fue la primera sensación que tuvo, como si acabara de entrar en el lugar más acogedor del mundo y tuviera la inmensa suerte de estar a salvo y calentita allí dentro.

Se quedó allí parada un instante, tratando de orientarse.

Tenía que tratarse de un hechizo; un hechizo que lograba que, cualquiera que entrara en esa tienda, se sintiera agradecido de estar allí y ansiara perderse entre todas esas estanterías llenas de libros y cachivaches y hundirse en uno de los sillones de cuero cerca de la... ¿chimenea?

¿Ese desgraciado tenía una chimenea con un *fuego crepitante* en su hogar?

—Bienvenido a Penhallow. ¿En qué puedo...? ¡Oh!

Gwyn se volvió para ver al susodicho desgraciado, cuyo atractivo rostro estaba pasando de amable dependiente a brujo gruñón. Le pareció de lo más injusto que ambas expresiones le sentaran bien, aunque supuso que eso era tanto la bendición como la maldición de poseer una estructura ósea tan buena como la suya.

Ese día tenía un aspecto menos intimidante, ya que había cambiado el abrigo de cintura por un suéter gris, unos vaqueros desgastados y, aunque no llevaba el pelo tan revuelto como Rhys, sí lo tenía lo suficientemente despeinado como para que le cayera sobre los ojos azules.

Y no, no se había fijado en él tanto como para darse cuenta de esos detalles.

—¿Qué es todo esto? —le preguntó.

Wells se apoyó en el mostrador y entrelazó los dedos de las manos con un suspiro.

—¿Hay alguna nueva palabra estadounidense que no conozca que signifique «tienda»? Estaba convencido de que ese término en concreto tenía el mismo significado aquí que en Gales.

Su hermano habría pronunciado esa frase con una sonrisa cómplice, pero Wells se limitó a mirarla como si ya se hubiera aburrido de toda aquella conversación. Y como Gwyn sabía que ella era la persona menos aburrida *del mundo,* se sintió especialmente molesta.

Lo que seguramente era la intención de ese hombre.

—¡Oh! Sé muy bien lo que es una «tienda». El problema es que es una tienda situada justo enfrente de la *mía,* en la que se vende el mismo tipo de productos.

Wells alzó ambas cejas y miró a su alrededor.

—¿Ah, sí? ¿Acaso he comprado algunas calabazas de plástico y ya no me acuerdo de que las tengo?

Gwyn puso los ojos en blanco y se acercó al mostrador. Los tacones de sus botas resonaron con fuerza sobre el suelo de madera.

—Sabes a lo que me refiero. Esta es una tienda de brujería. Estás entrando en mi territorio.

—¿Ahora es cuando nos ponemos a chasquear los dedos y empezamos un duelo de baile?

¡Mierda! Esa ha sido buena.

Pero se negó a darle la satisfacción de sonreír lo más mínimo. En su lugar, alzó la barbilla y puso los brazos en jarra.

—Solo digo que es un poco rastrero convertirse en mi competencia nada más llegar al pueblo.

Y más teniendo en cuenta lo mucho que le estaba costando salir adelante esos días. Aunque no le iba a decir eso. Pero la contabilidad de Algo de Magia estaba más en números rojos que positivos y un lugar como aquel (tan acogedor, elegante y misterioso) no iba a ayudar.

Wells se enderezó y se cruzó de brazos.

—Creo que este pueblo puede soportar tener más de una tienda de «brujería», señorita Jones. Sobre todo porque vamos a vender artículos distintos a clientes muy diferentes.

—No hay clientes diferentes —alegó ella—. Confía en mí. Aquí vienen turistas y algún que otro lugareño que busca sales de baño un poco más sofisticadas. Eso es todo.

—¿Has dicho «sales de baño»? —Wells enarcó una ceja y se palpó los bolsillos—. Creo que lo voy a anotar.

Gwyn nunca se había considerado una persona violenta, pero pensó que tal vez, solo tal vez, ese hombre necesitaba que le dieran un buen golpe en la cabeza con uno de los lujosos grimorios de cuero que había en el mostrador, a su espalda.

—Además —añadió, señalándolo con un dedo—, en mi tienda no vendo artículos mágicos reales porque son peligrosos. No es bueno que alguien que nos visite en Halloween termine en sus manos con... una piedra viajera o un grimorio que funcione de verdad. Así es como uno acaba enfrentándose a zombis, Esquire. ¿Quieres zombis?

Wells frunció el ceño y torció la boca.

—En primer lugar, no me llames así. Y en segundo lugar, tampoco nada de lo que hay aquí contiene magia real. ¿Sabes? No soy un completo imbécil.

Gwyn miró a su alrededor. Los libros colocados en las estanterías situadas cerca de la puerta parecían antiguos, pero cuando hizo un barrido mental de ellos no percibió que desprendieran ningún poder. Lo mismo sucedió con los cristales del escaparate y las varitas que se encontraban en cajas de madera tras el vidrio del mostrador.

—Que estos objetos no sean de plástico no significa que sean artículos mágicos reales —continuó él, colocándose de nuevo detrás del mostrador, junto a la caja registradora negra de aspecto antiguo—. Solo estoy ofreciendo una experiencia un poco más... exclusiva.

—Yo sí que te voy a dar una experiencia exclusiva —replicó ella, antes de fruncir el ceño—. De acuerdo, eso no ha tenido ningún sentido. Lamento las palabras que he escogido, pero no la emoción que hay detrás de ellas. Podrías haber abierto..., no sé, una tienda de chaquetas de *tweed*. O una donde solo se vendan relojes de esos carísimos, corbatas... ¿Tú no tenías un *pub* en Gales? ¡Podías haber abierto otro aquí! Pero no, tenías que poner *esto*. Y lo has hecho a propósito, como el imbécil que eres.

—¿No se te ha ocurrido alguna vez que no todo lo que sucede en el mundo está directamente relacionado contigo, señorita Jones?

Al ver que Gwyn no se tomaba la molestia de responderle, puso los ojos en blanco y levantó su elegante mano.

—Primero —dijo, sacando el dedo índice—, no tengo ninguna chaqueta de *tweed*. Ni tampoco relojes de bolsillo. Segundo, solo he llevado corbata una vez en mi vida, y te aseguro que es algo que no se va a repetir. Y tercero, sí, *tenía* un *pub* en Gales con el que no disfruté mucho.

—¿Porque tenías que interactuar con la gente y fingir ser una persona en vez de un robot que consigue su energía a base de té y desprecio?

Gwyn se tomó su expresión confusa como una victoria.

—Da igual —continuó Wells—. El caso es que he abierto esta tienda porque creo que es lo que este pueblo necesita. Con independencia de en lo que se haya convertido, Graves Glen comenzó siendo un refugio para brujas y practicantes de magia, y he pensado que sería bueno preservar algo de esos inicios en lugar de llenarlo todo de chucherías y dibujos de gatos negros.

Nada más oír aquello, Gwyn soltó una carcajada y dio un golpe en el mostrador con la fuerza suficiente para tambalear un frasco de cristal lleno de plumas negras.

—Vale, así que todo esto es por un asunto de esnobismo. Entendido.

—Es por mantener la tradición —replicó él.

Gwyn se dio la vuelta y encogió levemente un hombro.

—Sigue diciéndote eso a ti mismo, Esquire. Ya me contarás cuánta gente está dispuesta a gastarse... —se detuvo junto a la puerta, echando un vistazo al precio que aparecía en el reverso de uno de los grimorios— cien dólares por algo que pueden conseguir por veinte pavos en Algo de Magia.

Dejó el grimorio en la mesa, sintiéndose un poco... De acuerdo, quizá satisfecha era demasiado, pero sí un poco mejor. Sí, esa tienda era bonita, elegante e incluso desprendía un halo de misterio, y seguro que en ella iba a entrar mucha gente, pero no lograría muchas ventas. No con ese tipo de artículos.

Miró hacia atrás, a Wells, con una sonrisa en los labios.

Pero se dio cuenta de que él también estaba sonriendo.

—Ya veremos, señorita Jones —dijo él. Su sonrisa se hizo más ancha mientras que la de ella desapareció por completo—. Ya veremos.

CAPÍTULO 10

Wells no creía que hubiera nada en el mundo que le gustara más que el sonido de la campanilla al abrirse la puerta de su nueva tienda.

Y durante los días siguientes, pudo oír su sonido favorito un montón de veces.

No sabía si lo que atraía a los clientes era el ambiente del lugar o el hecho de que se acercaba el mes de octubre, pero Artículos Mágicos Penhallow empezó a funcionar nada más abrir.

Los primeros que comenzaron a ir fueron los profesores de la Universidad Penhaven (seguro que por la curiosidad que les despertaba el nuevo Penhallow que vivía en el pueblo). Después, durante el fin de semana, fueron los turistas los que visitaron la tienda, sentándose frente a la chimenea en los sillones de cuero y contemplando los cuadros de paisajes galeses que colgaban de las paredes. Pero no solo admiraban las pinturas, también compraban.

A esas alturas, ya había tenido que hacer un pedido nuevo de grimorios de cuero y casi se le habían acabado las bolas de cristal. También se había percatado de que las velas tenían mucho tirón, al igual que el té.

Sabiendo eso, empezó a preparar sus propias teteras en la tienda, ofreciendo té gratis a cualquiera que se sentara cerca del fuego mientras charlaban. Cuanto más relajados estuvieran los clientes, cuanto más atendidos se sintieran, más tiempo se quedarían allí, y al final algo solía llamarles la atención y lo compraban.

No tardó en darse cuenta de que así era precisamente como siempre se había imaginado que debía funcionar un *pub*. Sonrisas amables al entrar y amistosos apretones de manos al salir.

Y aquello se le daba de *fábula*.

Lo supo porque, una semana después de abrir, Gwyn había vuelto a presentarse en su tienda, lo había taladrado con la mirada y le había preguntado:

—¿Sirves té aquí? ¿Gratis?

Ese día, iba vestida de un intenso rosa, igual que la mecha que había añadido a su pelo rojo (una mecha en la que luego Wells había estado pensando demasiado tiempo, preguntándose por qué había sentido el impulso de enredarla entre sus dedos).

Sin embargo, en ese momento, se limitó a decir:

—Soy consciente de que los estadounidenses desconfiáis de nuestro té, pero no tenía ni idea de que ofrecerlo gratis fuera un problema.

Ella había mascullado algo horrible antes de abandonar furiosa la tienda y él había decidido pedir más teteras.

En ese momento era sábado, lo que significaba que la tienda estaba llena de gente que charlaba y echaba un vistazo a los artículos que se vendían. Wells se sentía más que satisfecho cuando oyó sonar la campanilla.

Esbozó su sonrisa más amable, se dio la vuelta y se dio cuenta de que era una de esas jóvenes que solían estar en la tienda de Gwyn; una de sus «pupilas», la chica de pelo negro que siempre lo llevaba recogido en una trenza.

Ese día, iba vestida con una camiseta blanca con un gato negro en la que podía leerse el lema: «¡Brujas, sed malvadas!». Cuando la chica se giró, vio que en la parte trasera aparecía impreso: ALGO DE MAGIA, GRAVES GLEN, GEORGIA.

Inteligente. Bastante obvio, pero no era una mala prenda de recuerdo.

La chica fingió ponerse a curiosear y Wells se cruzó de brazos, balanceándose ligeramente sobre los talones mientras la observaba recorrer la tienda. En un momento dado, agarró una baraja de cartas de tarot, le echó un vistazo con cara de aburrimiento y la devolvió a su sitio.

Luego se acercó a los grimorios y bostezó (literalmente), dándose unas palmaditas en la boca abierta con la mano.

Wells enarcó una ceja.

Había esperado un contrataque, pero, sinceramente, si eso era lo mejor que podía hacer Gwyn, se sentía un poco decepcionado.

Entonces la puerta de la tienda volvió a abrirse. Reconoció a otro de los estudiantes universitarios, el del pelo rizado castaño y un aro en la nariz que brillaba bajo las tenues luces de su tienda.

—¿Has encontrado algo? —le oyó decir en voz demasiado alta.

La chica soltó un suspiro exagerado.

—No, todo lo que hay por aquí me resulta... —miró a Wells— aburrido.

Wells estuvo a punto de echarse a reír.

La otra persona dijo:

—Normal, hemos visto a un GATO HABLAR en ALGO DE MAGIA. Después de eso, todo nos va a parecer aburrido.

Las palabras retumbaron en la tienda. En esta ocasión, Wells no pudo contener un bufido de desprecio.

¿En serio?

¿Lo único que tenía Gwyn era un par de adolescentes que entraban en su tienda, fingiendo estar aburridos, para luego dejar caer una burda mentira? Como si sus clientes fueran a morder el anzuelo así como así...

—Un momento, ¿de verdad?

Wells se dio la vuelta y vio acercarse a una joven bruja hacia la pareja; una joven que había empezado a considerar como una de sus clientes habituales. Era una estudiante de postgrado de Penhaven que iba casi todas las tardes a tomar el té y a charlar, y casi siempre le compraba algún cristal. Incluso le había vendido una de sus teteras cuando ella se lo pidió.

Ahora estaba de pie, con los... *minions* de Gwyn, mirando algo en uno de sus teléfonos. Segundos después, soltó una carcajada y miró por la puerta, en dirección a Algo de Magia.

—Vale, eso es algo que tengo que ver con mis propios ojos.

La campanilla volvió a sonar, pero en esa ocasión, a Wells no le hizo ninguna gracia ese sonido.

Ni las otras veces que lo siguió oyendo después, cuando todo el mundo que estaba en la tienda empezó a levantarse y a dirigirse, primero hacia la pareja de la puerta y a su maldito teléfono, y luego hacia el otro lado de la calle.

Al final, solo quedaron en la tienda tres clientes; dos de ellos con aspecto demasiado pedante.

—Es imposible que tenga un gato que habla —señaló Wells—. Nadie puede lanzar un hechizo así.

Pero mientras lo decía, no lo tenía tan claro. Era un hechizo que nunca había visto conjurar a nadie. Sin embargo, después del sermón que le había soltado Gwyn sobre la inconveniencia de ofrecer magia real a los turistas, seguro que ella no se atrevería a romper esa regla, ¿verdad?

¿Y tú lo harías? ¿Si creyeras que va ganando?

Lo siguiente que supo fue que estaba en la calle, contemplando a una multitud que se había congregado en Algo de Magia. Había varias filas en torno a la puerta y tuvo que atravesarlas, disculpándose con la gente, hasta que estuvo en el interior y vio a...

Un puto gato hablando.

—¡Feliz HalloWEEEN!

Oyó jadeos, suspiros y risas del público mientras Gwyn Jones, ataviada con sus galas de bruja, con sombrero incluido, abrazaba a un gato negro bastante regordete que llevaba su propio sombrerito y un pañuelo naranja de lo más elegante.

Un gato que volvió a abrir la boca y gritó de nuevo:

—¡Feliz HalloWEEEN! —Luego, giró la cabeza hacia Gwyn y preguntó—: ¿Chuches?

A la gente pareció encantarle eso último. Gwyn volvió a acariciarlo y susurró algo al animal.

—¡¿Cómo lo has entrenado para que haga eso?! —gritó alguien.

Gwyn sonrió, acurrucó al gato debajo de su barbilla y dijo:

—¡Una bruja nunca revela sus hechizos! —Luego guiñó un ojo y añadió—: O dónde compra artículos absurdamente caros.

Al ver que todos se echaban a reír, Wells miró a su alrededor, asombrado. No le cabía la menor duda de que el gato era de verdad, de que esa *magia* era real, pero si pones delante de las narices de la gente algo así, y le dices que no lo es, todo el mundo se lo creerá.

Porque la alternativa era demasiado rocambolesca.

Y entonces, por si no había tenido bastante, Gwyn gritó:

—¡Cada compra incluye una foto o vídeo de cortesía con sir Purrcival! ¡Eso sí, aseguraos de usar la etiqueta de #AlgodeMagia!

Diabólico.

Absolutamente diabólico.

Cuando sus miradas se encontraron brevemente y la vio esbozar una sonrisa de «jódete», se dio cuenta de que nunca se había sentido tan atraído por una mujer en toda su vida.

Y eso era un gran inconveniente.

CAPÍTULO 11

—Exactamente, ¿cuánto tiempo va a durar esta guerra que os traéis mi hermano y tú?

Gwyn estaba sentada frente a la mesa de la cocina, con Rhys y Vivi, celebrando su tradicional cena semanal. A veces lo hacían en su apartamento; otras, en un restaurante, pero casi siempre era en la cabaña, y esa noche no había sido una excepción.

Y si se había sentido un poco culpable al pensar en Wells comiendo solo en esa casa enorme justo al final de la carretera, solo tuvo que recordarse a sí misma que, el día anterior, se había enterado de que había solicitado una licencia para vender alcohol, lo que significaba que, en breve, esa estúpida y lujosa tienda suya empezaría a servir bebidas, lo más probable gratis, y no creía que ni siquiera sir Purrcival pudiera hacerle mucha competencia al alcohol gratis.

—Hasta que yo gane —le respondió a Rhys, buscando más sal.

Rhys soltó un gruñido y echó la cabeza hacia atrás.

—No me jodas.

—¿Qué? —preguntó Vivi.

Su marido suspiró y se enderezó en su asiento.

—Eso es exactamente lo que me dijo Wells cuando le hice la misma pregunta.

Gwyn dio un sorbo a su vino y ocultó una sonrisa tras la copa. A Algo de Magia nunca le había ido tan bien como en ese momento. Sir Purrcival solo aparecía los sábados, pero no hacía falta más. Sus vídeos se difundían en las redes sociales y la gente que entraba solo para verlo siempre terminaba comprando algo. Las ventas *online* también habían aumentado y había contratado de forma oficial a Cait y a Parker para que la ayudaran.

Puede que Wells Penhallow fuera un grano en el culo, pero tenía que reconocer que competir con él le había venido bien a su negocio.

—Entonces, más vale que se rinda —indicó Vivi, llenándose de nuevo la copa—. Gwyn nunca pierde.

Rhys la miró, sorprendido.

—Creía que íbamos a mantenernos neutrales en esto.

—Tú puedes ser neutral si quieres —replicó su prima. Luego levantó la copa y la chocó con la de Gwyn—. Yo voy con Gwyn a muerte.

—¡Hurra! —exclamó Gwyn.

Rhys las miró antes de agarrar su copa y acercársela a él.

—Creo que Wells es un imbécil el noventa por ciento de las veces, pero no puedo brindar por su fracaso. —Hizo una mueca—. ¿Así es como se siente uno cuando quiere a su familia?

Vivi hizo caso omiso del comentario y se volvió hacia Gwyn.

—Salimos de viaje muy temprano. Vais a comportaros mientras estemos fuera, ¿verdad? Me refiero a que esto es solo una competencia amistosa. No va a terminar en..., no sé, maldiciones ni fantasmas con sed de venganza, ¿no?

—Solo por poner un ejemplo —añadió Rhys secamente.

Gwyn negó con la cabeza.

—Podéis iros tranquilos y dejarnos solos, lo prometo. Además, voy a estar demasiado ocupada enseñando a sir Purrcival frases nuevas típicas de esta fiesta. Me costó una *eternidad* que dijera «Feliz Halloweeen», pero ahora que sabe que el premio son golosinas, no para de decirlo.

Como si quisiera demostrar que tenía razón, sir Purrcival escogió ese momento para acercarse y soltar.

—Halloweeen feliz, feliz Halloween, chuches, ¿imbécil?

—Bueno, eso se merece por lo menos unos mil «me gusta» —sugirió Rhys.

Gwyn suspiró mientras se agachaba para dar a sir Purrcival un poco de comida de su plato.

—Estamos trabajando en ello.

Su teléfono empezó a vibrar junto a su copa. Se hizo con él y vio que era su madre quien la estaba llamando.

—Es Elaine —informó a Rhys y a Vivi. Luego los señaló a ambos y ordenó—: *No* se os ocurra decirle que estoy explotando a su nieto para ganar dinero.

El día siguiente transcurrió muy despacio en Algo de Magia (y sí, Gwyn se asomó a la ventana un par de veces y se fijó en que también estaba bastante tranquilo en Penhallow. ¿Algún problema?).

Pero no le pareció mal. Habían ganado más dinero en el último fin de semana que en todo el mes, y necesitaba reponer existencias. Además, sus novatillos habían querido practicar un poco más con el tarot, así que cuando entró una cliente cuando estaba a punto de cerrar, la pilló desprevenida.

La chica le sonaba; seguro que era de por allí, pero no era una bruja, o lo habría percibido.

—¡Hola! —la saludó alegremente—. ¿En qué puedo ayudarte?

La chica se acercó al mostrador, rozando el cristal con las puntas de su larga melena rubia.

—Me gustaría comprar una baraja del tarot.

¡Ah! Ese era el pan de cada día de Gwyn.

—Entonces estás de suerte porque tenemos un montón de opciones. ¿Qué modelo buscas? ¿La clásica Rider-Waite, algo más contemporáneo...?

Gwyn metió la mano debajo del mostrador para sacar una de sus barajas favoritas para vender a los humanos. Y ahí fue cuando lo sintió.

Una especie de chisporroteo eléctrico que cargó el ambiente y le puso los pelos de punta.

Se enderezó, con las cartas aún en la mano, e intentó concentrarse en esa sensación. No provenía de la chica. Al menos no exactamente de ella, pero...

—¿Te encuentras bien?

Gwyn volvió a mirar a la joven, que estaba esperando que le mostrara la baraja de tarot, y clavó la vista en su cuello.

Allí, colgando de él, había una piedra sujeta con un cordel de cuero. Era un trozo de cuarzo, nada particularmente especial, aunque debían de haberle hecho algo porque exudaba magia por los cuatro costados, haciendo que le castañetearan los dientes.

Forzó una sonrisa y dejó la baraja sobre el mostrador.

—¡Qué collar tan bonito!

La chica sonrío y tocó el cuarzo.

—Gracias. Lo he comprado allí enfrente.

Hizo un gesto hacia la ventana. Hacia la tienda Penhallow.

Ahora ya no tenía que fingir la sonrisa.

Te he pillado, Esquire.

Se había atrevido a burlarse de sus calabazas de plástico y dibujos de gatos mientras él se dedicaba a vender artículos hechizados a la gente normal y corriente. Se lo iba a restregar en la cara con tanta fuerza que puede que hasta le dejara sin rostro.

Pero antes, tenía que cumplir con su deber de bruja.

Miró a su alrededor, se echó hacia delante y bajó la voz.

—Está bien. No suelo hacer esto con los amuletos que no he vendido yo, pero este es tan bonito que al menos tengo que proponértelo.

A la chica se le iluminaron los ojos cuando le recitó un montón de palabras que sabía que servirían de anzuelo: «luna llena», «sal», «limpieza», «poderosa»... y lo siguiente que supo fue que tenía la piedra en su almacén, dispuesta sobre una pequeña bandeja de plata.

Colocó la palma de la mano sobre el cristal y después respiró hondo y se concentró.

Al cabo de unos segundos, sintió que el cuarzo se agitaba bajo su mano, y entonces, con un leve siseo, una runa se alzó frente a ella, oscilando como el humo.

Respiró aliviada. No se trataba de nada grave ni aterrador, solo un simple hechizo de claridad. *Sujeta esta piedra, concéntrate en el problema y sabrás lo que tienes que hacer, la solución aparecerá ante ti.*

Durante un instante, se planteó dejar el cristal encantado. Al fin y al cabo, ¿no se merecían las personas normales un poco de claridad?

Pero no, estas cosas se regían por unas normas, y aunque ella odiaba (y mucho) seguir las normas, rompió el hechizo murmurando unas palabras y rociando el cristal con una pizca de agua recogida de un arroyo que había fluido bajo la luna llena.

Cuando terminó, tenía el cuarzo en la palma de la mano, igual de bonito que antes, pero sin irradiar ningún tipo de magia.

Satisfecha, regresó a la tienda y se lo devolvió a la chica con una deslumbrante sonrisa y un cupón de un diez por ciento de descuento para la próxima vez que entrara a comprar en Algo de Magia.

Como era su última cliente y había llegado la hora de cerrar, la acompañó hasta la puerta y echó el cerrojo cuando salió. Después, apenas tardó unos minutos en poner todo en orden, hacer la caja y guardar la recaudación en el almacén y salió a la calle, iluminada por la luz de la luna. Corría una fresca brisa que le azotó el cabello, así que se apresuró a cruzar al otro lado.

Se había pasado el último cuarto de hora planeando cómo iba a enfrentarse a ese hombre por vender artículos con magia real. Tenía pensado empezar con algo lo suficientemente dramático, como abrir la puerta de golpe, señalarlo con el dedo y tal vez soltar un sonoro «¡*J'accuse!*» que le diera un poco más de estilo.

A fin de cuentas, llevaba trece años esperando imponerse a Llewellyn Penhallow; no era el momento de mostrarse sutil.

Pero cuando agarró el picaporte de la puerta y lo movió, esta no se abrió. Todo lo contrario, estaba completamente cerrada. Así que, en vez de irrumpir en un glorioso y justiciero torbellino, tuvo que sacudir de forma patética la puerta y luego dar unos golpecitos con las uñas en el cristal mientras él la miraba con el ceño fruncido detrás del mostrador.

—¡Está cerrado! —gritó Wells.

Gwyn pegó la cara al cristal, empañándolo con el único propósito de molestarlo.

—¡Tengo que hablar contigo! —informó ella.

Wells se quedó un rato parado, tamborileando con los dedos sobre el mostrador, antes de acercarse y, por fin, abrir la puerta.

—¿Qué quieres?

Como era de esperar, no le ofreció entrar, simplemente se quedó en el umbral, mirándola con gesto intimidante bajo esa nariz afilada.

Y como también era de esperar, Gwyn decidió hacer lo que le daba la gana y entró en la tienda, tenuemente iluminada, con una mano en el bolsillo del abrigo.

—Tú —lo señaló con la mano que tenía libre— la has cagado. —No pretendía sonar tan alegre, pero no pudo evitarlo. Aquello era demasiado bueno para no disfrutarlo.

Wells alzó ambas cejas y se cruzó de brazos.

—¿Qué?

—Vendiste a una humana un cristal mágico.

—Por supuesto que no.

—Por supuesto que sí —replicó ella—. Un cuarzo encantado con una runa de claridad. Gracias a Dios no se trataba de un hechizo peligroso, pero podría haberlo sido. Por eso debemos andarnos con mucho cuidado con lo que vendemos.

Wells se acercó al mostrador y sacó un libro enorme de cuero negro, que abrió para hojear las páginas.

Gwyn lo miró con el ceño fruncido.

—¿Qué es eso?

—En este libro de contabilidad anoto todos los artículos que voy vendiendo —le dijo Wells sin levantar la vista—. Y si es cierto que hoy he vendido un cuarzo, aparecerá aquí.

—Sabes que existen los ordenadores y aplicaciones en los móviles para hacer inventarios, ¿verdad? Estoy a favor de usar la magia, pero hay que reconocer que la tecnología, a veces, es mejor.

Wells la ignoró y siguió recorriendo con el dedo una de las páginas de vitela.

A Gwyn no le quedó más remedio que admitir que tenía un dedo muy bonito y una mano que no se le quedada atrás. Larga, elegante pero masculina, con un anillo tipo sello sobre el que se reflejaba la tenue luz de la tienda.

Y también tuvo que admitir, de nuevo, que Wells estaba sacando provecho a todo ese... asunto que se traía entre manos: el propietario de una tienda de brujería sofisticada, con su camisa blanca pulcramente planchada, el chaleco azul marino que acentuaba su cintura y sus hombros...

Te estás comiendo con los ojos a Llewellyn Penhallow, nena. Contrólate, por favor.

Por eso necesitaba tener más citas. Llevaba demasiado tiempo sola y estaba empezando a mirar embobada un *chaleco*, ¡por el amor de Dios!

Se aclaró la garganta, se apartó del mostrador y volvió a mirar en dirección al escaparate. Su pequeña tienda resplandecía alegremente en la noche. Puede que su escaparate no estuviera decorado con el mismo buen gusto que el de Penhallow (tal vez la bruja era un poco excesiva), pero era bonito a su manera. Único.

Suyo.

—Aquí está.

La voz de Wells fue sorprendentemente neutra. Gwyn se dio la vuelta y fue detrás del mostrador para mirar por encima del hombro del brujo y verlo por sí misma.

—¡Ajá! —exclamó con tono triunfal mientras movía el dedo por las palabras «Cuarzo (Runa de claridad)».

—No lo entiendo —murmuró Wells para sí mismo, volviendo a hojear las páginas—. Todos los otros artículos que he vendido han sido inofensivos. ¿Cómo se me ha podido pasar *este*?

—Quizá no lo comprobaste como debías —señaló Gwyn. Luego se echó hacia delante, acercándose más a él e intentando ignorar lo bien que olía—. Quizá fuiste... *negligente.*

Acompañó la palabra con un pequeño y espeluznante escalofrío, seguido de un movimiento de cejas. Wells cerró el libro con tanta fuerza que a Gwyn se le apartó el pelo de la cara.

—Recibí un envío nuevo hace dos días —dijo. Se dio la vuelta y se dirigió a una puerta que había detrás del mostrador—. No tenía pensando colocar nada en las estanterías, pero se me debió de pasar algo. O lo coloqué sin querer.

—Por eso necesitas que otra persona trabaje aquí y te eche una mano —le dijo Gwyn mientras él abría la puerta—. Te burlaste de mis novatillos, pero...

—Me las estoy apañando bien solo —replicó él. Y, sin decir nada más, desapareció por la oscura escalera.

CAPÍTULO 12

Wells no sabía muy bien por qué había esperado que Gwyn se marchara de su tienda sin más, pero cuando oyó sus botas resonando detrás de él en las escaleras que conducían al sótano, apenas pudo reprimir un suspiro.

—No necesito tu ayuda —le dijo mientras encendía las luces.

Si es que podían llamarse así. Había unos cuatro apliques metálicos pegados a las paredes para todo el sótano, que mantenían la estancia es una especie de penumbra perpetua.

—Es evidente que sí —replicó ella.

Oyó un pequeño siseo y un ligero *pop* y después un halo de luz flotó sobre su hombro, ascendiendo lentamente por los estantes que tenía delante.

Gwyn apareció a su lado, con la cabeza echada hacia atrás mientras miraba el surtido de cajas que había en los estantes. La luz que había conjurado proyectaba un cálido resplandor sobre sus facciones y la larga melena que le caía por la espalda.

Wells tuvo que dejar de mirarla. Le habría resultado un poco más fácil seguir enfadado con ella si no hubiera sido tan guapa.

Desde el mismo momento en que la había visto con su gato y le había mirado con esa sonrisa descarada (¿Desde cuándo le gustaban las mujeres descaradas? ¿Estaría bajo los efectos de alguna maldición, como le había sucedido a Rhys?) no había podido dejar de pensar en ella. Y ahora que la tenía cerca, fue como una especie de tortura.

Y, para empeorar aún más las cosas, había metido la pata hasta el fondo.

¡Dios! Había tenido mucho cuidado. Sí, en la tienda había algunos artículos mágicos. Había querido tener algunos a mano por si Penhallow terminaba convirtiéndose en la clase de lugar en el que uno podía comprar ese tipo de productos, siempre de forma segura y discreta, por supuesto.

Pero ahora había vendido un cuarzo mágico a una humana; una cagada monumental.

—¿Tanto te cuesta encontrar una caja? —preguntó Gwyn.

Wells se volvió hacia ella y señaló la enorme cantidad de cajas que tenía apiladas en los estantes.

Gwyn puso los ojos en blanco y dio un paso al frente. Esas malditas botas seguían resonando en el suelo, produciéndole dentera.

Por lo mosqueado que estaba, por supuesto.

No por nada más.

—Esta sobresale un poco —dijo ella, poniéndose de puntillas—. Tal vez es la que estás buscando.

Intentó sacar la caja, pero apenas llegaba a ella. Wells soltó un bufido de frustración y se acercó.

—Déjame a mí.

—Ya la tengo —insistió ella, tirando del borde de la caja.

Wells resopló y puso la mano al lado de la de ella. Gwyn era alta, pero él lo era más y podía alcanzar la caja mejor.

—Está claro que *no* la tienes —le dijo mientras tiraba.

Gwyn le frunció el ceño y agarró con más fuerza la caja, tirando de ella con más ímpetu.

—Si no tuvieras cachivaches mágicos dentro de cajas aquí abajo...

—Un cuarzo con una runa básica apenas puede ser calificado como...

—La magia es la magia, Esquire.

—Te he dicho que no me llames así. Ni siquiera entiendo por qué lo haces.

En ese momento estaban juntos; ambos con las manos en el borde de la caja, sus pechos se tocaban y el dobladillo de la falda de ella le rozaba las rodillas. Gwyn tenía las mejillas ligeramente sonrojadas y los labios entreabiertos. Wells tuvo que recordarse a sí mismo que era la furia la que le provocaba ese rubor, y que sin duda había abierto los labios para insultarlo, pero, por alguna razón, ese recordatorio no tuvo el éxito que esperaba.

Ninguno de los dos tiraba ya de la caja. Solo estaban de pie, mirándose el uno al otro.

Una estúpida y primaria reacción humana. Esa mujer era preciosa, estaban juntos, respiraban con dificultad y se estaban mirando a los ojos. Y como era de esperar, de pronto se encontró pensando en otros motivos por los que podrían estar tan cerca y otras cosas que podrían estar haciendo además de discutir.

El problema era que esa era una parte de sí mismo que más o menos había bloqueado en los últimos años, y sentirla rugir de nuevo por la última mujer en la que debería haber estado interesado le dejó algo más que desconcertado.

—Gwyn —dijo.

Sus miradas volvieron a encontrarse. Se dio cuenta de que ella se había estado fijando en su... ¿boca? ¿Era posible que Gwynnevere Jones le hubiera estado mirando la boca y teniendo los mismos pensamientos eróticos que él?

Vio que el rostro de ella reflejaba la misma confusión que la que él estaba sintiendo, pero entonces, Gwyn sacudió la cabeza, como si intentara despejar sus ideas, agarró con más fuerza la caja y tiró de ella.

La caja no se movió, pero una de las esquinas del cartón se rompió y algo salió volando de su interior, cayendo y dándole de lleno a Wells en el pecho.

De repente, se vieron envueltos en una nube rosa y brillante con aroma a vainilla que le llenó la boca y los pulmones mientras parpadeaba por la purpurina que flotaba en el aire.

Clavó la vista en Gwyn. Estaba cubierta de esa capa rosa con purpurina, mirándole con sus intensos ojos verdes. Las ganas que antes había tenido de besarla se multiplicaron por mil.

De hecho, tuvo la sensación de que moriría si no lo hacía. En ese momento, su única prioridad en el mundo era besar a Gwyn Jones. Cuando la vio dar un paso hacia él, con las pupilas enormes y sacando la lengua para humedecerse el labio inferior, siguió el movimiento con ojos voraces.

Gwyn apoyó la mano en su pecho y se aferró a su camisa. Antes de darse cuenta, Wells tenía una mano en la cara de ella y la miraba con el corazón a punto de salírsele del pecho.

¡Es un hechizo de amor, imbécil!, gritó la única neurona sensata que le quedaba. Nunca lo había sufrido en sus propias carnes, solo sabía que existían, pero no le cupo la menor duda de que se trataba de eso. Sí, esa debía de ser la caja de la que había salido el cuarzo, la única caja de toda la puta tienda que contenía magia y ahora estaba pagando el precio por su arrogancia.

Aunque con Gwyn mirándolo de ese modo, tampoco le importó mucho.

—Wells —murmuró ella.

Nunca lo había llamado por su nombre antes; siempre se había dirigido a él como Esquire. Jamás como Wells.

Le gustó cómo sonó su nombre en la boca de ella. Quería saborearlo en su lengua. Hundir las manos en esa preciosa cabellera roja y sentir su cuerpo contra el suyo. Quería...

¡Joder, cómo la deseaba!

—Es una idea muy mala —le dijo mientras bajaba su rostro hacia el de ella.

—La peor de todas —convino Gwyn antes de ponerse de puntillas y pegar los labios a los suyos.

La lujuria no era algo desconocido para Gwyn. De hecho, era una de sus sensaciones favoritas. Ese subidón embriagador cuando mirabas a una persona y veías el deseo en sus ojos, mientras tu propio anhelo se intensificaba hasta igualarlo. El revoloteo en el estómago, los latidos del corazón, ese escalofrío que subía y bajaba por la espina dorsal... Sí, era una sensación asombrosa que había buscado siempre que se le había presentado la oportunidad.

Pero besar a Wells Penhallow en el sótano de su tienda estaba en otro nivel.

Eso es porque estáis bajo los efectos de un hechizo sexual, trató de recordarse a sí misma. Sin embargo, se apretó más a él y le rodeó el cuello con los brazos mientras las manos de Wells se deslizaban por su espalda, sus costillas, atrayéndola aún más.

No parecía un primer beso. Era demasiado bueno, demasiado confiado. Tuvo que volver a decirse que todo aquello era producto de un hechizo, porque era imposible que un hombre que se llamaba Llewellyn besara así sin que mediara nada de magia.

De nuevo tenía su mano en la cara; esa hermosa mano que había estado observando momentos antes, con el pulgar moviéndose a lo largo de su mandíbula y haciendo que saltaran chispas por todas partes. Y cuando le rozó la zona que tenía justo debajo de la oreja, Gwyn estuvo bastante segura de que gimió.

Eso sí fue una primera vez.

Wells respondió a su gemido con un profundo sonido que emergió de las profundidades de su garganta; un gruñido que tocó todas sus terminaciones nerviosas e hizo que se le doblaran las rodillas.

Sin romper el beso, Gwyn se giró para que la espalda de él quedara contra la estantería y lo empujó contra los estantes con la fuerza suficiente para que algo traqueteara por encima de sus cabezas. Aunque si en ese momento se les hubiera caído algo encima, ni siquiera se habría dado cuenta.

No cuando la mano de él se posó en su nuca y sintió la fría plata de su anillo contra su ardiente piel. Tampoco cuando deslizó la lengua dentro de su boca; sabía a cítricos y al azúcar del té que había estado bebiendo. Y menos aun cuando pudo sentirlo a través de la tela de sus pantalones y se dio cuenta de que estaba completamente duro por ella.

Deseándola.

Por un hechizo.

Por fin, su voz interior empezó a abrirse paso entre la lujuria.

Un hechizo.

Un absurdo hechizo de amor que les había caído encima porque habían estado demasiado ocupados discutiendo, que era lo único que hacían, y que tenía que ser uno de los más poderosos de la historia porque había conseguido que prácticamente se encaramara sobre un hombre que ni siquiera le gustaba, por culpa de una lluvia de algodón de azúcar cargado de sexo. ¡Por las tetas de Rhiannon!

Con la mente ya despejada, rompió el beso y dio un paso atrás con tanta premura que chocó con la estantería que tenía justo detrás. Y en esa ocasión sí que cayó algo de uno de los estantes: un pequeño vaso portavelas de cristal que, al hacerse añicos a sus pies, hizo que volvieran en sí.

Wells seguía respirando entrecortadamente, con la cara manchada por el polvo rosa, los ojos abiertos como platos y el pelo completamente alborotado.

Eso se lo he hecho yo, pensó Gwyn incrédula. Entonces sacudió la cabeza y se alisó el vestido.

—Esto... —jadeó ella, levantando la mano para retirarse el pelo de la cara.

Ni siquiera tuvo que terminar la frase. Wells se había enderezado y estaba colocándose el chaleco.

—Estoy de acuerdo —señaló él a algo que ni siquiera había terminado de decir.

—En cuanto a eso... —Gwyn señaló la caja que seguía en el borde del estante.

—La quemaré —replicó él—. Y echaré sal sobre sus cenizas.

Gwyn asintió bruscamente con la cabeza y giró sobre sus talones, esperando que las piernas no le fallaran.

Después subió las escaleras y no se molestó en mirar atrás.

CAPÍTULO 13

Cuando Gwyn volvió a salir a la calle, el frío aire nocturno le supuso todo un alivio. Seguía en llamas, como si su cuerpo se estuviera quemando por dentro con un fuego que ni mil duchas frías podrían apagar.

Su camioneta estaba aparcada donde siempre la dejaba, frente a Algo de Magia, pero Gwyn pasó de largo y se dirigió al pequeño callejón que había junto a la tienda. Agitó los dedos, que aún le temblaban, y lanzó un rápido hechizo para abrir la puerta lateral que daba a las escaleras por las que se subía al apartamento de Vivi.

Cuando su prima abrió la puerta de entrada, supo que debía de parecer tan fuera de sí como se sentía, porque Vivi, la misma Vivi que la había visto en todos los estados posibles, la miró con los ojos abiertos de par en par y masculló algo en galés que nunca le había oído pronunciar antes.

—¡Dios bendito, ¿qué te ha pasad...?! ¡Oh!

Rhys asomó la cabeza por encima del hombro de su mujer y Gwyn lo señaló con el dedo y le espetó:

—¡Fuera! Vivi y yo tenemos que... hablar de un asunto del aquelarre.

—Esa es la excusa que soléis usar cuando queréis beber vino y charlar sobre asuntos que no os apetece que oiga. Y teniendo en cuenta el aspecto que traes, Gwynnevere, he de decir que me parece bien.

Rhys le dio un beso rápido en la sien a su mujer, buscó su chaqueta, que tenía colgada junto a la puerta y pasó al lado de Gwyn, mirándola con curiosidad, pero sin hacerle ninguna pregunta. Menos mal.

Cuando sus pasos se desvanecieron en las escaleras, Vivi la hizo pasar.

—¿Qué es lo que traes encima? —preguntó, cerrando la puerta tras ella.

¡Ah! Sí.

Había estado tan ocupada, pensando en los efectos del hechizo de amor, que casi se le había olvidado que todavía lo llevaba pegado al cuerpo, literalmente.

—Un hechizo —explicó, con la voz todavía aturdida, mientras se desplomaba en el sofá de Vivi. El apartamento de su prima era como su segunda casa. Agarró su manta favorita, una muy suave de color púrpura que le había regalado a Vivi hacía años y que siempre ocupaba un lugar de honor en el respaldo del sofá.

—¿Qué tipo de hechizo? —preguntó Vivi, con el ceño fruncido.

Gwyn la miró y parpadeó.

—Un hechizo de amor.

Su prima se quedó inmóvil durante un buen rato. Después, sin decir nada, se fue a la cocina y regresó con las dos copas de vino más grandes que tenía y una botella entera de Pinot Grigio.

Vivi siempre había sido su persona favorita del mundo.

Aceptó agradecida la copa y le dio un sorbo.

Bueno, más bien un buen trago.

Todavía podía sentir el sabor de los labios de Wells en los suyos; unos labios que tenía en carne viva por el roce de su barba. Dejó la copa sobre la mesa, con un ligero estremecimiento.

Vivi, haciendo alarde de su habitual paciencia, estaba acurrucada en el sillón de enfrente, con los pies enfundados en unos calcetines negros con unos brillantes y espeluznantes ojos verdes. Le resultó más fácil mirar esos ojos que los de su prima, mientras le contaba todo lo que había sucedido esa noche: lo del cuarzo, lo de que había ido a la tienda de Wells a regodearse, lo de querer ver lo que tenía guardado en el sótano y, por último (y lo más *humillante*), la parte en que les llovió encima una purpurina rosa que olía a magdalenas y que hizo que pegara la cara a la de Wells y lo besara como si le fuera la vida en ello.

Cuando terminó, tenía la copa vacía y su prima la estaba mirando con la boca abierta, lo que provocó que no se sintiera muy bien con las decisiones que había tomado esa noche.

—Wells —dijo por fin Vivi—. Has besado a Wells. Por culpa de un hechizo de amor.

Dicho así no parecía tan grave. Solo un beso entre dos adultos a consecuencia de un poco de magia. ¡Nada del otro mundo!

Pero eso no explicaba lo devastador que había sido el beso y cómo la había sacudido por dentro.

—No ha sido solo un beso. —Se frotó la cara. Al ver que tenía la mano manchada de purpurina, sonrió—. Ha sido un beso *mágico*. Un beso provocado por un hechizo de amor, Vivi. Estaba en una caja en el sótano de la tienda de Wells. Podría haberlo comprado cualquiera y terminar liándose con alguien a quien odiara.

Eso era lo que tenía que hacer: poner el énfasis en lo irresponsable que había sido todo aquello, en lo peligroso que era que Wells se hubiera instalado en el pueblo y hubiera abierto una tienda de magia sin saber lo que estaba haciendo.

Abrió la boca, dispuesta a decir eso, pero Vivi frunció el ceño y se inclinó un poco hacia delante, con su cara de pensar en toda su gloria.

—Así no funcionan los hechizos de amor —dijo.

—¿Qué? —preguntó Gwyn, confundida.

Vivi se levantó de la silla y se dirigió a una de las muchas estanterías de libros que se alineaban en sus paredes. Después, pasó los dedos por varios tomos hasta que encontró lo que buscaba.

—La magia no puede hacer que la gente actúe en contra de su voluntad más palmaria —explicó. Mientras la veía hojear el libro, Gwyn tuvo un mal presentimiento—. Eso violaría los principios elementales de la magia. Por supuesto que se pueden lanzar hechizos negativos sobre cualquier persona y provocarle un *daño*, pero no se la puede obligar a hacer algo que no quiere hacer. Nuestros espíritus son demasiado fuertes para ser doblegados, incluso con la magia. ¡Sí, aquí está! —Colocó el dedo en una página y comenzó a leer.

«Si bien la idea de los hechizos de amor ha tenido mucho auge en la cultura popular, es prácticamente imposible llevar a cabo ese tipo de magia a menos que ambos sujetos sientan una mutua atracción».

¿De verdad acababa de pensar que Vivi era su persona favorita del mundo? Eso no podía ser cierto. Era imposible que su persona favorita del mundo fuera una mentirosa.

—Déjame ver eso —le pidió. Se levantó del sofá, arrastrando la manta púrpura, le quitó el libro a Vivi y se puso a leer lo que ponía en la página, para comprobar horrorizada que decía exactamente lo que Vivi acababa de leerle. Cerró el libro con brusquedad y se lo devolvió a su prima—. Está claro que en este libro solo se recogen absurdeces. Absurdeces tan incorrectas que no me puedo creer que forme parte de tu biblioteca. Seguro que es uno de los libros de Rhys.

Vivi se rio y sacudió la cabeza antes de volver a colocar el tomo en la estantería.

—Lo siento, chica. Los libros no mienten, y el hechizo no te ha obligado a hacer nada. Has besado a Wells Penhallow porque *querías* hacerlo.

Cuando Wells oyó pasos en las escaleras que bajaban al sótano, le dio un vuelco el corazón.

Ha vuelto.

Pero enseguida se percató de que eran unos pasos demasiado pesados y que no sonaban como solían hacerlo las botas de Gwyn. Sus sospechas se confirmaron cuando, al cabo de unos segundos, vio a Rhys bajando con las manos en los bolsillos.

Se dijo a sí mismo que estaba decepcionado porque eso era lo que siempre sentía cuando veía a su hermano, y que no tenía nada que ver con el recuerdo de la boca de Gwyn sobre sus labios, ni con el hecho de que se muriera de ganas de volver a tenerla entre sus brazos.

Pero ese no era el momento, ni el lugar, para tener ese tipo de pensamientos. Por suerte, la voz de su hermano pequeño era mucho más efectiva que cualquier ducha de agua fría.

—¿Estás aquí abajo? —preguntó Rhys.

Wells, que no se había movido del lugar donde Gwyn lo había dejado, y que tampoco tenía claro si podría volver a moverse, consiguió responderle con un débil «sí».

Rhys apareció con un halo de luz flotante que se cernía justo encima de su hombro izquierdo.

—Pensaba que... —empezó, pero entonces lo miró y se detuvo en seco con los ojos abiertos de par en par.

Wells frunció el ceño y se miró a sí mismo. El hechizo seguía brillando sobre él, manchando de rosa su ropa oscura. Puso los ojos en blanco, preparado para cualquier ocurrencia que su hermano tuviera.

Pero Rhys no dijo ni una sola palabra. Siguió inmóvil, con la cara cada vez más roja, hasta que estalló en carcajadas.

Y no unas carcajadas cualquiera, sino las típicas a pleno pulmón de un hermano menor cuando se está riendo del mayor. Y eso fue precisamente lo que le dio fuerzas a Wells para reaccionar y dejar de quedarse parado como un imbécil.

—Está bien, sí —dijo, intentando quitarse el polvo de encima—. Parece que acabo de asaltar el maquillaje de una cría de trece años, pero no creo que sea un motivo de peso para que te haga tanta gracia, Rhys.

Pero su hermano se limitó a negar con la cabeza y a apoyarse en la estantería más cercana, mientras se secaba las lágrimas de los ojos.

—¡Oh, hermano! —logró decir antes de volver a prorrumpir en carcajadas.

Wells frunció el ceño, se cruzó de brazos e hizo todo lo posible por parecer tan intimidante como lo podía ser un hombre cubierto de purpurina rosa.

—Puede que te parezca una tontería, pero es algo bastante serio. Alguien me ha mandado una caja de artículos con magia real. Esto —se señaló la purpurina— es un hechizo. Un hechizo de amor, Rhys. Que podría terminar convirtiéndose en un desastre en las manos equivocadas.

—Creo que ya ha sido un desastre —repuso Rhys, todavía con una sonrisa de oreja a oreja, antes de hacer un gesto con la cabeza en dirección a las escaleras—. Y más desde que tengo a Gwyn Jones sentada en mi sofá, cubierta con esa misma porquería.

¡Mierda!

Así que eso era lo que a Rhys le estaba divirtiendo tanto. Wells había tenido la esperanza de salir de aquella situación sin que su hermano se enterara *jamás* de lo que había sucedido en ese sótano, pero tal y como estaba aprendiendo a marchas forzadas, ese era el problema de vivir en una localidad pequeña y de formar parte de una familia de dicha localidad: que no existían los secretos.

—Sí, bueno... —Se sorbió la nariz y tiró de los extremos de su chaleco—. Ya ha pasado y esto nos ha enseñado una lección. Ahora, ayúdame a limpiar este desastre y averigüemos *cómo* narices terminó un hechizo así en mi sótano, ¿de acuerdo?

Para su alivio, Rhys se encogió de hombros y se adentró en el sótano.

—Pero quiero que después pongas por escrito que has necesitado mi ayuda.

—Está bien —masculló Wells.

Rhys sonrió y se agachó para recoger la bolsita que contenía el hechizo de amor.

—¡Cuidado! —le advirtió él—. Contiene una magia potente. No tengo ni idea de dónde ha podido salir.

Rhys estudió la bolsa durante un momento antes de volver a mirarlo, con una expresión cuidadosamente controlada.

Lo que no era una buena señal.

—El hechizo. ¿Estaba dentro de esto?

Wells asintió y, por la sonrisa absolutamente infame que esbozó su hermano, supo al instante que algo iba mal, muy mal.

Rhys se puso de pie y señaló la caja rota que seguía en el estante superior.

—¿Y salió de ahí?

—¡Oh, por el amor de Dios! —espetó él, acercándose de nuevo a la estantería—. ¿Por qué no me dices lo que estás pensando en lugar de ponerte a jugar a Hércules Poirot? —preguntó, alcanzando la caja—. ¡Por san Bugi, siempre haces un puto melodrama de todo!

Bajó la caja con facilidad, la colocó en uno de los estantes bajos y abrió las solapas.

—Tendremos que eliminar lo que sea que haya aquí de forma segura —dijo—. No sé qué otro tipo de hechizos peligrosos podemos encontrarnos...

Parpadeó al ver el contenido de la caja. Rhys se acercó a su lado y asomó la cabeza por encima de su hombro.

—No sé, Wells —comentó, volviendo a encogerse de hombros—. Algunas de esas cosas tienen pinta de ser un poco *osadas*, pero no las veo *peligrosas* como tal.

Wells metió la mano en la caja, sacó un par de esposas con plumas de color púrpura e intentó encontrar sentido a lo que estaba contemplando. A su lado, Rhys esbozó una sonrisa aún más amplia si cabía.

—Parece que se ha producido algún tipo de confusión —aventuró su hermano, tocando el lado de la caja donde, por primera vez, Wells se percató de que había una etiqueta de envío bastante sucia y rota—. Y me pregunto qué... —se acercó a la etiqueta para distinguir la dirección— va a hacer El Palacio del Placer con todos los artículos de brujería que les habrán llegado por error.

—No puede ser... —dijo Wells, hurgando en la caja y preguntándose por qué desde que estaba en Graves Glen no hacía más que toparse con penes de plástico—. No lo entiendo.

Puede que ese fuera el mayor eufemismo que había soltado en su vida. No entendía cómo había terminado con esa caja en su tienda, ni cómo esa caja contenía un hechizo de amor en su interior. Pero lo que menos entendía era por qué de pronto se sentía tan absoluta y terriblemente atraído por una mujer que dedicaba la mayor parte de las horas que pasaba despierta a pensar en nuevas formas de hacerle la vida imposible.

Porque no podía negar que, mucho antes de que ese hechizo les cayera encima, había estado pensando en besarla.

Rhys, que seguía sujetando la bolsita de terciopelo, metió la mano en su interior y sacó un pequeño trozo de papel entre los dedos.

—Creo que esto puede explicar algunas cosas. —Golpeó el papel contra el pecho de Wells, antes de darse la vuelta y dirigirse de nuevo hacia las escaleras.

Wells miró las palabras impresas en letra cursiva rosa, esperando encontrar la palabra «hechizo».

Pero ahí no había nada escrito sobre hechizos o magia, solo...

—No me jodas —susurró.

O más bien gimoteó.

Desde las escaleras, le llegó la incesante risa de Rhys.

CAPÍTULO 14

Gwyn no podía creerse que estuviera acostada en su cama, mirando al techo y pensando en el beso que se había dado con el puto Llewellyn Penhallow.

Pero eso era lo que estaba haciendo.

Fuera, el sol acababa de salir, inundando su dormitorio con una luz cálida y acogedora. El amanecer era uno de sus momentos favoritos del día, cuando el mundo estaba tan tranquilo, lo que significaba que su mente también podía estarlo.

Sin embargo, esa mañana, parecía tener una orquesta dentro de su cabeza.

Una orquesta compuesta por monos aulladores, niños de preescolar, *banshees* y...

Soltó un gemido y se cubrió la cara con las manos. Genial, ahora el muy desgraciado le había quitado incluso *eso*, la única parte del día en la que estaba en calma, y todo porque besaba de maravilla a pesar de... a pesar de..., bueno, de todo lo demás.

Vivi no podía tener razón. Ese *libro* debía de estar mal, y en cuanto terminara en la tienda esa tarde, se lo iba a demostrar a sí misma. Se prepararía la taza de té más fuerte conocida por el hombre, puede que buscara un par de gafas de lectura de su madre (solo para asegurarse de que el universo tuviera la certeza de que se lo estaba tomando muy en serio) y dedicaría un buen rato a investigar los hechizos de amor. Y luego corroboraría que ese beso se había producido por la magia y por nada más.

Asintió con firmeza.

—Bien —dijo en voz alta a la habitación vacía.

Pero el problema era que, en cuanto se ponía a pensar en cómo demostrar que el beso había sido una mera casualidad mágica, recordaba el beso en sí, y así fue como se tiró otros diez minutos más mirando al techo, mientras cavilaba sobre cómo se había enrollado con un hombre que, probablemente, llevaba chalecos de punto.

—¿Beso?

Gwyn miró sorprendida hacia la cama donde Sir Purrcival, que acababa de despertarse, se acercaba perezosamente a ella.

—¿Beso? —volvió a decir el gato antes de lanzarse sobre ella.

Gwyn se incorporó y le dio un rápido beso en la cabeza mientras le lanzaba una mirada sombría.

—No tiene gracia —le indicó ella, pero el animal se limitó a parpadear despacio lentamente antes de bostezar y acurrucarse en la cálida zona de la cama que Gwyn acababa de dejar libre.

La ropa que había llevado la noche anterior seguía colgada en el sillón de terciopelo cargado de prendas cerca de la ventana, con la purpurina rosa brillando bajo los rayos de sol. Hizo una mueca, recogió la pila de ropa y la lanzó en un cesto. Segundos después, fue hacia el cesto y la empujó hasta el fondo.

Ojos que no ven...

¡Qué lástima que no pudiera quitarse a Wells Penhallow de la cabeza tan fácilmente!

La única salida es tirar para adelante, se dijo Gwyn una hora después, mientras abría la puerta del Café Cauldron.

El conocido y reconfortante aroma a café tostado la invadió mientras se dirigía al mostrador. Esa mañana estaba lleno de gente, como sucedía siempre a esas horas. Pero no le importó. Cuanto más tiempo pudiera retrasar lo inevitable, mejor.

Sin embargo, el Café Cauldron funcionaba con una pizca de magia (todos los empleados eran brujos universitarios), y por eso, antes de darse siquiera cuenta, estaba en la caja registradora, frente a una sonriente Sam.

—¿Lo de siempre? —preguntó la chica.

Gwyn asintió antes de inclinarse un poco hacia delante y bajar la voz:

—¿Viene Wells Penhallow a menudo?

—Mmm. ¿Nuestro archienemigo? De vez en cuando.

—¿Sabes por algún casual lo que suele pedir?

Sam la miró desconcertada y luego echó un vistazo a su alrededor.

—De acuerdo, ¿vas a ponerle algún tipo de hechizo en el café, Glinda? Porque he de decir que eso no me parece nada guay.

—¡No! —protestó Gwyn. Al ver que Sam se estremecía, se dio cuenta de que quizá había elevado demasiado la voz, así que se apartó el pelo los hombros, forzó una sonrisa y dijo—: Solo necesito una ofrenda de paz.

Gracias a Dios, Sam no le hizo más preguntas. Se limitó a encogerse de hombros y a informarle:

—Suele tomar un café solo.

—Estaba claro —murmuró Gwyn. Luego suspiró y le entregó su tarjeta de débito—. Pues entonces dame uno solo, y para mí, lo de siempre.

En realidad, Gwyn decía aquello solo por gusto, ya que no solía beber nada en concreto. A Sam, por su parte, le gustaba probar distintas mezclas que creía podrían terminar convirtiéndose en la bebida favorita de Gwyn. Ese día eligió una especie de té de lavanda con vainilla y cardamomo. Gwyn le dio un sorbo reparador mientras salía del Café Cauldron y se dirigía a la tienda Penhallow.

Era todavía bastante temprano, las calles estaban tranquilas y el cielo tenía ese tono azul perfecto que siempre asociaba con esa época del año. Hacía un poco de frío (sabía que, después del mediodía, tendría que quitarse el cárdigan negro que se había puesto encima de la camiseta de *Piedras, gatos, varitas y escobas* que llevaba), pero el otoño había llegado oficialmente. Respiró hondo, mentalizándose para lo que estaba a punto de hacer mientras entraba en la tienda Penhallow.

Wells estaba detrás del mostrador, como de costumbre, revisando una especie de libro de contabilidad similar al que le había mostrado la noche anterior. Cuando alzó la vista y se percató de que estaba allí, de pie, a Gwyn le pareció ver que las orejas se le ponían un poco rojas.

Aquello hizo que se sintiera mejor. Si estaba tan avergonzado como ella, al menos jugaban en las mismas condiciones.

Wells se aclaró la garganta y salió de detrás del mostrador. Ese día llevaba una camisa azul marino con unos vaqueros oscuros y, para su alivio, un chaleco de lana.

El chaleco era mejor que cualquier ducha fría. Iba a tener que comprarle alguno. Tal vez uno de lunares.

Gwyn se enderezó un poco y le tendió el vaso de cartón con café.

—Te he traído esto.

Wells no hizo ningún amago de agarrarlo.

—¿Está envenenado?

—Sí, al final he decidido que la única forma de lidiar con esta pequeña disputa entre minoristas es con un asesinato. Bien hecho, Esquire.

Cuando Wells alargó la mano para hacerse con el vaso, lo vio esbozar un atisbo de sonrisa.

—Les he pedido lo más soso que tenían y resulta que es lo que sueles tomar —le dijo Gwyn mientras él tomaba un sorbo.

—Un café solo bien hecho no tiene nada de soso —repuso él antes de hacer un gesto hacia la taza que ella sujetaba—. Supongo que el tuyo está lleno de purpurina y lágrimas de unicornios.

—Esta mañana no quedaban lágrimas de unicornio. Así que, en vez de eso, me han puesto sacarina.

Aquello le sacó una buena sonrisa y a Gwyn no le quedó más remedio que admitir que, en realidad, tenía una sonrisa muy bonita.

Aunque teniendo en cuenta que sus músculos estaban más acostumbrados a fruncir el ceño, seguro que en ese momento le dolía la cara.

—Y dime, ¿por qué me has traído una taza de café soso sin veneno? —preguntó él.

Gwyn tomó una profunda bocanada de aire.

—Como una ofrenda de paz —respondió ella.

Wells alzó ambas cejas.

—Mmm.

Gwyn dejó su vaso sobre el mostrador, se cruzó de brazos y se animó mentalmente.

Eres la increíble Gwynnevere Jones, se recordó a sí misma. *Una mujer adulta que de ninguna manera se va a avergonzar por haber besado a un hombre.*

—Mira —le dijo a Wells—, anoche tuvimos un lapsus momentáneo de locura provocado por un absurdo hechizo de amor que no tenía que haber estado en esta tienda.

Wells la miró con el ceño fruncido por encima de su vaso, pero no la interrumpió, de modo que Gwyn siguió adelante.

—Aunque también es cierto que, si no nos hubiéramos metido en esta ridícula pelea entre tiendas, no nos habría caído encima ningún hechizo de amor. Así que te propongo una tregua.

Wells también dejó su vaso y la miró, imitando su postura. Lo que hizo que ese estúpido y nada atractivo chaleco se pegara al sorprendentemente amplio pecho de él que ahora, por desgracia, conocía un poco mejor. Pero Gwyn solo apartó la vista de sus ojos un brevísimo instante.

—Me parece apropiado —dijo él—. ¿Cuáles son las condiciones?

—Primera. —Gwyn levantó un dedo—. No vuelvas a decir «Me parece apropiado», ni te pongas a soltar frases trasnochadas como «Suena fabuloso» o algo por el estilo. Segunda. —Otro dedo—. Tú te quedas en tu lado de la calle y yo en el mío. Yo llevaré mi negocio, tú el tuyo, y...

—Nunca los dos se encontrarán[*] —entendido.

—No has escuchado nada de lo que te he dicho en la primera condición, ¿verdad?

Wells hizo caso omiso de su comentario y enarcó la ceja.

—¿Hay una tercera condición o ya hemos terminado con esta agotadora conversación?

—Eso es todo —dijo ella. Luego le tendió la mano—. ¿Te parece bien?

Wells bajó la mirada hacia su mano. Ahí fue cuando Gwyn se dio cuenta de que darse la mano implicaba un contacto físico, y teniendo en cuenta todo lo que había pasado entre ellos la noche anterior, puede que incluso algo tan seguro como un apretón de manos no fuera la mejor de las ideas.

Tal vez él también estaba pensando lo mismo, porque lo oyó aclararse la garganta de nuevo y, cuando alzó la vista, se fijó en que... bueno, aunque no estaba ruborizado del todo, sí que había un sonrojo ascendiendo por su garganta. En ese momento recordó con todo lujo de detalles lo mucho que había querido besarle ese punto la noche anterior, justo en el hueco entre las clavículas, y...

Wells le estrechó la mano, cerrando los dedos sobre su palma, y antes de que se diera cuenta, gracias a la Diosa, se la soltó y su mano estuvo a salvo.

—¿De modo que ahora somos amigos? —inquirió él, flexionando los dedos contra su costado—. ¿Colegas? ¿Paisanos?

—Somos... vecinos —decidió ella—. Propietarios de negocios que comparten un espacio y que son afables el uno con el otro.

Wells asintió.

—Me parece bien.

—Pero... —añadió Gwyn, señalándolo con el dedo—. Como vecina tuya de negocio, necesito saber que ya te has deshecho de esa caja de hechizos.

---

[*]. Hace alusión a *La balada de Oriente y Occidente,* un poema de Rudyard Kipling que dice: «El Este es el Este, y el Oeste es el Oeste, y nunca los dos se encontrarán». (N. de la T.)

Durante un instante, Wells la miró con una expresión tan extraña en el rostro que Gwyn frunció el ceño.

—Porque te has deshecho de ella, ¿verdad?

—Por supuesto —repuso él. Pero luego hizo una pausa, como si quisiera decir algo más. Fuera lo que fuese, al final decidió no hacerlo, porque sacudió la cabeza y señaló—: Está arreglado, nunca más será un problema. Palabra de brujo.

No era una respuesta directa, pero iba a conformarse con ella.

—Bien. Pues entonces, ya nos veremos, Esquire.

Al verlo despedirse de ella con un pequeño y divertido saludo, puso los ojos en blanco y se rio.

Sentía un alivio enorme. Todo zanjado. Solo se había tratado de un extraño incidente mágico, del que se olvidaría en breve. Seguro que, a la semana siguiente, ni siquiera se acordaría de ese beso.

CAPÍTULO 15

Desde que no peleaba con Gwyn Jones, todo estaba mucho más tranquilo, pensó Wells mientras colocaba una nueva muestra de amuletos en el mostrador de la tienda.

Había pasado una semana desde el... incidente en el sótano, y después de que Gwyn le llevara un café y le propusiera una tregua, apenas la había visto. De vez en cuando, abrían o cerraban al mismo tiempo, y cuando eso ocurría, se saludaban con cordialidad. Sin discusiones, sin intentos de quedar uno por encima del otro. Solo dos propietarios de negocios de la misma zona, con una relación comercial adecuada. Todo muy civilizado.

De modo que sí, estaba mucho más tranquilo.

Y también mucho más aburrido.

Se sorprendió a sí mismo mirando de nuevo el escaparate, algo que últimamente hacía cada vez con más frecuencia. Siempre se decía que era porque estaba atento a cualquier cliente potencial, pero en realidad lo hacía con la esperanza de ver cierta cabellera roja; algo tan patético que apenas podía soportarlo. Aquello sin duda era el resultado de haber llevado una vida célibe durante demasiados años. Y ahora se había dado un beso con una mujer y prácticamente estaba suspirando. Lo siguiente que haría sería garabatear un «señor Llewellyn Penhallow-Jones» en un cuaderno.

Y Gwyn había dejado muy claro que ella no iba a hacer lo mismo.

Tendrías que haberle dicho lo del «hechizo», imbécil, le recordó una voz en su cabeza.

Soltó un suspiro y deslizó el cristal de la vitrina para cerrarla.

—¿Con qué propósito? —murmuró en voz alta justo cuando sonó la campanilla de la puerta de la tienda.

El corazón le dio un estúpido brinco, pensando que sería ella (aunque si Gwyn lo sorprendía hablando de ese modo sabía que se iba a burlar de lo lindo de él), pero al alzar la vista, vio que no era Gwyn, sino otra mujer un poco más baja y vestida toda de negro. Su pelo también era negro, tan oscuro que tenía un brillo casi azul bajo la luz de la lámpara.

Era de piel muy clara y llevaba los labios pintados de un intenso carmesí. La magia que desprendía era tan potente que Wells casi tuvo que retroceder un paso. No había sentido un poder así desde..., bueno, en realidad nunca había sentido un poder así. Y eso que provenía de una familia llena de brujos muy poderosos.

—Buenos días —la saludó, saliendo de detrás del mostrador.

La mujer se volvió hacia él, esbozando una sonrisa con esos brillantes labios rojos.

—Llewellyn —dijo ella.

Al oírla pronunciar su nombre, se detuvo y escudriñó su rostro, en busca de algún rasgo que le resultara familiar. Si la hubiera conocido en el pasado, seguro que se habría acordado de ella, no solo porque era guapa (que lo era), sino por esa energía que desprendía, como si su cuerpo irradiara electricidad. Llegó a pensar que se le pondrían los pelos de punta.

—Lo siento, ¿nos conocemos? —preguntó él.

Ella se rio y agitó su elegante mano.

—¡Oh! En realidad no —respondió con un ligero acento sureño—. Coincidimos en Penhaven en la misma época, pero dudo que alguna vez llegáramos a hablar.

¡Ah! Eso lo explicaba todo. Durante el breve tiempo que estuvo en Penhaven se mantuvo con la nariz tan pegada a los libros que le sorprendió no haberse quedado miope.

—Soy Morgan. Morgan Howell —se presentó ella, tendiéndole la mano. En ese momento, le vino a la memoria la mañana en la que

Gwyn le había hecho lo mismo, la breve presión que ejerció sobre su palma, lo consciente que había sido de su piel y del calor que irradiaba y de cómo, un gesto tan sencillo, le había hecho flexionar la mano el resto del día, como si todavía hubiera podido sentir su tacto allí.

Con Morgan no hubo tal chispa, lo que le supuso un alivio (no había desarrollado ningún tipo de fetiche con los apretones de manos) y también una molestia, ya que era otro motivo más para anotar en la lista de «Wells es un imbécil que se ha colado por alguien por quien no debe».

—Tienes una tienda encantadora —dijo Morgan, señalando a su alrededor.

Wells se metió las manos en los bolsillos y se balanceó un poco sobre los talones. El orgullo que sentía por su establecimiento era una experiencia nueva y, si era sincero, la estaba disfrutando bastante.

—Gracias. Solo lleva un par de semanas abierta, pero hasta ahora está yendo muy bien.

—Puedo entender por qué —indicó Morgan mientras se fijaba en las ordenadas estanterías, el brillo opaco de los diversos amuletos y el fuego crepitante de la chimenea.

Entonces clavó sus ojos oscuros en él, y Wells tuvo la sensación de que lo estaba valorando igual de bien que a la tienda.

—Pero nada de lo que hay aquí es real —añadió ella.

—¡Oh! Te aseguro que todo es muy *real* —repuso él, dando un golpe en el estante en el que estaban los grimorios—. Solo que no hay nada mágico.

Morgan sonrió, estiró el brazo y le dio un leve manotazo.

—Eso es lo que quería decir, por supuesto.

A Wells no se le pasó por alto la forma en que agachó la cabeza o el ligero rubor que tiñó una mejilla.

Esa mujer estaba *coqueteando* con él.

Y si él hubiera tenido un poco de sentido común, también habría debido intentar ligar con ella. Era una mujer guapa, además de una bruja poderosa, y era evidente que le interesaba algo más que los productos de su tienda. Las mujeres como esa no abundaban.

Pero entonces volvió a fijarse en el escaparate.

Morgan siguió la dirección de su mirada.

—Gwyn Jones sigue siendo la propietaria de Algo de Magia, ¿verdad?

Wells volvió a prestarle atención.

—Sí —respondió—. Su tienda tiene un rollo distinto a esta, como ella misma dijo, pero también es un espacio encantador.

—Gwyn era una auténtica polvorilla —concluyó Morgan, todavía mirando hacia el escaparate.

Wells no pudo evitar sonreír ante ese comentario.

—Y lo sigue siendo, te lo aseguro.

Morgan se volvió hacia él y lo miró pensativa.

—¿Estáis los dos...? —preguntó, interrumpiendo la frase con un tono sugerente.

Wells estuvo a punto de soltar una especie de diatriba terriblemente puritana, llena de tartamudeos y formalidades, como si fuera el protagonista de una comedia romántica, pero al final se apartó del escaparate e intentó reírse de forma despreocupada.

—¡Oh, no! —contestó, aunque a su mente acudieron en tropel imágenes de sus manos en el pelo de Gwyn y sus labios separándose bajo los suyos—. Solo somos propietarios de dos negocios vecinos. Y supongo que también familia. Su prima está casada con mi hermano.

Morgan asintió.

—Sí, eso he oído. Y también que la magia de la familia Jones es la que ahora alimenta el pueblo, ¿no?

Wells asintió con la cabeza, esperando que surgiera la irritación que sentía normalmente cuando le recordaban ese dato. Pero en esa ocasión no pasó nada. Quizá se debiera a que ya llevaba en Graves Glen el tiempo suficiente para ver lo bien que iban las cosas. Lo feliz que era su hermano.

Puede que su padre se hubiera equivocado, aunque eso era algo que jamás reconocería en voz alta.

Aquel pensamiento tan desleal no vino seguido de ningún rayo caído de cielo que lo chamuscara, así que dijo:

—Y están haciendo un trabajado estupendo.

Morgan volvió a sonreír y se metió un mechón de pelo oscuro detrás de la oreja.

—En realidad he venido por eso —le explicó—. Después de salir de Penhaven, volví a Charleston y allí me uní a un aquelarre. Han sido unos años maravillosos, no me malinterpretes, pero allí hay un montón de brujas, con su consiguiente montón de aquelarres, y empezaba a sentirme un poco perdida entre tanto barullo. Pensé que sería bueno establecerse en un lugar más pequeño, más cerca de una fuente directa de poder. Y cuando me enteré de que ese poder se canalizaba ahora a través de Gwyn y su familia, supe que era el momento adecuado para volver.

La bruja se metió la mano en el abrigo, sacó un sobre de color crema con el nombre completo de Wells escrito elegantemente en la parte delantera y un sello de cera púrpura pegado en el reverso.

—Tengo una casa en las afueras del pueblo, cerca de la universidad, y voy a dar una pequeña fiesta de inauguración el viernes por la noche. Solo para brujos de la zona —comentó con otra sonrisa insinuante—. Espero que te pases por allí.

La invitación era pesada, con uno de esos papeles caros con mucho gramaje. Tuvo que reconocer que se había quedado un poco impresionado, aunque había algo en la historia de Morgan que, aunque no le chirriaba, no terminaba de cuadrarle. Puede que no hubiera tenido muchos clientes en El Cuervo y la Corona, pero cuando uno regentaba un *pub* durante tantos años, aprendía a calar a las personas.

Y en ese momento, tuvo la sensación de que Morgan se estaba esforzando demasiado.

Se acordó de la advertencia de Bowen de cómo las transferencias de poder podían ser un imán para atraer a personas que no tuvieran buenas intenciones.

¿Estaría Morgan allí por eso?

Aunque también era cierto que esa era precisamente la razón por la que había ido a Graves Glen: para ser de utilidad al pueblo que había fundado su antepasado y mantenerlo a salvo.

De modo que le devolvió la sonrisa a Morgan y golpeó la invitación en la palma de su mano.

—No me lo perdería por nada del mundo.

—¿He dicho ya lo mucho que te voy a echar de menos?

Gwyn estaba sentada con las piernas cruzadas en la cama de Vivi y Rhys, observando cómo su prima terminaba con los últimos preparativos del viaje. O, al menos, con lo que ella entendía que eran los últimos preparativos. Hasta donde Gwyn sabía, Vivi llevaba semanas haciendo la maleta, pero siempre acababa sacándolo todo de nuevo y lo volvía a guardar por si se le había olvidado algo.

En ese momento, mientras su prima doblaba una de sus faldas y la metía en la maleta abierta junto a la cadera de Gwyn, sacudió ligeramente la cabeza, con el pelo rubio cayéndole sobre los hombros.

—Volveremos antes de que te des cuenta. Además, las semanas anteriores a Samhain son siempre una locura; vas a estar demasiado ocupada para echarme de menos.

Gwyn soltó un dramático suspiro y se tumbó en la cama.

—Tienes razón. De verdad que lo sé. —Se apoyó en un codo y miró a su prima con ojos entrecerrados—. ¡Ah! Y si tú no estás y mamá tampoco, eso me convierte en la cabeza de familia. —Vivi se rio y Gwyn, un poco más animada, se sentó en el colchón y continuó—: Voy a ser la matriarca. La bruja superiora. La *reina* de las brujas. Cuando vuelvas a casa, estaré embriagada de poder. Seré una auténtica Galadriel, bella y terrible.

Vivi le tiró uno de los jerséis que estaba a punto de doblar y sonrió:

—De acuerdo, ahora creo que estás intentando convencerme de que me quede en casa.

—De eso nada —sentenció Rhys, entrando en la habitación. Llevaba una cerveza en la mano y el pelo oscuro despeinado. Gwyn tuvo la sensación de que Vivi se derritió nada más ver a su marido. ¿Quién se derretía por su propio marido?

Entonces, miró detrás de Rhys y vio a Wells de pie. Había oído a Rhys abrirle la puerta antes. Supuso que también se había acercado para despedirse, ya que Rhys y Vivi tenían que salir a la mañana siguiente, a una hora realmente indecente.

Wells también venía con una cerveza, y aunque traía el pelo un poco más arreglado que el de Rhys, tenía un aspecto más informal de lo habitual, vestido con unos vaqueros y un jersey con el cuello en forma de V.

Al verlo, sintió un pequeño nudo en el estómago, aunque no tenía nada que ver con derretirse.

Sentada como estaba, se metió una pierna debajo de la otra y se atusó un poco el pelo.

—Solo le estaba recordando a tu mujer que, sin ella por aquí, seré la bruja más importante de la ciudad y ya estaba planeando mi reinado tiránico y ávido de poder.

—¡Que tiemble Graves Glen! —repuso Rhys, antes de acercarse a Vivi y rodearle la cintura con el brazo. Su prima acercó el rostro al de su marido y este la besó.

Gwyn se fijó en que Wells hizo una pequeña mueca.

—Hacen esto todo el tiempo —le dijo—. Son lo peor.

—En efecto —murmuró él contra la boca de su botellín de cerveza.

Luego le dio un sorbo y la miró. Cuando sus ojos se encontraron, Gwyn creyó ver un ligero brillo de complicidad en ellos.

—Vosotros sí que sois lo peor. Y no pienso avergonzarme por besar a mi maravillosa esposa en mi propia casa —dijo Rhys, señalando, primero a Wells y después a ella.

Gwyn levantó las manos en señal de rendición.

—Está bien, lo reconozco. Vuestro apartamento es el lugar adecuado para realizar este tipo de cosas.

—¡Oh, venga ya! —replicó Rhys—. Cualquier lugar es el adecuado para un poco de besuqueo. Un apartamento. Un coche. Una biblioteca. —Esbozó una media sonrisa—. Un sótano...

Vivi le dio un codazo en el costado y él hizo una mueca exagerada de dolor, mientras Wells le lanzaba una mirada sombría. Gwyn, por su parte, hizo todo lo posible por no ponerse roja. ¡Por el amor de Dios! Ahí eran todos adultos. Podía soportar una pequeña burla por un puto beso.

—¿Sabes, Rhys? —le dijo—. Cuando sea la reina de las brujas quizá haga que te ejecuten por este tipo de cosas.

—Y aunque lideraré de forma activa una resistencia contra la oscura soberanía de la reina bruja Gwyn, la apoyaré en esto —intervino Wells, señalando a su hermano con el botellín.

Rhys frunció el ceño y los miró alternativamente a ambos.

—No, no, un momento. Odio esto. Volved a llevaros mal, por favor.

Vivi se rio.

—Te lo mereces —le dijo.

Gwyn miró a Wells y sus ojos volvieron a encontrarse. Estaba sonriendo un poco, le veía más suelto y relajado que de costumbre y tuvo que reconocer que... le gustaba tener a otra persona con la que intercambiar miradas cuando Rhys y Vivi se soltaban sus pullas. Puede que al final no le viniera tan mal tener a Wells cerca, sobre todo a *ese* Wells.

Salvo que ese Wells también conseguía que le dolieran los dedos por las ganas que tenía de tocarle el jersey para ver si era tan suave como parecía. Meter las manos por debajo y sentir su cálida y sólida piel bajo las palmas y...

Gwyn apartó la mirada tan rápido que estuvo segura de que sus ojos habían emitido un chasquido.

—Sigue sin gustarme todo esto —continuó Rhys—. Yo terminando de hacer las maletas antes que tú; tu prima y Wells formando equipo; mi hermano teniendo una cita... El mundo entero se ha puesto patas arriba.

Gwyn volvió a mirar a Wells, con las cejas alzadas.

Podía tener citas, por supuesto. Era más, *debería* tenerlas. Que Wells tuviera citas era muy bueno por un montón de razones que seguro que se le iban a ocurrir en cualquier momento. Sin embargo, se sintió un poco aliviada cuando Wells puso los ojos en blanco y dijo:

—Por última vez, no es ninguna cita.

—¿Seguro? —le preguntó Gwyn—. Soy consciente de que, sea quien sea la mujer, es muy probable que no le haya pedido permiso a tu padre para cortejarte, pero quizá podría considerarse una cita para todos aquellos que no somos viajeros del tiempo recién llegados del año 1823.

Wells la miró con el ceño fruncido mientras Rhys se reía a carcajadas.

—Te aseguro que no es una cita —repitió, pero como no ofreció ninguna información adicional, Gwyn tuvo sus dudas.

Aunque tampoco era de su incumbencia.

Se levantó de la cama y señaló con la cabeza la maleta de su prima.

—Creo que ya has conseguido terminar la utopía de hacer las maletas, Viv. Solo una cosa más.

Agarró su bolso, que lo había lanzado sin cuidado a un costado de la cama, y sacó un trozo de amatista que brilló entre su pulgar e índice.

—¡Nunca salgas de casa sin uno de estos!

Se inclinó y colocó el cristal encima de las cosas de su prima. Después, puso la mano encima de él, sintiendo su fría superficie contra la palma. Era un hechizo que había lanzado miles de veces, uno muy sencillo que aseguraría que el equipaje de Vivi no se perdiera.

Aunque teniendo en cuenta que los talentos mágicos de Rhys estaban muy relacionados con la suerte, sobre todo cuando se trataba de viajar, no había muchas posibilidades de que aquello sucediera. No obstante, quería enviar un pedacito de casa con Vivi.

Un pedacito de ella.

Cerró los ojos y pensó en las palabras del hechizo y esperó a que esa cálida sensación se extendiera desde los dedos de los pies, llegara a su brazo y bajara por él hasta la mano que ahora tenía sobre la amatista.

Pero no pasó nada.

Abrió los ojos de golpe y se miró la mano con el ceño fruncido.

—¿Gwyn? —preguntó Vivi.

Miró a su prima y esbozó una sonrisa, a pesar de que una débil señal de alarma empezó a sonar en su cabeza.

—No pasa nada —explicó—. No he debido de concentrarme lo suficiente.

En esa ocasión, no se limitó a pensar en las palabras. Las dijo en voz tan alta como pudo, con los ojos cerrados y pequeñas gotas de sudor perlándole la frente.

Sintió la magia atravesándola al instante y el cristal emitió una cálida luz. Se rio, casi sin aliento.

—Ya está. —Se enderezó, cerró y abrió la mano varias veces y la sacudió como si intentara despertarla—. Ha sido raro.

Entonces, se dio cuenta de que Vivi no sonreía, incluso Rhys parecía serio.

Wells estaba detrás de ella, así que no podía verle la cara, pero podía sentir su mirada.

—¿Qué? —preguntó mirando a su alrededor—. Todo va bien. Se comprende que no le he puesto muchas ganas y la magia me ha dicho: «No, chica, con esas vibraciones, ni de broma», así que me he esforzado un poco más y ¡*voilà*!

Sabía que eso podía ocurrir. Después de todo, la magia era algo impredecible y a veces no estaba por la labor de cooperar.

Sin embargo, nunca le había pasado.

Volvió a mover los dedos, enviando pequeñas lluvias de chispas doradas al aire. Y luego, por si acaso, invocó un hechizo de luz rápido, un orbe brillante que se cernió sobre su hombro.

Se encogió de hombros e intentó no parecer tan aliviada como en realidad se sentía.

—¿Lo veis? Estoy fresca como una rosa.

—Entonces, lo de la reina de las brujas sigue en pie —dijo Rhys.

Vio cómo su prima relajaba los hombros.

—Lo siento —se disculpó Vivi, un tanto avergonzada—. Supongo que, después de todo lo que sucedió el año pasado con la maldición y la magia de Rhys, estoy un poco paranoica.

—Lógico —reconoció Gwyn—, pero no hay nada de lo que preocuparse. Id a vuestra superluna de miel y no dediquéis ni un solo pensamiento a Graves Glen. Voy a tenerlo todo bajo control.

—Y también tendrás a Wells —comentó Rhys, señalando a su hermano con cierto brillo perverso en los ojos—. Estoy seguro de que ambos mantendréis el fuerte de maravilla. Como un equipo.

Gwyn miró por encima del hombro y vio que Wells parecía tan horrorizado ante aquella idea como ella.

Aun así, se obligó a sonreír.

—Claro. Como un equipo.

CAPÍTULO 16

—Creo que he debido de cagarla en algo.

Ese era el tipo de frase que nunca querías escuchar de un brujo. Así que Gwyn frunció el ceño mientras alzaba la vista desde detrás del mostrador de Algo de Magia.

Era una tarde gris con llovizna, el tipo de tiempo que solía mantener a la gente dentro de sus casas y, por tanto, fuera de las tiendas. Por eso había accedido a dejar que Sam, Cait y Parker practicaran sus hechizos en el almacén.

Al ver la cara de Parker cuando se asomó detrás de la cortina, supo que no había sido la mejor de sus ideas.

Rodeó el mostrador con un suspiro.

—Vivi se ha ido esta mañana —le advirtió—. Como hayáis creado algún desaguisado mágico en las menos de doce horas que lleva fuera, me voy a llevar una gran decepción.

—¡Está siendo une exagerade! —gritó Cait desde el almacén.

Cuando Gwyn retiró la cortina, vio a las otras dos brujas sentadas en el suelo, rodeadas de trozos de pergamino, algunas bolsas de hierbas y un montón de piezas de cera. En el centro, había un pequeño caldero sobre una llama rosada, cuyo contenido de aspecto lechoso bullía.

—De acuerdo, cuando os he dicho que podíais practicar aquí no tenía ni idea de que estabais haciendo velas. —Se cruzó de brazos mientras Sam y Cait le lanzaban una mirada de arrepentimiento.

—Bueno —indicó Sam—, pensamos que, si te lo decíamos, no nos dejarías.

Tuvo que reconocer que, en eso, tenía razón. Siempre le había gustado la trastienda de Algo de Magia. Puede que lo llamaran «almacén», pero en realidad era un lugar mágico, acogedor y suntuoso, con cortinas de terciopelo, apliques que arrojaban una luz fluctuante y mullidas alfombras. Un ligero encantamiento impedía que los clientes quisieran entrar en él, y su madre, su prima y ella se turnaban para decorarlo de forma mágica a su gusto. En ese momento, seguía en modo Vivi, pero Gwyn había añadido algunos toques propios: una planta colgante en un rincón, una ventana justo a la izquierda donde siempre parecía llover...

De modo que no podía culpar a sus novatillos por querer pasar el rato allí. Y como alguien que había vivido casi toda su vida pidiendo perdón en lugar de permiso, supuso que eso era un claro ejemplo de karma.

—¿En dónde crees exactamente que la has cagado? —preguntó, sentándose en el círculo.

Parker le entregó una vela con la cera todavía grumosa y un poco caliente.

—No sé, la veo mal —dijo elle apartándose el pelo de los ojos—. Estaba intentando lanzar un hechizo de calma sobre ella, para que cuando alguien la encienda entre en modo zen, pero no tengo la sensación de que haya salido bien.

A Gwyn le pasaba lo mismo, así que cerró los ojos e intentó entender qué estaba pasando con la vela.

La noche anterior, cuando había vuelto de casa de Vivi, había probado su magia hasta casi quedar exhausta: la había usado para preparar una tetera, había movido los dedos y había encendido y apagado todas las luces de la cabaña, incluso le había dado a sir Purrcival unas garras de un vivo tono púrpura brillante y un precioso lazo a rayas que le había colocado entre las orejas. (Todavía lo llevaba puesto. Cuando había intentado quitárselo el gato había maullado: «¡Bonito! ¡Booonito!» hasta que había cejado en su empeño).

Estaba claro que, fuera lo que fuese lo que había sucedido con la amatista, solo había sido un pequeño error ocasional. Sin embargo, mientras convocaba su magia, no pudo evitar sentir una pequeña punzada de preocupación en el fondo de su mente.

Pero ahora estaba funcionando. El calor se extendió a través de ella y, un segundo después, sonrió.

Abrió los ojos y le devolvió la vela a Parker.

—Al hechizo no le pasa nada malo. Está ahí.

Parker soltó un suspiro de alivio y luego miró la vela con el ceño fruncido.

—Entonces, ¿por qué...?

—Porque es una vela horrible —le dijo—. Eso es lo que estás sintiendo. El hechizo está bien hecho. Lo que se te da fatal es elaborar velas.

Cait se puso a abuchear.

—¡Di que sí, Glinda!

Parker miró a Cait con cara de pocos amigos y le sacó el dedo corazón.

—Vale, siento no ser le mejor en las manualidades de los campamentos de verano o donde se hagan estas cosas, pero ya has oído a Gwyn. El hechizo es bueno. Y eso es lo único que importa.

—No del todo —dijo Gwyn, poniéndose de pie—. Un hechizo es un conjunto de partes que tienen que ensamblarse y funcionar bien. Si la parte mágica está bien hecha, pero nadie quiere comprar esa vela, o creen que parece un pene derritiéndose, entonces el hechizo no podrá hacer su trabajo.

Parker seguía un poco desanimade, pero un instante después asintió.

—Sí, tiene sentido.

—Deberías enseñar en la universidad, Gwyn —dijo Sam, con los ojos prácticamente brillando de entusiasmo detrás de sus gafas—. Se te da mucho mejor esto que a nuestra profesora actual de Fabricación de Velas Rituales.

—¿Sigue siendo la profesora McNeil? —preguntó ella. Recordaba aquella clase y a la aterradora mujer que la había impartido. Había aprobado, por supuesto, aunque por los pelos.

Al ver que los tres brujos asentían con el mismo gesto desolado, se rio. Luego le dio una palmadita a Sam en el hombro.

—Sobreviviréis, os lo prometo. Además, Penhaven ya se ha llevado a una de las brujas Jones. No puede tener otra.

—Aun así —dijo Cait, recogiendo un puñado de trozos de cera y arrojándolos en el caldero—. Gracias, Glinda.

Gwyn le devolvió la sonrisa. De acuerdo, quizá la idea de enseñar a esos chicos le provocaba un poco de ternura. Eso no significaba que quisiera trabajar en la universidad, pero tenía que reconocer que le gustaba compartir sus conocimientos y ver la admiración en sus rostros.

Debería dejarles practicar sus hechizos en la tienda más a menudo.

En ese momento, la cera se sacudió en el caldero y una burbuja de grasa estalló en la superficie, salpicando la alfombra con un débil chisporroteo. Cait chilló, Parker se echó hacia atrás y Sam hizo un movimiento brusco, volcando un cuenco con trocitos de hierbas que salieron volando por todas partes.

De acuerdo, quizá necesitaban encontrar un lugar distinto para practicar magia.

Entonces Gwyn oyó el graznido del cuervo en la entrada de la tienda y se volvió hacia los brujos con un dedo acusador.

—Como queméis la tienda mientras estoy atendiendo, os convierto en tritones.

—No serías capaz de hacernos eso —dijo Parker.

Gwyn los miró con los ojos entrecerrados.

—¿Queréis que os lo demuestre?

—¡No! —gritaron los tres al unísono.

Gwyn asintió con firmeza.

—Bien.

Ser una matriarca costaba lo suyo.

Apartó la cortina y salió a la tienda.

—¡Gwyn!

Hacía diez años que no veía a Morgan Howell, pero la reconoció al instante. Tenía el pelo más corto, con un elegante corte *bob*, y llevaba un traje que parecía *sencillo*, pero que debía de costar más que la hipoteca de su cabaña.

También llevaba el mejor pintalabios rojo que Gwyn había visto en su vida, lo que hizo que la viera con mejores ojos si cabía.

—¡Morgan! —Se acercó a ella y ambas se abrazaron—. ¿Qué te trae de vuelta a Graves Glen?

No era raro que los brujos que habían estudiado en la universidad se dejaran caer por allí de vez en cuando. La mayoría solían irse de Graves Glen después de terminar sus estudios, pero siempre volvían en algún momento, aunque solo fuera de visita.

Supuso que ese sería el caso de Morgan, por eso se sorprendió cuando ella le contestó:

—Tenía ganas de cambiar de aires.

La bruja se apartó un poco sin dejar de sujetarle los hombros.

—Me he enterado de que seguías llevando esta tienda y he venido para darme algún capricho.

Gwyn se rio y señaló con la cabeza la estantería junto a la que estaba Morgan.

—Nunca te vi como una de esas chicas a las que le gustara tener pegatinas en el techo que brillan en la oscuridad, pero me encanta que me sorprendan.

Morgan echó un vistazo a los productos y agarró uno de los paquetes. Llevaba las uñas pintadas del mismo rojo intenso que los labios. En un dedo, un anillo de esmeralda engastado en oro antiguo reflejaba la luz de la tienda.

—¿Se venden mucho? —preguntó.

Gwyn asintió.

—Te aseguro que el plástico barato nos mantiene todo el año. Estrellas, calabazas, pequeños calderos...

Morgan la observó por un momento, con ojos pensativos.

—¿Y esto es todo lo que tienes en la tienda? ¿Este tipo de baratijas?

A Gwyn no le hizo mucha gracia la palabra, ni tampoco la forma como Morgan la dijo, pero tampoco iba a dejarse la vida en defender a una calabaza parpadeante con un «¡BUUU!» escrito en ella.

—Sí —respondió, con el mismo tono alegre—. Vender material con magia real es demasiado peligroso. Aquí vienen muchos turistas y el pueblo ya tiene una magia muy potente. Es mejor no arriesgarse.

Morgan enarcó ambas cejas y esbozó una media sonrisa.

—No sé. La mejor magia siempre es un poco arriesgada, ¿no crees?

Ahora fue Gwyn la que alzó las cejas. ¿Morgan estaba intentando ligar con ella? Porque esa era la típica frase sexi pero peligrosa, que se solía decir antes de acercarse un poco más a la otra persona, con la vista clavada en sus labios y todo ese rollo.

Pero Morgan la estaba mirando fijamente a los ojos, y Gwyn se obligó a reír mientras decía:

—¡Vaya! Eso me ha sonado a una de esas frases que suelen soltarse en los discursos de apertura de un evento de mercadotecnia piramidal.

Morgan sonrió, pero en ningún momento dejó de mirarla a los ojos.

—¡Lo digo en serio! ¿Nunca haces nada de más calado que esto? Recuerdo que tenías mucho talento. ¡Como lo de la hoja en la clase de la doctora Arbuthnot! Tardé diez años en conseguir un hechizo de transformación como ese, e incluso entonces, no era tan impresionante como el tuyo.

A Gwyn le gustaban los halagos como a cualquier otra persona, pero en la mirada de Morgan atisbó un brillo voraz que la incomodó.

—¿Qué puedo decir? Despunté pronto —dijo. Luego, señaló la calle—. Ahora dedico mi talento a cosas como los comités de urbanismo.

Morgan se fijó en la pancarta que anunciaba la próxima celebración de la Unión Anual de Graves Glen y tamborileó con las uñas en la estantería que tenía delante.

—Me había olvidado de todas las ferias, fiestas y eventos que se hacen en este pueblo. —Entonces se volvió hacia Gwyn y esbozó una sonrisa deslumbrante—. Quizá podría echar una mano.

—Claro. —Gwyn se preguntó de nuevo por qué seguían sonando esas leves señales de alarma en su cabeza—. Sé que Jane, nuestra alcaldesa, siempre está buscando manos extra.

Morgan hizo un gesto de asentimiento con la cabeza y, después de un segundo, agarró varios paquetes de estrellas.

—¿Quién sabe? A lo mejor también soy una de esas chicas con pegatinas en el techo que brillan en la oscuridad —dijo—. Solo hay una forma de averiguarlo.

—Buena elección. Te diría que tal vez podías comprobar si también eres una chica de sombrero de bruja de papel maché, pero es mejor ir poco a poco.

Fueron a la caja. Mientras Gwyn registraba las compras de Morgan, esta se apoyó en el mostrador y su perfume de madera de sándalo impregnó el aire.

—En realidad, también he venido por otro motivo —informó, antes de hurgar en su bolso y sacar un sobre, en cuya parte delantera estaba el nombre de Gwyn escrito con letra elegante. Le entregó el sobre y, cuando lo agarró, sus dedos se rozaron durante un instante—. Voy a celebrar un pequeña reunión en mi casa este viernes. Una especie de fiesta de inauguración. Me encantaría que vinieras.

Gwyn contempló el sobre. Se sorprendió al ver el grueso sello de cera en el reverso.

—Supongo que se trata de una fiesta con vino y vestidos elegantes, no de una barbacoa en el patio trasero —comentó.

Morgan se rio.

—Sé que es un poco exagerado, pero *c'est moi*.

—No, es fantástico —dijo ella—. Estaré encantada de ir.

—¡Estupendo! —Morgan recogió la bolsa con los paquetes de estrellas que le entregó Gwyn—. Entonces, te veo el viernes. —Empezó a marcharse, pero luego se detuvo un instante y olfateó el aire—. ¿Se le está quemando el pelo a alguien?

—*¡Gracias por la invitación, disfruta de tus pegatinas, te veo el viernes!* —casi gritó Gwyn mientras rodeaba corriendo el mostrador y abría la cortina del almacén.

Sam, Cait y Parker estaban de pie cerca del umbral, con gesto avergonzado, y Cait se estaba sujetando la punta de su trenza. Parker sujetaba con la mano una vela de la que todavía salía una voluta de humo.

—No tengo ni idea de lo que es exactamente un tritón —susurró Sam—. Es una especie de lagartija, ¿verdad? No quiero que me conviertas en una lagartija.

Gwyn los miró y siseó:

—¿Qué os he dicho de no quemar cosas?

—¡Lo sentimos! —se disculpó Cait—. Pero... ¡Oh, Dios mío! ¿En serio te acaba de invitar *Morgan Howell* a *su casa*?

Los tres la estaban observando con caras expectantes.

Gwyn arrugó la nariz.

—¿Por qué has pronunciado su nombre de ese modo? ¿Como si fuera una estrella de cine o una de esas personas que hacen esos vídeos cortos que siempre me estáis mandando?

—Morgan Howell es mejor que cualquier estrella de cine o *influencer* —indicó Parker—. Es como... la bruja más guay de la historia.

—El otro día —se apresuró a decir Sam—, estuvo en el Café Cauldron y le pregunté qué pintalabios usaba. Ni siquiera es de una marca que esté a la venta. Alguien se lo hace *solo* a ella.

—Una amiga me contó que, cuando vivía en Londres, expulsaron a su aquelarre del país porque hacían magia demasiado extrema —explicó Cait—. Te estoy hablando de nigromancia, maldiciones, hechizos de amor...

—¡Lo sabía! —murmuró por lo bajo Gwyn. Cuando Cait la miró confundida, sacudió la cabeza—. Conocí a Morgan en la universidad, y era una buena bruja, pero no *tan* buena. Y, francamente, no deberíais sentir ningún tipo de admiración por nada de eso. Es peligroso.

Sam, Cait y Parker intentaron parecer arrepentidos, pero no consiguieron engañarla.

—Lo digo en serio —continuó—. Los tres estabais por aquí el año pasado, cuando la maldición que Vivi y yo lanzamos se descontroló. Tuvimos suerte de poder arreglarlo, pero tuvimos que hacer acopio de toda nuestra magia para conseguirlo. Solo estáis deslumbrados por un maquillaje que, tengo que reconocer, es increíble, y una ropa muy chula.

No dejó entrever que quizá se sentía un poco celosa por lo impresionados que parecían estar sus novatillos con Morgan. ¡Pero si hacía unos minutos la habían estado mirando *a ella* con ojos de adoración!

—¿Vas a ir a su fiesta? —preguntó Sam. Gwyn miró hacia atrás, hacia la tienda, pensando en el pesado sobre que estaba sobre el mostrador. Siempre le había gustado Morgan, pero tenía que reconocer que era un poco raro que apareciera de repente. ¿Por qué volver a Graves Glen precisamente ahora?

Teniendo en cuenta que Vivi y Elaine estaban fuera de la ciudad, si alguien estaba intentando llevar a cabo cualquier tipo de brujería extraña, era ella la que tenía que llegar al fondo del asunto.

—¡Oh, sí! —le dijo a los chicos—. Claro que voy a ir.

CAPÍTULO 17

El viernes por la noche llegó más rápido de lo que Gwyn se esperaba. Había tenido mucho ajetreo en la tienda; además, Sam, Cait y Parker habían tenido un examen sobre las fases lunares en la clase de Magia Natural, y ella había estado de acuerdo en ayudarles a estudiar. También había tenido que llevar a sir Purrcival al veterinario para su revisión anual, Elaine había querido tener un chat vía Skype, Vivi la había llamado para ver cómo iba todo y...

Sinceramente, era un milagro que se hubiera acordado de la fiesta, pero ya era viernes por la noche y estaba en su camioneta, siguiendo las indicaciones de la elegante invitación de Morgan.

Las montañas y las colinas se habían teñido de un azul nebuloso por los últimos rayos del atardecer y cada vez se veían menos casas (en realidad, cualquier tipo de edificio). Entonces se adentró en un valle por el que recordó haber conducido antes.

Sin embargo, allí no había ninguna vivienda. Tomó de nuevo la invitación para comprobar si las indicaciones eran correctas. No había ninguna dirección, solo una frase final en la que se decía: «Y verás la casa». Miró por el parabrisas. El camino cada vez era más estrecho y las colinas rocosas que había a ambos lados bloqueaban la vista de nada que no fuera el frente.

Entonces el camino hizo una curva y Gwyn se quedó boquiabierta.

Sí, sin duda se veía la casa.

Por lo visto, a Morgan le había ido bastante bien en lo que fuera que hubiera estado haciendo los últimos diez años, porque lo que tenía delante de sus ojos no era una simple *casa*. Era como algo sacado de una película, la versión más elegante y menos terrorífica de la casa Penhallow.

Las torretas se erguían hacia el cielo violáceo y las estrechas ventanas proyectaban rectángulos dorados de luz sobre el césped. Gwyn divisó una galería que conducía a una puerta de entrada enorme y justo detrás del edificio vio un invernadero, empañado por la condensación. Los vehículos estaban aparcados en filas ordenadas en un terreno que había junto a la casa y ella dejó su camioneta roja junto a un Mercedes. En ese momento, se dio cuenta de que había muchos Mercedes, así como un par de Audis e incluso un Rolls-Royce.

¡Por las tetas de Rhiannon! ¿A qué tipo de personas había invitado Morgan a su casa?

Salió de la camioneta y empezó a andar hacia la casa, con los tacones de las botas clavándose sobre la hierba. Cuando se acercó a los escalones de la entrada, oyó que la puerta de un coche se cerraba detrás de ella y se volvió.

Ya había anochecido, la luz era de un tenue color púrpura, pero habría reconocido esa postura tan erguida en cualquier lugar. Al ver a Wells entrando bajo la luz que se derramaba desde las ventanas odió la forma en la que el corazón le dio una voltereta en el pecho.

Llevaba una camisa blanca y pantalones oscuros, en esa ocasión sin chaleco, pero con ese abrigo de *tan buena* calidad con el que le había visto la primera noche que llegó al pueblo. ¿Tendría algún tipo de fetiche desconocido hacia las prendas de abrigo? Porque esa fijación que empezaba a tener con la ropa de Wells estaba adquiriendo niveles ridículos.

—Gwyn —la saludó, acercándose.

A ella no le pasó desapercibido la forma en que sus ojos se demoraron en ella. Fue algo sutil y bastante respetuoso (al fin y al cabo, era Esquire), pero sin duda lo hizo.

De pronto, se alegró de haber decidido ponerse el vestido al que Vivi siempre llamaba el de la «hechicera sexi». Era de un azul tan oscuro que parecía casi negro, y aunque era de manga larga y tenía una falda que habría rozado el suelo si sus botas no llevaran tacón, tenía un escote lo suficientemente bajo como para mostrar un colgante de plata y zafiro precioso que había comprado en una feria de Beltane hacía unos años.

En ese momento, tuvo que hacer acopio de todas sus fuerzas para no ponerse a juguetear con el colgante. Gwyn Jones no era una persona que se pusiera nerviosa. En todo caso, ella era la que hacía que los demás se pusieran nerviosos con su presencia. Así que cuadró los hombros y esbozó su mejor sonrisa.

—Esquire —le devolvió el saludo.

A Wells se le tensó un músculo de la mandíbula.

—Veo que nuestra tregua no se extiende al apodo.

—No era una de las condiciones.

Wells soltó un suspiro, se metió las manos en los bolsillos del maldito abrigo y se acercó un poco más. La grava crujió bajo sus zapatos.

—Supongo que no debería sorprenderme verte aquí —comentó él—. Está claro que es una fiesta exclusivamente para brujos.

No tuvo que preguntarle a qué se refería. Podía sentirlo en su propia piel. La magia era tan intensa que casi podía palparla. Todos los que estaban dentro de esa casa eran brujos poderosos, *muy* poderosos (si su percepción no le fallaba).

De repente lo entendió todo. Abrió los ojos de par en par.

—Así que esta era tu cita no cita.

Wells volvió a tensar la mandíbula.

—Con esto queda demostrado que no se trataba de ninguna cita —respondió él, haciendo un gesto hacia la casa.

Gwyn se encogió de hombros y se colgó la cadena del bolso de noche del brazo.

—¿Quién sabe? Puede que ahí dentro estén haciendo una tanda de citas rápidas entre brujos.

Wells hizo una mueca ostensible.

—¡Jesús, qué idea más espantosa!

Gwyn estaba de acuerdo, pero no iba a reconocerlo delante de él.

—¡Solo hay una forma de averiguarlo!

Wells la siguió por los escalones con paso decidido.

—¿Conocías a Morgan de la universidad? —quiso saber él.

Gwyn lo miró sorprendida.

—Claro. ¿Tú no?

Wells negó con la cabeza.

—Ha debido de invitarme por mi apellido.

—Bueno, por eso y porque estaba colada por ti.

Le hizo gracia que Wells se quedara un poco pasmado.

—¿Qué?

—Lo sé, a mí también me costó mucho creérmelo, pero ya sabes, ¡sobre gustos no hay nada escrito!

Gwyn esperaba uno de los típicos ceños patentados de Wells Penhallow, pero se limitó a encogerse de hombros.

—Supongo que por eso flirteó conmigo el otro día en la tienda.

Ese pequeño dato no debería haberle importado lo más mínimo, por eso le resultó muy molesto el ligero nudo que se le hizo en el estómago cuando pensó en Morgan (la bella y misteriosa Morgan) y en Wells, ligando. ¿Sabría acaso Wells cómo ligar?

Desde luego sabe cómo besar.

Un pensamiento que, en ese momento, no la ayudó para nada.

Desde el interior, le llegó el sonido de la gente hablando y la música de fondo. A su lado, sintió cómo Wells se armaba de valor.

Estaba claro que Esquire no era alguien a quien le gustaran las fiestas. Entonces, ¿por qué había aceptado la invitación?

Cuando estaba a punto de preguntárselo, Wells se volvió hacia ella, le ofreció el brazo y le dijo con un suspiro:

—Bueno, ¿entramos?

Gwyn le miró el codo como si no hubiera visto uno en su vida, así que Wells se preguntó si debía bajar el brazo y llamar directamente a la puerta.

Sin embargo, unos segundos después, ella posó la mano en su brazo y, con cuidado, enroscó los dedos en su manga.

Podía engañarse a sí mismo y decir que le había ofrecido el brazo solo para ser amable, para mostrarse como un caballero, pero no era tan ingenuo. Desde el momento en que la había visto parada allí, con ese vestido, había tenido unas inmensas ganas de tocarla. Parecía una criatura recién salida de una leyenda: una sirena, una hechicera, el tipo de mujer por la que los hombres caminarían felices hacia su perdición.

Su presencia impedía que se concentrara, cuando se suponía que había ido allí para hacerse una mejor idea de cuáles podían ser las intenciones de Morgan en Graves Glen. Aunque también era cierto que Gwyn Jones le había distraído y perturbado desde el mismo instante en que había puesto un pie en ese pueblo.

Se preguntó si debía compartir con ella sus sospechas sobre Morgan, pero estaba claro que Morgan y Gwyn eran viejas amigas. Si se lo comentaba, lo más probable era que volviera a poner los ojos en blanco y le dijera que se estaba comportando como un imbécil. Quizá lo fuera, pero más valía prevenir que curar.

Frunció el ceño y tomó nota mental de no decir jamás eso último en voz alta delante de ella.

Levantó la mano, dispuesto a llamar a la puerta, pero al hacerlo, esta se abrió sola, mostrando un vestíbulo iluminado por una brillante lámpara de araña.

Ahora, la música y las conversaciones eran más fuertes. Wells entró con cautela, con la mano de Gwyn apoyada en el pliegue de su codo.

La sensación que había tenido fuera, de que allí dentro había una cantidad de magia casi abrumadora, se hizo más potente. A su lado, Gwyn respiró hondo, mientras miraba todo a su alrededor.

El vestíbulo era gigantesco, debía de tener unas dos plantas de altura. Delante de ellos se elevaba una escalera cubierta con una alfombra de un rojo casi tan intenso como el del pintalabios que Morgan había llevado el otro día, y el suelo que estaban pisando era de una madera oscura tan lustrosa que prácticamente podía ver su reflejo en ella.

Había habitaciones a ambos lados del vestíbulo. Eligió la de la derecha, un salón con muebles dorados y paredes empapeladas del mismo tono.

Al entrar en él, recordó por qué hacía tanto tiempo que no iba a una fiesta.

Había mucha gente.

Grupos de gente, de pie, con copas de champán y de cóctel, conversando junto a los muebles, riendo. En ese salón por lo menos había una docena de personas y, por el breve vistazo que había echado a otro salón, estaba igual de abarrotado.

Le había preocupado ir demasiado elegante a esa fiesta, pero cuando miró a su alrededor, se dio cuenta de que, por primera vez en su vida, puede que fuera el que iba vestido de manera más informal. Había dos hombres con esmoquin hablando junto a un piano y varios con las túnicas oficiales que tanto gustaban a su padre. Casi todas las mujeres iban vestidas de manera similar a Gwyn, con vestidos ceñidos con escotes pronunciados y joyas con un toque de brillo.

A su lado, Gwyn se inclinó hacia él, acercándose un poco más. Su largo cabello le rozó la manga.

—De acuerdo, si no tuviera la certeza de que los vampiros no existen, creería que todas estas personas son vampiros.

Wells la miró y arrugó la cara con gesto confuso.

—Los vampiros existen.

Gwyn levantó la cabeza al instante, con los ojos abiertos como platos.

—Espera, ¿en serio?

—¿Cómo es que no lo sabes?

—¡Porque nunca he visto uno!

—Y yo tampoco he visto nunca al monstruo del lago Ness, pero sé que existe —explicó con un resoplido.

Aunque pareciera imposible, Gwyn abrió aún más los ojos.

—¿Nessie también existe?

Wells mantuvo su postura pomposa todo lo que pudo, pero la cara de absoluta estupefacción de ella hizo que le temblara el labio, y cuando la vio mirarlo con los ojos entrecerrados, no pudo evitar sonreír. Una sonrisa que se convirtió en una carcajada cuando Gwyn le dio un empujón con la cadera.

—Vale, ¿sabes qué? Solo por esto que acabas de hacer, cuando estos bichos raros elijan a alguien al que sacrificar esta noche, te ofreceré como voluntario.

—Me lo tengo merecido —respondió él.

Gwyn sonrió un poco e hizo un gesto de negación con la cabeza.

—Odio cuando consigues caerme bien, Esquire.

—Haré todo lo posible por ser más antipático en el futuro —le prometió.

Gwyn soltó un bufido.

—Con frases como esa vas por buen camino.

En ese momento pasó un camarero con una bandeja de copas de champán. Ambos tomaron una cada uno y ella por fin dejó de agarrarle el brazo.

Wells sintió la pérdida de ese contacto más de lo que quería reconocer, así que, para distraerse, se puso a observar a sus compañeros de fiesta. No esperaba reconocer a nadie, de modo que le sorprendió encontrar una cara familiar. Bronwyn Davies era miembro de una de las familias de brujos más influyentes de Cardiff, una rubia preciosa con la que Simon había esperado que se comprometiera, pero por lo que él sabía, ella había decidido no casarse con nadie. Llevaba años sin verla. ¿Qué estaría haciendo allí?

Segundos después, cerca del gran ventanal, reconoció a Connell Thomas, otro brujo galés con el que había coincidido brevemente en Penhaven.

—Debe de tratarse de una reunión —murmuró Gwyn. Cuando la miró, ella le hizo un gesto con el vaso—. Son brujos de Penhaven.

Graduados todos en el mismo año que yo. Y que tú, si te hubieras quedado.

Gwyn apenas había terminado la frase cuando oyeron un chillido. Miró a su alrededor y vio a una morena alta que cruzó la habitación con los brazos abiertos.

—¡Gwynnevere Jones! —gritó la morena.

Gwyn le devolvió la sonrisa y se abalanzó sobre los brazos de la mujer.

—Hola, Rosa. —Cuando se apartó de ella, miró a Wells.

—¿Te acuerdas de Llewellyn Penhallow? O quizá no, no lo sé. En realidad no es alguien que dejó mucha huella.

Rosa se rio al oír aquello.

Wells taladró a Gwyn con la mirada y le tendió la mano a Rosa.

—Solo Wells. Un placer conocerte.

—¡Oh! Me acuerdo de ti —señaló Rosa, casi ronroneando y con los ojos oscuros brillando mientras le sonreía.

Le pareció ver a Gwyn tensando los hombros, aunque tampoco lo pudo asegurar del todo.

Wells se tragó una réplica arrogante hacia Gwyn y sonrió a Rosa.

—Me temo que fui un poco idiota durante mi breve estancia en Penhaven. Es la única excusa que se me ocurre para no recordarte.

Rosa soltó una risita complacida.

Ahora sí que estuvo seguro de que Gwyn estaba apretando la mandíbula.

—Bueno, pues ya estamos todos —indicó Rosa.

Wells no supo cómo se las había apañado esa mujer para hacer que unas palabras tan inocentes sonaran tan... prometedoras.

Gwyn apuró lo que le quedaba de champán y se volvió hacia los dos, con una sonrisa forzada.

—Os dejo para que os pongáis al día mientras voy a buscar a Morgan para saludarla.

Wells la observó marcharse; al igual que hicieron todos los demás hombres que había en la estancia y bastantes mujeres.

—Siempre tuvo algo especial —comentó Rosa, antes de asentir en dirección a Gwyn por si él no había entendido a quién se refería—. Guapa, inteligente y poderosa. Cuando me enteré de que se había quedado en este pueblo perdido de la mano de Dios, vendiendo baratijas a los humanos, no me lo podía creer. ¡Qué desperdicio!

Wells apretó los dientes y sujetó con más fuerza la copa de champán.

—Sin embargo —dijo, con tono mordaz—, es su magia la que actualmente alimenta las líneas ley de este pueblo. Y tampoco me parece que la vida que la señorita Jones se ha construido aquí sea ningún desperdicio. Su tienda es un lugar encantador que trae alegría a cualquiera que entre en ella. Todos deberíamos tener la suerte de contar con algo así. Ahora, si me disculpas.

Se apartó de Rosa, que se había quedado con los labios entreabiertos por la sorpresa, y se adentró más en la fiesta.

Un desperdicio.

Si ese término podía aplicársele a alguien era a él, que se había pasado todos esos años cumpliendo la voluntad de su padre. No, lo que Gwyn había hecho había sido usar la magia de una manera que la hiciera feliz tanto a ella como a las personas que le importaban. Si te parabas a pensarlo, eso era algo tremendamente noble.

Se detuvo frente a una mesa con pequeños platos de canapés y suspiró.

Se estaba inventando cualquier excusa para tocarla y ahora defendía su honor en público. Sí, era un caso perdido.

Miró a su alrededor e intentó ver el pelo rojo de Gwyn, pero no la divisó por ningún lado. Tampoco a Morgan.

Salió del salón y se metió en un pasillo largo. Estaba a oscuras y no había nadie, pero tuvo la misma sensación que había experimentado fuera de la casa, como si la magia se extendiera en pesadas ondas, aunque mucho más fuerte en esa zona.

Y no solo más fuerte.

Esa magia no estaba bien.

Ese había sido siempre su mayor talento: descubrir el contenido de la magia, el tipo de hechizo que se estaba usando, cuál era la intención con la que se lanzaba. No podía decir que lo que estaba ocurriendo en esa casa fuera oscuro o malvado, pero tampoco bueno. Era como una nota discordante en una hermosa sinfonía, y cuanto más avanzaba por el pasillo, más potente se volvía.

Al final del pasillo, justo al lado de un cuadro con un paisaje bastante bonito de montañas y campos que le recordaba a su casa, había una puerta.

Desde el salón, le llegó el murmullo de las conversaciones. Alguien había empezado a tocar el piano.

Miró a su alrededor una vez más, enroscó los dedos alrededor del pomo de la puerta y lo giró despacio.

La puerta se abrió sin hacer ruido. Soltó un suspiro de alivio y entró en la estancia, cerrando la puerta tan silenciosamente como pudo.

De pronto, se encendió una luz que casi lo cegó. Alzó la mano para protegerse del resplandor con el corazón latiéndole desaforado.

Pensó en una rápida excusa. Podía decir que estaba buscando un baño, que se había equivocado, que...

—¿Esquire?

CAPÍTULO 18

—¿Qué estás haciendo aquí? —susurró Gwyn desde una escalera, extinguiendo a toda prisa el hechizo de luz que había convocado y sumiéndolos en la penumbra.

En algún lugar de la parte superior de las escaleras, había una ventana que dejaba pasar la luz de la luna suficiente para poder distinguirlo junto a la puerta. Cuando esta se había abierto, casi le había dado un infarto y enseguida se había puesto a pensar en alguna excusa que explicara por qué estaba allí, pero cuando se dio cuenta de que se trataba de Wells, respiró aliviada.

Aunque también se sorprendió.

Y también se sintió un poco molesta.

Por lo visto, los sentimientos encontrados iban a ser la tónica general en lo que a ese hombre se refería.

—¿Qué haces tú aquí? —contratacó él.

Gwyn puso los ojos en blanco y señaló las escaleras que tenía delante.

—Es evidente que estaba a punto de investigar a hurtadillas este lugar porque aquí hay algo que es...

—Extremadamente desagradable y de dudosa naturaleza, sí —replicó él.

Gwyn dio un paso atrás, presionando la cadera contra la barandilla.

—Iba a decir «espeluznante que te cagas», pero sí, básicamente es lo mismo.

Se quedaron un momento quietos, mirándose fijamente mientras Gwyn intentaba asimilar el hecho de que A) ella y Esquire estaban de acuerdo en algo, B) fuera lo que fuese lo que pasaba con Morgan y con esa casa, él también lo sentía, y C) simplemente olía... muy, muy bien.

Se dijo a sí misma que en ese momento C era lo que menos importaba y volvió a centrar la atención en las escaleras.

—¿Por qué has entrado aquí? —le preguntó en voz baja, a pesar de que podían oír los ruidos de la fiesta del salón—. Me refiero a ¿por qué has elegido esta puerta en concreto?

—Supongo que por el mismo motivo que tú —respondió él, apoyando una mano en la pared de la escalera—. Sea lo que sea lo que ambos estamos captando, parece que emana de esta zona.

Gwyn asintió con la cabeza mientras fruncía el ceño y miraba hacia la oscuridad que se cernía sobre ellos.

—¿Sabes? Pensaba que Morgan sería un poco más original. Si te vas a poner a practicar magia negra no lo hagas en el lugar más obvio de toda la casa. «¡Oh, mira, voy a criar demonios o lo que sea en un ático aterrador!».

—Creo que deberías ir más despacio.

—Sí, definitivamente debería ir más despacio —respondió ella con un suspiro. ¿Por qué su magia no podía volver a limitarse a mezclas de té y pintura? ¿Iba a tener que seguir arriesgándose a llenarse el pelo de telarañas?

Empezó a subir las escaleras, pero Wells la detuvo sujetándola del brazo con la mano en la que llevaba ese sello tan pesado que incluso podía sentirlo a través de la tela del vestido.

—Yo iré primero.

Gwyn alzó ambas cejas.

—Esquire, ¡me has dejado anonadada! ¿Lo de «las damas primero» no era una sacrosanta regla de etiqueta?

—En circunstancias normales, sí —repuso él, sin morder el anzuelo—. Pero me parece de mala educación seguir esa regla cuando la dama en cuestión podría ser la primera en caer en algún tipo de trampa mágica.

—Muy galante —reconoció ella—. Pero no hace falta.

Y, dicho eso, Gwyn se dio la vuelta y subió los escalones con cautela. Los peldaños crujían bajo sus pies, sentía a Wells como una presencia sólida a su espalda. De repente, tenía la boca seca, pero se dijo a sí misma que era solo por lo nerviosa que estaba.

Las escaleras llevaban a un espacio oscuro, de aspecto amenazador, en el que la única ventana que había proporcionaba algo de luz, pero no la suficiente. Pudo distinguir un suelo de madera y varios objetos corpulentos, pero nada más, así que levantó los dedos y se dispuso a invocar de nuevo un halo de luz.

Hacía un momento, no había tenido ningún problema, pero ahora sus dedos emitieron una especie de chispazo... y nada más.

—¿Va todo bien? —quiso saber Wells. Ella asintió con la cabeza y volvió a mover los dedos, esperando sentir la magia atravesarla. Estaba ahí, podía sentirla, pero aletargada. Como aquella noche en casa de Vivi.

Quizá sea la magia que Morgan tiene aquí, que me está bloqueando.

Pero eso no consiguió que se sintiera mejor.

Una vez podía ser fruto de la casualidad.

¿Dos? Eso era el comienzo de un patrón; de uno que no le gustaba en absoluto.

—Lo más probable es que sea la magia de esta casa —señaló Wells.

Gwyn lo miró. Estaba observándole la mano, con el ceño ligeramente fruncido, aunque no había intentado convocar su propio hechizo de luz. Estaba esperando a que ella se recuperara.

Un detalle... dulce por su parte. Respetuoso.

¡Puaj!

Apartó de su cabeza esos inquietantes pensamientos y se centró en el hechizo. Instantes después oyó otro chisporroteo y el halo de luz cobró vida, flotando justo a su lado.

—Bien hecho, Jones —murmuró él.

Gwyn asintió satisfecha (y aliviada).

—He supuesto que necesitábamos un poco de luz para ver lo que íbamos a hacer. —Pero en cuanto miró a su alrededor, deseó que el hechizo no hubiera funcionado.

La casa de Morgan era refinada, aunque de una forma un poco exagerada (bueno, en realidad bastante). ¿Pero el ático?

El ático era directamente espeluznante.

Había cuadros apilados contra la pared; todos ellos representando alguno de los momentos más oscuros y cruentos de la historia de la brujería: hogueras con gente quemándose, ahogamientos, evisceraciones...

En el centro de la habitación estaban agrupados unos cuantos baúles negros con cerraduras oxidadas, y justo debajo de la ventana pudo ver lo que parecían ser aplastapulgares. En la pared del fondo, sobre las estanterías, se alineaban botellas polvorientas. Cuando fue hacia ellas, una figura surgió de la oscuridad, haciéndola gritar y retroceder de un salto.

Pero entonces se dio cuenta de que no era ninguna persona, sino una...

—¿Es una doncella de hierro? —preguntó, mirando con fascinado horror a la figura metálica del tamaño de una persona que tenía delante.

—¡Joder! —murmuró Wells, acercándose a ella. Se puso a examinar esa cosa con sus propios ojos, con las manos en los bolsillos y balanceándose sobre los talones.

—Palabras fuertes para venir de Esquire —dijo ella.

Wells la miró con sarcasmo.

—Pero tengo razón, ¿no crees?

—Joder, sí —contestó ella.

Entonces vio un breve destello de dientes blancos bajo esa barba oscura, una auténtica sonrisa, que hizo que deseara poder decir otras muchas más cosas que le sacaran otra sonrisa idéntica.

Aunque, teniendo en cuenta que habían entrado en la guarida de Hellraiser, no era momento para andarse con bromas.

Señaló a su alrededor y dijo:

—¿Crees que estamos percibiendo malas vibraciones por todo lo que hay aquí? Porque las vibraciones que este sitio desprende son más que malas. El verificador de vibraciones ha fallado por completo.

—No sé lo que has querido decir exactamente con eso —respondió Wells—, pero creo que he entendido lo esencial y, sí, es posible.

—Frunció el ceño—. ¿Pero por qué tiene una colección como esta? —Se volvió del todo hacia ella. La luz del hechizo proyectó sombras sobre su rostro y sus ojos serios—. ¿Hasta qué punto conocías a Morgan en la universidad?

—Éramos amigas —dijo ella—, pero no íntimas. Era... no sé... una colega de la universidad. Coincidíamos en un montón de clases, a veces comíamos juntas en el comedor, nos besamos borrachas en una celebración de Ostara. —Se encogió de hombros—. Ya sabes, las amistades que se hacen en la universidad.

Wells la miró fijamente durante un rato y luego dijo:

—Sí, bueno. Todo eso está... bien. —Después sacudió ligeramente la cabeza y se giró para estudiar los cuadros que había contra la pared—. Y por aquel entonces, ¿parecía interesada en este tipo de cosas?

—No, que yo recuerde no tenía dispositivos de tortura antiguos en su dormitorio —respondió ella, estremeciéndose un poco al volver a mirar la doncella de hierro—. Pero después de segundo, no tuvimos muchas clases juntas. Yo me especialicé en Práctica Mágica y ella hizo... No me acuerdo. Una de las raras... Creo que Brujería Ritual. Y luego, el último curso...

Se detuvo.

Wells se volvió hacia ella.

—¿Qué?

No se había acordado de eso hasta ese momento. Nunca había pensado en ello, ni siquiera cuando Morgan entró en su tienda. Pero ahora, en su cabeza empezó a surgir un recuerdo.

—Morgan se fue —contestó pensativa—. A mitad del último semestre. Como te acabo de decir, no éramos tan amigas, y a esas alturas apenas la veía, pero recuerdo que otra de mis amigas me comentó que a unos cuantos estudiantes les habían pedido que se marcharan de allí. No supo decirme por qué, todo fue un misterio. Aunque, si te soy sincera, tampoco me interesé mucho porque no me pareció tan escandaloso. Es decir, pedirte que te vayas no es lo mismo que una *expulsión*, ¿verdad?

Wells se frotó la barbilla, pensando en la información que acababa de contarle, mientras ella se devanaba los sesos, intentando recordar más detalles. Sin embargo, habían pasado diez años y, como le había dicho, en aquel momento no había prestado demasiada atención.

Volvió a mirar a su alrededor.

Estaba claro que tenía que haberlo hecho.

—Me pregunto si alguno de esos otros estudiantes también está aquí esta noche —dijo Wells.

Gwyn miró hacia las escaleras.

—No recuerdo cuántos eran. ¿Cinco, quizás? Pero Rosa era una de ellas.

—Mmm. —Fue la única respuesta de Wells.

Se volvió hacia él mientras se abrazaba a sí misma. En ese ático hacía mucho frío.

—¿Se puede saber qué estás cavilando con esa cara de pensar que tienes?

Wells bajó la mano y frunció el ceño.

—Eso de la «cara de pensar» lo soléis decir mucho los estadounidenses, o solo es típico de este lugar. —Antes de que a Gwyn le diera tiempo a responder, negó con la cabeza, como restándole importancia—. Da igual. Antes de venir aquí, recibí una visita de mi hermano Bowen.

—El hermano hombre lobo.

Wells la miró con los ojos entrecerrados antes de reconocer:

—Vale, su barba es excesiva. En todo caso, me dijo que cuando un lugar como Graves Glen, un lugar al que la magia lo atraviesa, literalmente, sufre alguna transformación como la que tuvo lugar el año pasado, se puede convertir en una especie de imán para otros brujos que podrían no tener las mejores intenciones.

Todo aquello le daba mala espina.

Aunque tenía sentido. La magia era imprevisible y volátil, y entendía que algo tan trascendental como un cambio de poder podía transformarse en un radar para brujos.

—¿Y crees que esa puede ser la razón por la que Morgan ha regresado tan de repente?

—Creo que lo que tenemos que averiguar es por qué le pidieron que se marchara de Penhaven hace diez años —respondió.

Gwyn le sonrió.

—Así que ahora vamos a ser detectives, ¿eh? Detectives *mágicos*.

—Yo no iría tan lejos —contestó él con sequedad. Luego hizo un gesto hacia las escaleras—. Será mejor que volvamos a la fiesta antes de que alguien se dé cuenta de que nos hemos ido.

Gwyn lo siguió por las escaleras, retorciendo los dedos. El hechizo de luz comenzó a desvanecerse.

—Jones y Esquire, detectives mágicos —musitó.

Wells la miró por encima del hombro, lanzándole una mirada sombría.

—Penhallow y Jones.

—Jones y Penhallow.

—Penhallow, y punto.

—Jones e hijo.

Wells se detuvo justo al final de las escaleras y se volvió hacia ella con la cabeza ligeramente inclinada hacia un lado, antes de comprenderlo.

—¡Ah! El gato.

—Sir Purrcival siempre es de gran ayuda.

Wells soltó un resoplido.

Justo cuando llegaron al último escalón, oyeron pasos.

Y voces.

Voces muy cerca.

Los pasos se detuvieron frente a la puerta y, al otro lado, oyeron a Morgan decir:

—Lo tengo aquí guardado.

No había tiempo para pensar. Pero Gwyn siempre había sido una mujer de acción, así que se volvió hacia Wells, lo agarró de las solapas de la chaqueta y lo atrajo hacia ella.

—¿Pero qué...? —empezó él.

Antes de que le diera tiempo a decir nada más, Gwyn apretó su boca contra la de él.

CAPÍTULO 19

¡Por las tetas de Rhiannon!

Wells se había pasado las dos últimas semanas diciéndose a sí mismo que aquel beso en el sótano no había estado tan bien como lo recordaba, y que solo se había quedado tan desconcertado porque llevaba años sin besar a una mujer.

Pero cuando los labios de Gwyn se abrieron bajo los suyos, supo que aquello había sido una tontería de proporciones épicas.

No, aquel beso había sido tan devastador porque ella era absolutamente devastadora, y en ese momento estaba metido en un buen lío.

Aunque tampoco le importaba mucho.

Posó las manos en las caderas de ella. La tela de ese vestido (el *vestido* con el que casi se había tragado la lengua cuando la había visto antes de entrar en la casa de Morgan esa noche) era tan suave como se había imaginado. Mejor incluso, pues el calor de su piel hacía que la tela fuera más agradable al tacto, más irresistible, así que fue incapaz de evitar el sonido que emergió del fondo de su garganta mientras la atraía hacia él. La parte racional de su cerebro, la parte que recordaba que ella solo lo estaba besando para que tuvieran una excusa convincente que explicara por qué estaban allí, enseguida se vio sobrepasada por la parte más oscura y salvaje de él que solo Gwyn parecía sacar.

Y puede que él también tuviera el mismo efecto en ella, porque en ese instante se estaba pegando más a él, rodeándole el cuello con los brazos, apretando sus senos contra su pecho y moviendo la lengua...

—¡Oh! ¡Lo siento!

La puerta se abrió de repente, iluminando la escalera que llevaba al ático con un brillante resplandor. En el umbral, se veía una figura.

Gwyn se apartó de él y Wells tuvo que hacer acopio de todas sus fuerzas para no perseguirle la boca con la suya. Pero entonces ella apoyó la mano contra su pecho y soltó una sonora risa mientras se volvía hacia Morgan.

—¡Oh, Dios! Perdónanos —dijo. Luego volvió a mirar a Wells y se mordió el labio inferior, dando la impresión de estar completamente avergonzada. Estaba claro que era una actriz sublime, ya que dudaba que Gwynnevere Jones se hubiera avergonzado alguna vez en su vida—. Estábamos contemplando fascinados tu preciosa casa y creo que ese vino tan delicioso que has servido se nos ha subido a la cabeza —continuó Gwyn, rodeándole con naturalidad los hombros con el brazo mientras él dejaba caer la palma de la mano sobre su cadera, luchando contra el impulso de asirla con más fuerza y acercarla a él.

Morgan los miró con atención, con sus ojos oscuros captando cada detalle. Wells estaba seguro de que, a pesar de que sonreía, había cierta crispación en ella. ¿Sería porque, como era lógico, no le hacía mucha gracia que la gente se enrollara a hurtadillas en su casa o por algo más? ¿Tendría que ver con lo que había en el ático?

—Ha sido una auténtica grosería por nuestra parte, Morgan —señaló Wells, bajando a Gwyn del último escalón y preguntándose si sería capaz de emular a Rhys y salirse con la suya.

Morgan hizo un gesto con la mano para restar importancia al asunto.

—¡No, no, para nada! Solo me ha sorprendido. —Lo miró directamente a los ojos—. El otro día te pregunté si estabais juntos. No me puedo creer que me hayas mentido, Llewellyn Penhallow.

Mentir le parecía un pecado bastante más banal que coleccionar artefactos de magia negra, pero ¿qué sabía él?

—Es reciente —intervino Gwyn, dándole un ligero apretón en el hombro, como si hubiera presentido lo que él quería decir.

—Muy, muy reciente —confirmó él, dándole una palmadita en la cadera.

Mensaje recibido.

Gwyn aflojó un poco su agarre e hizo un gesto hacia la puerta.

—¡Anda, hola! ¿Tú eres...?

Por primera vez, se dio cuenta de que había alguien justo detrás de Morgan; un hombre que debía de tener la misma edad que todos ellos, con el pelo rubio peinado hacia atrás y una cara más bien enjuta.

—Harrison Phelps —se presentó el hombre, tendiendo su mano para que ella se la estrechara—. En realidad nos conocemos de Penhaven. Tú eres Gwyn Jones.

—¡Oh, claro! —señaló Gwyn alegremente, aunque Wells tuvo la sensación de que no tenía ni idea de quién era ese hombre.

—Y tú, Llewellyn Penhallow —continuó Harrison, estrechando la mano de Wells a continuación—. No llegamos a conocernos, pero sabía quién eras por tu reputación.

No tuvo claro si Harrison se refería a la reputación de su familia o a la breve gloria que Wells había conseguido en Penhaven, pero asintió con la cabeza y le dedicó una tensa sonrisa.

—Vaya una reunión que has organizado, Morgan —comentó Gwyn.

La otra bruja sonrió, mostrando sus blanquísimos dientes bajo esos labios rojos.

—Supongo que estaba un poco nostálgica —explicó—. Y me pareció que era el momento adecuado para volver a encontrarme con los viejos amigos y con los lugares que solía frecuentar.

Wells estaba a punto de preguntar por qué, cuando Morgan añadió:

—Ahora, si nos disculpáis, hay algo que quiero enseñarle a Harrison en el ático. —Sin dejar de sonreír, los miró a ambos y preguntó—: ¿Ibais a subir ahí?

Tuvo que reconocer que había disimulado lo bastante bien para que la pregunta pareciera casual, pero vio algo en sus ojos que no le gustó; algo que le aseguró que Morgan quería, incluso necesitaba, que la respuesta fuera «no».

—¡Oh, Dios, no! —dijo Gwyn, riéndose un poco y llevándose una mano a la mejilla—. Sinceramente, hemos tenido suerte de que la puerta se cerrara detrás de nosotros para no dar un espectáculo.

Gwyn esbozó una tímida sonrisa, con las mejillas todavía rojas. Wells sintió que le ardían las puntas de las orejas. Lo que era absurdo. Era un hombre adulto y solo se habían besado, pero ella puso tanto énfasis en «espectáculo» que estuvo a punto de tener una erección de solo pensarlo.

No solo era absurdo, también *patético*.

Wells salió de la escalera, con Gwyn justo detrás de él, y le hizo una pequeña inclinación de cabeza a Morgan mientras decía:

—Creo que nos vamos ya.

Hasta que no descubrieran por qué habían invitado a marcharse a Morgan y a sus amigos de la Universidad Penhaven, le parecía más seguro pasar el menor tiempo posible en su compañía. Además, la magia de ese lugar estaba empezando a provocarle dolor de cabeza, una tensión acumulándosele entre los omoplatos y una intensa presión detrás de los ojos. Cuanto antes salieran de allí, mejor.

—En circunstancias normales os diría: «¿Tan pronto?», pero en este caso no os pondré ninguna pega —indicó Morgan, guiñándoles el ojo.

Gwyn volvió a situarse a su lado. Le alarmó un poco lo mucho que le gustaba aquello, lo natural que parecía rodearla con el brazo.

—¿Por qué no quedamos la semana que viene? —sugirió Gwyn a Morgan—. Me encantaría saber qué ha sido de tu vida y contarte cómo va la mía.

—Por supuesto. —Morgan prácticamente canturreó su respuesta, pero a Wells no se le pasó por alto cómo desvió los ojos hacia el ático ni lo nervioso que parecía Harrison.

Sí, allí estaba pasando algo.

Gwyn nunca había estado tan contenta de largarse de una fiesta, y teniendo en cuenta que en una ocasión tuvo que asistir a un banquete de boda en el que tanto la novia como el novio eran sus ex, aquello era decir mucho.

—¿Es posible morirte de puro pavor? —le preguntó a Wells cuando salieron al porche delantero.

Habían salido de la fiesta agarrados de la mano, como parte de su farsa de «¡Mirad, somos una pareja!», pero en ese momento no había nadie alrededor y, por lo tanto, ya no había motivo alguno para seguir así.

Sin embargo, él no la había soltado, ni ella tampoco. Y mientras bajaban por los escalones de la entrada, se permitió mirar durante un instante el perfil de Wells bajo la luz de la luna, su nariz afilada y su fuerte mandíbula. ¿Por qué narices lo había vuelto a besar?

¡Porque ha sido la mejor excusa que se te ha ocurrido para explicar qué hacíais deambulando por la casa! ¡Y ha funcionado!

Pero aunque su cerebro le estuviera ofreciendo una explicación real y verosímil, ella sabía que no era tan sencilla.

Y ahora que era consciente de que el beso que habían compartido en el sótano de la tienda de Wells (bajo los efectos de la magia o no) no había sido una especie de fenómeno de la naturaleza, no sabía cómo iba a pasar más tiempo con él *sin* querer besarlo.

Y teniendo en cuenta que debían encargarse juntos de algunos asuntos de brujos, era una cuestión bastante importante.

Por el momento, le soltó la mano mientras atravesaban el césped donde estaba aparcada su camioneta.

Justo detrás de ella, estaba su deslumbrante BMW. Ambos se detuvieron unos segundos y Wells se metió las manos en los bolsillos de su abrigo.

—Bueno —comenzó él. Se aclaró la garganta y la miró de reojo antes de clavar la vista en algún punto no muy lejano—, lo primero que tenemos que hacer es averiguar por qué les pidieron a Morgan y a los otros alumnos que se marcharan de Penhaven. Puedo encargarme de eso por mi cuenta, o puedes hacerlo *tú*, no hace falta que lo hagamos juntos cuando tú...

—Esto no tiene por qué resultarnos embarazoso —le interrumpió Gwyn, apoyándose en la parte trasera de su camioneta. Wells volvió la cabeza hacia ella para mirarla de nuevo—: Solo es embarazoso si *hacemos* que sea embarazoso.

Wells ladeó la cabeza.

—No estaba haciéndolo embarazoso. Creo que tú has hecho que sea embarazoso al sugerir que no debe resultarnos embarazoso. —Se detuvo y frunció el ceño—. Creo que debería dejar de decir «embarazoso».

Gwyn se rio y se colocó el pelo detrás de la oreja mientras lo miraba por el rabillo del ojo. Se reía mucho con Wells. Y, por extraño que pareciera, eso le parecía mucho más peligroso que un par de besos increíbles.

Se echó hacia atrás el pelo y dijo:

—Mira, es mejor que hagamos esto juntos. De lo contrario, vamos a estar investigando lo mismo, luego nos contaremos lo que hemos averiguado y tendremos que decir: «Sí, eso ya lo sé» y, antes de que nos demos cuenta, Morgan y sus amigos podrían haber abierto una boca del infierno o algo parecido.

—Vaya una forma que tienes de ir al meollo del asunto, Jones —comentó él con una media sonrisa.

Gwyn sonrió de oreja a oreja.

—Es mi especialidad. Y sí, entiendo que lo de los besos hace que esto resulte un poco incómodo, pero tampoco es que hayamos *querido* besarnos. El primer beso —levantó el pulgar— fue por un hechizo mágico. El segundo —otro dedo—, una estrategia para sacarnos de un apuro. —Movió el resto de los dedos y añadió—: Creo que, salvo que terminemos en alguna situación rara en la que tengamos que besarnos para salvar el mundo o que alguno de los dos necesite hacerle al otro una reanimación cardiopulmonar, podemos evitar la boca del otro sin ningún problema mientras intentamos proteger a Graves Glen.

Se sintió orgullosa de sí misma por lo sensata que estaba pareciendo, por la despreocupación con la que estaba hablando.

Había hecho un alegato tan bueno, que casi se lo creyó.

Lo que no tenía ni idea era si Wells se lo había tragado, pues estaba demasiado oscuro para poder fijarse en sus ojos y dilucidar lo que estaba pensando.

—De modo que sí —continuó ella—. Debemos trabajar juntos en esto.

Wells suspiró y miró al cielo un segundo antes de asentir.

—De acuerdo. Adelante entonces con Penhallow y Jones.

—Jones y Esquire.

Pero Gwyn lo dijo sonriendo y, cuando lo vio hacer lo mismo, sintió que se le aceleraba el pulso.

—¿Nos estrechamos la mano también con esto? —preguntó él, apoyándose en su propio coche—. ¿O como ya habíamos acordado de manera informal trabajar juntos en el ático, ese beso nos ha servido para sellar el trato, por decirlo de algún modo?

Gwyn se humedeció los labios y fue muy consciente de la forma como él siguió el movimiento de su lengua.

—Ese beso —respondió, intentando no sonar tan excitada como se sentía— ha sido una distracción para Morgan y el espeluznante muñeco de ventrílocuo que ella ha debido de convertir por arte de magia en un hombre de carne y hueso.

Wells se rio; un sonido grave que fue suficiente para que se aferrara a la falda de su vestido en vez de hacer una locura como dar un paso adelante y tocarlo.

Pero él ya se había enderezado y ya no la miraba con tanta intensidad. La conexión se había roto.

—Me parece bien. —Wells se dio la vuelta y abrió la puerta de su coche.

Ella fue hacia el lado del conductor de su camioneta. Estaba a punto de meter la llave en la cerradura cuando le oyó decir:

—Brillo corporal comestible.

Gwyn desvió la llave, rayando la pintura roja.

—¿Perdona?

Wells seguía de pie, observándola, con la puerta del coche abierta y el brazo apoyado en la parte de arriba.

—Eso era lo que había en la bolsa. La que nos cayó encima —explicó.

Gwyn, con las llaves todavía en la mano, se enderezó, sintiendo un nudo de nervios en el estómago.

—Debieron de equivocarse en un envío —continuó él— y recibí una caja de un lugar llamado El Palacio del Placer.

Gwyn tendría que haber soltado alguna gracia relacionada con el nombre. Era la ocasión perfecta para reírse de aquello, pero lo único que pudo hacer fue clavar la vista en Wells mientras él le devolvía la mirada.

—Te lo estás inventando —dijo al cabo de unos segundos. Aunque no pudo ver bien su expresión, casi pudo *oír* el sonido de su ceja arqueándose.

—¿En serio crees que me inventaría un nombre como «El Palacio del Placer»?

En eso tenía razón, pero que aquella noche hubiera besado a Wells por *propia voluntad* traspasaba el hecho de lo improbable y entraba directamente en el terreno de lo inconcebible, así que tuvo que insistir.

—Seguro que era un hechizo. Quizá... se metió ahí por accidente y...

—¡Oh! Yo también pensé eso durante un instante. Incluso esperé que así fuera. Pero te prometo que no había nada mágico en los *Lametones de duende*, como ponía en el trozo de papel que había dentro. Solo era...

—Brillo corporal comestible —terminó ella por él.

Wells asintió.

—Como quedó demostrado.

Otro momento perfecto para hacer alguna broma, pero no se le ocurrió nada, salvo una especie de silbido en su cerebro, porque era imposible que lo de aquella noche no fuera por culpa de un hechizo. Había deseado a ese hombre con desesperación, y hasta ese preciso instante no había tenido ningún pensamiento erótico con el puto Wells Penhallow.

Salvo...

El día que coincidieron en la sidrería. Y cuando le hizo un chequeo completo a su aspecto cuando estaba en el mostrador de su tienda. Y en otras tantas ocasiones de las que empezó a acordarse.

—Así que —dijo Wells, volviendo a aclararse la garganta— aunque estoy de acuerdo en que el beso de esta noche tenía un motivo oculto, me temo que el primero sí fue real.

En ese momento le habría encantado que no estuviera tan oscuro y poder ver su cara con más claridad, porque de pronto necesitaba saber cómo la estaba mirando.

Tragó con fuerza y apretó las llaves.

—Lo tendré en cuenta la próxima vez que deba calcular los riesgos de un beso entre Jones y Esquire —señaló con un hilo de voz.

Entonces Wells hizo ese sonido que a veces emitía, esa especie de resoplido que no era del todo una risa pero que se parecía mucho a una.

—No me cabe duda. Buenas noches, Gwyn.

Y luego se marchó, dejándola allí de pie, con las llaves todavía en la mano.

CAPÍTULO 20

El lunes siguiente decidió que era un poco penoso haber quitado el puesto de imbécil de la familia a Rhys.

Al fin y al cabo, su hermano pequeño se lo había ganado a pulso, pero después de haberle contado a Gwyn lo del hechizo de amor que resultó *no* ser un hechizo, no le quedaba ninguna duda de que iba en cabeza. Bowen iba a tener que hacer algo muy gordo, como por ejemplo volar por los aires Snowdonia, para tener alguna oportunidad de arrebatarle el puesto.

Seguía sin saber exactamente por qué lo había hecho; quizá porque hubo algo en ese desdén con el que ella trató el asunto que lo molestó. Tenía claro que a Gwyn le habían afectado aquellos besos tanto como a él; lo había sentido en la forma en que su cuerpo se había amoldado al suyo, en la audacia de su lengua, en sus labios. Así que tal vez lo hizo porque quiso que ella lo reconociera, o que al menos tuviera que lidiar con la misma confusión y la vaga sensación de alarma que él había sentido desde el momento en que Rhys le había entregado aquella maldita bolsa, partiéndose de risa.

Sin embargo, viéndolo bajo la perspectiva de un nuevo día, no estaba seguro de que hubiera sido la idea más acertada. Tal vez habría sido mejor dejarlo estar, que ella hubiera seguido creyendo que había sido por culpa de la magia y seguir adelante. Puede que Gwyn se sintiera atraída por él, pero no le parecía que tuviera ningún interés en perseguir esa atracción. Además, las cosas ya eran bastante complicadas de por sí. La prima de Gwyn (que más bien era como una hermana) estaba casada con su hermano, los cuatro vivían en el mismo pueblo y todos estaban involucrados de una forma u otra en la magia que corría por la localidad. Y ninguno de esos lazos era fácil de romper.

¿Y si tenían unas cuantas citas y lo que fuera que hubiera entre ellos se esfumaba al poco tiempo? Tendría que verla todos los días, pondría a Rhys y a Vivienne en una posición incómoda, y al final echaría a perder esa nueva vida tan agradable que se había construido allí.

Y si *no* se echaba a perder...

No tenía ni idea de cómo reaccionaría su padre si dos de sus hijos mantuvieran una relación con las mujeres que ahora consideraba enemigas mortales de los Penhallow. Sinceramente, se estremecía solo de pensarlo.

Precisamente, Simon le había llamado la noche anterior. Bueno, si por «llamar» entendías aparecerse en el espejo mágico que Wells se había llevado consigo para ese propósito. No había sido su conversación más larga, pero Simon se las había arreglado para preguntar por «las mujeres Jones» al menos en tres ocasiones. Wells le había recordado que en ese momento solo había una mujer Jones en el pueblo, y luego le había mentido y le había dicho que no la veía a menudo.

Para su sorpresa, a su padre no le había hecho mucha gracia aquello.

—Tienes que mantener a tus enemigos cerca, Llewellyn —le había dicho.

Wells apenas pudo evitar poner los ojos en blanco.

—No es mi enemiga, papá.

Entonces Simon había vuelto a refunfuñar sobre el legado y la magia y «todo lo que los Penhallow han hecho por ese pueblo», lo que le dio la oportunidad de preguntarle si alguna vez había oído que echaran a algún alumno de la universidad Penhaven.

Simon no sabía nada.

—Aunque la universidad lleva el nombre de nuestra casa, me he mantenido al margen desde que introdujeron esas ridículas clases. Hojas de té y cosas por el estilo. —Soltó un resoplido—. Chorradas.

Wells tampoco había esperado que su padre fuera a serle de utilidad, así que había finalizado la llamada prometiéndole «estar pendiente» de todo lo que sucedía por allí y no se había molestado en mencionarle nada sobre Morgan y sus sospechas.

Luego había buscado en internet, y aunque había encontrado algunos datos sobre el pasado de Morgan (una reseña dejada en la página web de una tienda de magia de Roma o su nombre en una lista de donantes de un instituto de Londres) no había mucho más. Lo que no le sorprendió; la mayoría de los brujos intentaban pasar desapercibidos.

Después, se había dedicado a hojear varios libros de magia que tenía en casa, preguntándose si habría algún tipo de hechizo de claridad que pudiera darle la respuesta, aunque sabía que iba a ser complicado. Obtener información de alguien que no quería que se supiera nada de él estaba, sin duda, en el lado más oscuro de la magia. Un hechizo de ese estilo necesitaba ingredientes complicados que no se tenían a mano así como así: el hueso de un dedo de un hombre ahorcado por traición, un cuenco de agua de un manantial que se hubiera secado hacía ciento un días y, quizá lo más inquietante, un globo ocular.

No especificaba si tenía que ser humano o animal, pero decidió que, en ese caso en concreto, la magia no iba a ser la solución.

Sin embargo, como esa tarde no había mucho movimiento en la tienda, se puso a hojear otros libros que tenía allí, con la esperanza de encontrar otro hechizo que funcionara y que implicara menos partes del cuerpo.

Acababa de dar con uno que tenía buena pinta (aunque el «trozo de encaje del velo de una novia que muriera ahogada» le iba a suponer todo un reto) cuando sonó la campanilla de la puerta.

No había visto a Gwyn desde el viernes por la noche, pero estuvo convencido de que, de alguna forma, se había pasado los dos últimos días poniéndose aún más guapa. El pelo le caía alrededor de la cara en largas ondas rojas, la mecha rosa ya no estaba tan marcada, pero seguía ahí y llevaba una especie de jersey negro largo encima de unos *leggings*; otra prenda que, si la tocaba, sabía que sería irresistiblemente suave.

Aunque no iba a averiguarlo, por supuesto.

Pero había algo más. Su rostro brillaba y lucía una sonrisa resplandeciente; algo que, si era sincero, hacía que se sintiera un poco aturdido.

—¡Novatillos al rescate! —exclamó.

Ahí fue cuando se dio cuenta de que había tres personas detrás de ella; todas ellas con la misma cara de entusiasmo.

—Vamos. —Gwyn hizo un gesto hacia el mostrador—. Decidle lo que me habéis contado.

Sam, la chica de pelo turquesa, fue la primera en hablar:

—Pues Glinda nos ha dicho que estabais intentando averiguar si habían expulsado a alguien de Penhaven y le he contado que salí con una chica que trabajaba en el departamento de administración. Se llamaba Sara y era muy simpática, pero también era piscis y *yo soy leo*, así que...

—Puedes saltarte esa parte —la animó Gwyn, poniéndole una mano en el brazo—, por mucho que realce la historia original.

—Cierto —asintió Sam—. El caso es que me dijo que todos los estudiantes que han ido a Penhaven tiene un archivo, pero un archivo en sentido literal, no en ningún ordenador, en papel de verdad. Cada alumno.

Wells se enderezó y cerró el libro que estaba leyendo.

—Interesante —dijo despacio. Parecía que podría ser más fácil poner las manos, o al menos los ojos, en un folio que en un ordenador.

—Los archivos están en un armario del despacho de la doctora Arbuthnot —continuó Sam—. No es un armario cualquiera, obviamente, es uno mágico, puesto que guarda los expedientes de más de un siglo de estudiantes, pero *parece* normal.

Gwyn asintió y se cruzó de brazos.

—Lo debí de ver como un millón de veces cuando estuve en Penhaven. Prácticamente vivía en el despacho de la doctora Arbuthnot.

Wells sabía que la doctora Arbuthnot era la actual directora del Departamento de Brujería de Penhaven, y que la había tenido como profesora en una asignatura cuando estudió allí, pero recordaba vagamente algo más de ese nombre. Algo hizo que mirara a Gwyn porque... tenía la sensación de que estaba relacionado con ella.

Pero entonces Sam continuó:

—De todos modos, ¡esto no es lo más descabellado de todo! Bueno, lo del armario sí es un poco descabellado, pero...

—¡Sam! —le gritó Cait, agarrándola por los hombros y sacudiéndola un poco—. ¡Ve al grano!

—No hay nada mágico que te impida acceder a él —explicó Sam a toda prisa—. En serio. Ni un solo hechizo de protección. Sara me dijo que eso nunca había sido ningún problema. ¿Quién iba a querer revisar esos archivos? En todo caso, solo los antiguos alumnos, no los de ahora. Además, nadie tiene las pelotas suficientes para entrar en el despacho de la doctora Arbuthnot e intentar llevarse algo de allí.

—Y —agregó Parker, levantando un dedo— el despacho de la doctora Arbuthnot *sí* está protegido con hechizos. No podrías entrar allí aunque quisieras.

—*Pero* —intervino Gwyn, mirando a Wells— si alguien estuviera ya en su despacho, podría acceder a ese armario y encontrar el expediente de Morgan. Sobre todo si ese alguien fuera un miembro respetable y valorado de la comunidad de brujas, al que cualquiera dejaría a solas en su despacho sin que levantara ninguna sospecha.

—Mmm —repuso Wells, porque, a lo largo de los años, había aprendido que esa era la mejor reacción que podías tener cuando no tenías ni idea de qué hacer o decir.

Gwyn sonrió aún más.

—Hoy ambos vamos a cerrar temprano, Esquire.

CAPÍTULO 21

—Esto no va a salir bien ni de broma.

—Por supuesto que va a salir bien.

Wells y ella habían tenido esa misma discusión al menos media docena de veces desde que habían cerrado sus respectivas tiendas. La habían tenido cuando ambos habían subido por la montaña hasta sus casas para prepararse («No va a ser tan sencillo como crees» / «Va a estar chupado»).

Después de que Wells saliera de su casa, vestido con el atuendo más formal y serio que tenía y que *no* era una túnica («Es absurdo pensar que vamos a poder entrar tan campantes y conseguirlo» / «Ya verás como sí»).

Mientras se dirigían a la universidad en su camioneta, con los novatillos apiñados en el asiento trasero («Si dedicásemos un poco más de tiempo a planificar esto, seguro que encontraríamos algún fallo» / «No hay fallo alguno, el plan es impecable»).

Y en ese momento, mientras Gwyn aparcaba en una calle que estaba a una manzana del campus, se volvió hacia Wells, en el asiento del copiloto y le dijo:

—Solo haz como si fueras tu padre. Ya sabes, ponte en plan autoritario, clasista y sé un poco imbécil. —Le puso una mano en un hombro—. No debería resultarte muy complicado. Solo es mostrarte un par de grados más de lo que ya eres.

Los novatillos se rieron y Wells la taladró con la mirada, pero Gwyn siguió sonriendo hasta que lo vio poner los ojos en blanco. Incluso creyó ver el atisbo de una sonrisa en sus labios.

—De acuerdo. ¿Y cuánto tiempo tardaréis?

—Diez minutos. Tal vez quince. Depende de lo rápido que estos chicos puedan hacer su parte. —Señaló a Sam, a Cait y a Parker, que casi estaban dando saltos de emoción.

Aunque le encantaba verlos así, también estaba un *poquitín* nerviosa y puede que tuviera una *pizca* menos de confianza en el plan de la que había mostrado.

Pero en cuanto se les había ocurrido a ella y a los novatillos, habían tenido la urgente necesidad de ejecutarlo de inmediato, en ese mismo instante. Al fin y al cabo, cuanto antes descubrieran cuál era el gran secreto de Morgan, antes podrían saber si representaba una amenaza para Graves Glen.

Y sí, puede que también hubiera estado buscando algún motivo para ir a hablar con Wells desde el viernes por la noche y eso le hubiera dado la excusa perfecta, pero ahora no iba a pensar demasiado en aquello.

Al igual que tampoco había estado pensando en que aquel beso no había tenido nada que ver con la magia y sí con el hecho de que, por lo visto, debía de estar muy, pero que muy interesada en Llewellyn Penhallow, Esquire.

De modo que sí, mejor poner en marcha el plan cuanto antes, en lugar de analizar todo lo demás.

Wells se ajustó la corbata. Llevaba el pelo peinado hacia atrás e iba vestido todo de negro. La única nota de color, además de sus ojos azules, la ponía el anillo sello.

Lo cierto es que ese estilo le quedaba de muerte. Severo, sobrio.

Atractivo a más no poder.

Alejó ese pensamiento de su cabeza a la velocidad de la luz y se miró en el espejo retrovisor. Seguía llevando los mismos *leggins* y las botas que cuando había ido a la tienda de Wells, pero había cambiado el jersey por una camiseta ancha en la que podía leerse: «¡Volad, preciosos, volad!» en letras de color verde y un cárdigan de pelo del mismo tono verde, junto con unos pendientes de los que colgaban sendas escobas moradas.

Era un poco excesivo, incluso para ella, pero al igual que Wells, esa tarde tenía un papel que desempeñar.

—Entonces, ¿tengo que sacar el archivo del armario y esperar a que no se dé cuenta? —preguntó Wells—. ¿Me lo meto dentro de la chaqueta?

—Ese es el plan —respondió Gwyn, pero Parker se inclinó hacia ellos desde el asiento trasero con algo en la mano.

—He hecho esto.

Les enseñó lo que parecía una moneda un poco más grande que un dólar de plata. Cuando Wells se lo quitó de la mano a Parker, Gwyn percibió un ligero brillo, como el que hacía el aceite sobre el agua.

—Si tocas con él las distintas páginas, copiará toda la información —explicó Parker—. Luego solo tienes que colocarlo sobre otra hoja de papel y aparecerá todo lo que había en el documento original.

—Es una idea brillante —dijo Wells, sujetando la moneda bajo la luz.

Parker sonrió.

—¡Gracias! Es un invento mío. Creo que será un éxito si puedo hacer más y los empiezo a...

Se detuvo al ver que ella y Wells se volvían hacia elle y se encogió en su asiento.

—Por supuesto que *no* estoy hablando de venderlos en el campus —aclaró. Sam le dio un fuerte codazo en el costado.

—Es bueno saberlo —comentó Wells, antes de soltar un suspiro y abrir la puerta de la camioneta—. Diez minutos —le dijo a Gwyn.

Ella asintió.

—Diez minutos.

Wells comenzó a andar hacia la universidad y Gwyn esperó un momento antes de abrir la puerta.

—¡Esquire! —lo llamó y corrió hacia él.

Wells se detuvo y la esperó.

Las hojas caídas cubrían las calles, la tarde estaba despejada, pero hacía frío, sobre todo allí, bajo la sombra de los edificios. Se cerró el cárdigan, temblando un poco.

—Adoro a mis novatillos, pero he de ser sincera contigo. Hay al menos un treinta por ciento de probabilidades de que eso termine quemándose o explotando.

Wells contempló la moneda que llevaba en la mano.

—¿Un treinta por ciento?

—Tirando por lo bajo.

Wells la miró. Cuando sus ojos se encontraron, Gwyn sintió que un escalofrío le recorría la espalda y por una razón que no tenía nada que ver con el frío.

—Esto va a ser un desastre —replicó él, pero Gwyn no creyó que en esa ocasión lo dijera en serio.

—Va a ser un triunfo —insistió ella.

Wells suspiró y se metió la moneda en el bolsillo.

—Supongo que lo sabremos dentro de poco, ¿no?

—No es bueno regodearse tanto, Jones.

Gwyn se rio y dio un golpe en el volante con la mano mientras conducía la camioneta hacia el centro del pueblo y la tarde daba paso al anochecer.

—Lo único que he dicho es que me gustaría que reconocieras que yo tenía razón, y también que publicaras un anuncio en el periódico en el que dijeras que yo tenía razón, y luego te abrieras una cuenta en alguna red social y tu primer mensaje fuera: «Gwyn Jones tenía razón, y yo, Llewellyn Penhallow, Esquire, estaba equivocado».

Le pareció que Wells estaba intentando taladrarla con la mirada, pero no le estaba resultando nada fácil, ya que estaba tan satisfecho como ella de que el plan hubiera funcionado.

Incluso había funcionado mejor de lo que Gwyn se había esperado.

Wells había podido reunirse con la doctora Arbuthnot en su despacho y le había contado alguna historia sobre su familia y compartido su deseo de participar más en la universidad, ahora que estaba de vuelta en el pueblo.

Cuando Gwyn había irrumpido diez minutos después (bueno, casi veinte minutos después) con gesto desesperado, diciendo que había visto a algunos de los alumnos brujos practicando un hechizo que parecía que se les había ido de las manos, casi se había creído el ceño arrogante que Wells le había dedicado.

En realidad la había excitado un poco, sobre todo por la forma en que sus ojos habían recorrido su cuerpo, con la clara intención de transmitir su desprecio por su estrafalario atuendo, pero con la suficiente ternura como para que Gwyn se alegrara de que la doctora Arbuthnot estuviera distraída.

Tal y como habían previsto, la doctora Arbuthnot la había seguido fuera de su despacho hasta el patio, un espacio sobre el que habían lanzado un hechizo para que los alumnos normales solo vieran lo que parecían ser otros estudiantes leyendo, estudiando o lanzándose un frisbi.

Los novatillos habían hecho su trabajo demasiado bien, y en cuanto se cerró la grieta del suelo y los árboles recuperaron su aspecto normal, recibieron un castigo bastante leve (dos semanas de voluntariado en el comedor) y Gwyn se había quedado a solas con la doctora Arbuthnot.

—Gracias —le había dicho su antigua profesora antes de mirarla con ojos entrecerrados—. Pero ¿por qué estabas en el campus?

—He venido recoger una cosa del despacho de Vivi —había respondido ella, sujetando el libro de Historia de Gales que se había llevado de la cabaña. Todavía tenía algunas cosas de Vivi en su casa y, en cuanto vio el tomo, le había parecido el objeto perfecto para cumplir con su cometido—. Lo necesita para la investigación que está haciendo en Gales en este momento.

Era muy probable que la doctora Arbuthnot sospechara de ella hasta el día de su muerte, pero le gustaba y respetaba a Vivi, así que se lo había tragado y, en cuestión de minutos, Gwyn había estado de vuelta en su camioneta, esperando a Wells.

Una espera que había durado un rato.

Al cabo de una media hora, lo había visto llegar a toda prisa por la calle. Y cuando se subió a la camioneta y se sacó el expediente de la chaqueta del traje (estaba claro que había seguido su consejo sobre la moneda de Parker), Gwyn había comenzado oficialmente con su regodeo.

Ahora, mientras giraba para volver a la calle principal, señaló con la cabeza la carpeta que seguía en el regazo de Wells.

—¿Has echado un vistazo a lo que pone?

—No, si te soy sincero, solo me alegré de encontrarla. ¿Sabes cuántos Howell han estudiado en Penhaven durante todos estos años? No quería arriesgarme a que volviera y me sorprendiera con ella, así que me la metí en la chaqueta. Y luego tuve que sentarme allí y seguir con la farsa después de que la doctora Arbuthnot terminara con lo que fuera que hicieran esos tres. —Miró hacia el asiento trasero—. Por cierto, ¿dónde están?

—Se han quedado en el campus, estudiando —respondió ella.

Wells asintió y volvió a mirar el expediente.

—Entonces, ¿lo abro ahora, o quieres que esperemos a cuando estemos en un lugar más tranquilo?

Gwyn negó con la cabeza y subió la ventanilla.

—Venga, mira a ver qué pone.

Wells abrió la carpeta y leyó el documento.

—Tenías razón en lo de que se especializó en Brujería Ritual. También era una buena estudiante. Casi todo sobresalientes, elogios de sus profesores...

Gwyn soltó un resoplido.

—No quiero saber nunca lo que pone en mi expediente —dijo ella—. Seguro que tiene un sello de advertencia en el que dice «LOS DRAGONES EXISTEN» y punto.

Wells sonrió sin apartar la mirada del expediente de Morgan.

—En el mío seguro que pone «Se largó». Así que tampoco tengo muchas ganas de verlo. —Dio un golpe en la página—. Aquí está. «Alumna a la que se le aconsejó abandonar sus estudios antes de la graduación por prácticas mágicas inapropiadas e indecorosas». —Wells alzó la vista con el ceño fruncido—. Y eso es todo.

—Podría ser por cualquier motivo —indicó Gwyn.

Wells se quedó pensativo.

—Cualquier motivo *malo*. Así que al menos sabemos que, fuera lo que fuese, no era bueno.

Gwyn asintió, aunque no pudo evitar sentirse un poco decepcionada.

—Sinceramente, vaya una forma de malgastar un plan excelente —le dijo a Wells.

Él volvió a soltar ese «mmm» que solía hacer cuando no sabía qué decir. Y a ella le molestó (solo un poco) empezar a reconocer sus sonidos. Las caras que ponía. La forma en la que se frotaba la barba cuando cavilaba mucho algo.

En ese momento, se aflojó de nuevo la corbata y se desabrochó los botones superiores de la camisa. Gwyn tuvo que esforzarse mucho para mantener la vista en la carretera.

—Entonces, ¿te llevo a casa?

Wells se había llevado su coche de la tienda, pero lo había dejado en su casa antes de ir a la universidad. El crepúsculo había caído por completo, y a ella no le apetecía mucho volver a abrir la tienda para solo un par de horas.

Pero tampoco quería regresar a casa, pues la adrenalina seguía corriendo por sus venas, por muy decepcionante que hubiera sido el expediente.

Volvió a bajar la ventanilla, dejando entrar el aire fresco del atardecer, el olor a humo de leña y a hojas. Las noches como aquella en Graves Glen eran mágicas en todos los sentidos de la palabra, y mientras avanzaban lentamente con la camioneta por la calle principal, las luces que engalanaban las aceras se reflejaban en el parabrisas.

A su lado, Wells también bajó su ventanilla y se recostó en el asiento.

—¡Qué noche tan magnífica! —dijo en voz baja.

Ahí fue cuando Gwyn supo exactamente adónde quería ir.

CAPÍTULO 22

La noche se había abierto paso por completo cuando Gwyn giró con la camioneta por un camino de tierra que conocía muy bien. Un camino que serpenteaba entre las colinas y desde el que podían verse las retorcidas raíces de los árboles desde los terraplenes que los rodeaban. Las ventanas seguían abiertas, de modo que les llegó el sonido del agua que caía por los salientes rocosos, el suave ulular de un búho y el susurro de la brisa entre los árboles.

—No me estarás llevando a algún sitio para asesinarme ahora que he cumplido con mi parte del plan, ¿verdad? —preguntó Wells.

Ella le guiñó un ojo.

—No me des ideas.

El camino se curvó ligeramente mientras ascendían. Gwyn torció a la izquierda.

—Si sigues por ahí, terminarás en el huerto de manzanas de los Johnson. Son buena gente, pero la guerra entre los seguidores de las manzanas y los seguidores de lo tenebroso es conocida en cualquier pueblo que lo dé todo en Halloween.

—Tomo nota —repuso Wells, fingiendo un tono solemne.

Gwyn sonrió y cambió de marcha mientras la camioneta subía otra pendiente.

—Solemos dejarles que sean protagonistas casi todo el mes de septiembre, pero como terminen haciendo El Paseo Otoñal de las Manzanas la noche de Halloween, como han amenazado, puede pasar cualquier cosa.

La camioneta subió una última cuesta y Gwyn puso la marcha atrás y maniobró el vehículo hasta que lo aparcó exactamente donde quería. Había ido allí las veces suficientes como para poder hacerlo casi con los ojos cerrados, pero Wells no dejaba de mirar a su alrededor, con un poco de recelo.

—Lo que te he dicho antes sobre asesinarme era de broma. Pero ahora mismo no tengo ni idea de dónde estamos.

Gwyn apagó el motor y abrió la puerta de su lado de la camioneta.

—Agárrate al chaleco, Esquire.

—Si ni siquiera llevo uno —refunfuñó él mientras salía por el asiento del copiloto. Pero luego, cualquier otra queja que tuviera, murió en sus labios al contemplar la vista que se extendía ante ellos.

Había aparcado de forma que la caja de la camioneta diera a un despeñadero que mostraba el valle que había debajo. Desde allí, Graves Glen era un conjunto de luces que brillaban en la oscuridad, acogedoras y cálidas pero lejanas, con colinas sombrías que se erguían a su alrededor.

Un poco más allá del pueblo, la luz de la luna se reflejó en la franja plateada de un tren que atravesaba el valle, y el sonido de su bocina les llegó amortiguado por el aire.

Gwyn metió la mano en el asiento trasero, sacó la manta que siempre llevaba en la camioneta para cuando quería subir allí, la lanzó sobre la caja y se subió a ella.

Wells seguía de pie junto a la camioneta, contemplando el paisaje. Mientras Gwyn colocaba la manta le dijo:

—En realidad, la primera que encontró este lugar fue Vivi. Cuando éramos adolescentes. Le gustaba conducir por las montañas y decía que aquí se podían admirar las vistas más bonitas en kilómetros a la redonda.

—Sí, no creo que haya muchas que la superen —comentó Wells en voz baja, embebeciéndose de la panorámica.

Gwyn se acomodó en la manta y le hizo un gesto para que se subiera junto a ella.

—Vamos, Esquire. Si vas a ser un chico de Georgia, tendrás que ir acostumbrándote a subirte en la parte trasera de las camionetas.

—¿Sabes? Eres bastante mandona —repuso él, pero se subió al vehículo con una sorprendente facilidad y se sentó a su lado, con sus largas piernas estiradas.

Se quedaron callados durante un rato. Y si Gwyn se percató de que era la primera vez que llevaba a alguien allí, no se permitió el lujo de pensarlo.

O, al menos, de pensarlo demasiado.

En su lugar, echó la cabeza hacia atrás y miró hacia arriba. Las estrellas titilaban entre los árboles y la luna era un medio orbe perfecto, justo a la derecha de la colina más alta.

Junto a ella, Wells se apoyó sobre las manos.

—Está todo tan despejado aquí. El cielo, el aire...

Gwyn se recostó un poco, un gesto que hizo que le rozara la mano con la suya. Quiso fingir que no fue consciente de ese toque, que el calor que él desprendía no le hacía desear acurrucarse contra él, perderse en su aroma.

Pero cada vez le costaba más fingir ese tipo de cosas cuando se trataba de Wells, así que, mientras contemplaban las estrellas, se acercó a él lo suficiente para que sus caderas se tocaran.

—Estoy segura de que Gales no tiene nada que envidiar a Graves Glen en lo que a paisajes se refiere —dijo ella.

Wells soltó una suave carcajada.

—Cierto —reconoció. Gwyn lo miró a pesar de que, con lo oscuro que estaba, él era poco más que una sombra—. Pero aquí es distinto. Es muy... americano.

Por primera vez, no lo dijo como si detestara la palabra. Cuando se volvió hacia ella y la miró, creyó percibir un atisbo de nostalgia en su expresión.

—¿Lo echaste de menos? —preguntó—. A Graves Glen. Cuando volviste a Gales.

Wells se frotó la barba pensativo.

—Al principio, no. O eso creía. Solo había estado aquí unos meses, y la mayor parte de ese tiempo lo pasé en la universidad. Pero una vez allí, me ponía a pensar en este pueblo en los momentos más raros. Cuando iba caminando por las calles de Dweniniaid, me acordaba de cómo las hojas caídas atravesaban el campus, lo bonito que se veía todo ese césped verde en contraste con el ladrillo rojo. O, y esto es todavía más extraño, si entraba en el *pub* algún grupo de tipos que se notaba que eran amigos desde la universidad, me imaginaba la gente que podría haber conocido si me hubiera quedado más tiempo. La gente que podría haber seguido en mi vida. —Negó con la cabeza y se rio cohibido—. Supongo que eso hace que parezca un triste bastardo.

—Bueno, yo ya pensaba eso de ti, así que no te preocupes por eso —replicó ella, con la mano todavía rozando la de él.

Wells sonrió.

—Pero sí, eché de menos Graves Glen. O más bien a todo lo que me perdí por irme tan pronto. —Volvió a mirarla un momento antes de clavar la vista de nuevo en el paisaje—. Por ejemplo, no tenía ni idea de que fuera tan fácil enrollarse borracho con alguien en las fiestas de Ostara.

Gwyn se rio. Alzó las rodillas y se las abrazó.

—Fue un beso, no un rollo —le corrigió—. Que no es lo mismo. —Luego le golpeó el hombro con el suyo y añadió—: Y estoy segura de que, borracho o no, te enrollaste con más de una persona. Las chicas de Penhaven casi tenían fotos tuyas pegadas en las paredes.

Wells soltó otra carcajada mientras se pasaba una mano por el pelo.

—Como ya hemos dejado claro, por aquel entonces yo era un poco cretino, así que no, no tuve tiempo para hacer nada de eso mientras estuve aquí.

—¿En serio? ¿Ni una sola vez?

Wells seguía admirando el paisaje, con su perfil en las sombras. Gwyn pensó en aquel chico arrogante que había entrado en la clase de la doctora Arbuthnot, en cómo se había enfadado con él y en cómo había supuesto lo fácil que debía de ser todo para él por su apellido.

Y durante todo ese tiempo, en realidad, solo había estado solo.

—Ni una sola vez —confirmó él, antes de mostrarle una de sus sonrisas sarcásticas—. Si te sirve de consuelo, saqué *muy* buenas notas.

En ese momento podría haberle gastado un millón de bromas. Incluso más.

Pero no le apeteció hacer ninguna.

En su lugar, se volvió hacia él, se puso de rodillas y le enmarcó el rostro con las manos.

Sintió su suave barba bajo las palmas. Y cuando pasó una pierna por encima de la de él y se acomodó en su regazo, le oyó inhalar con fuerza antes de que subiera las manos y las colocara debajo de su cintura.

Durante un instante, se preguntó si iba a detenerla o a enumerar todas las razones por las que aquello era una mala idea o soltarle un monólogo al respecto.

Pero Wells solo la atrajo más hacia él.

Gwyn esbozó una lenta sonrisa mientras bajaba su cara hacia la de él hasta que sus labios quedaron separados a escasos centímetros.

—¿Tienes ganas de recuperar el tiempo perdido, Esquire? —murmuró.

—No estamos borrachos, así que no estoy seguro de que esto cuente —contestó él, pero sus manos seguían sobre su cintura. Entonces movió la cabeza y le rozó la mandíbula con la nariz de una forma que hizo que ella cerrara los ojos.

—¡Oh! —le contestó Gwyn, balanceando las caderas. Oyó cómo a Wells se le cortaba la respiración—. Te aseguro que va a contar.

En esa ocasión no lo besó bajo ningún pretexto. No hubo ningún hechizo de por medio. Nadie a quien engañar. Solo estaban ellos dos bajo la oscuridad, con Graves Glen brillando a lo lejos, pero a un millón de kilómetros de distancia en su cabeza.

En cierto modo, fue como un primer beso, lo que hizo que sintiera una leve opresión en el pecho, aun cuando abrió la boca para él y se aferró a la parte delantera de su camisa mientras él le clavaba los dedos en la cadera.

Cuando Gwyn se apartó, los labios de Wells descendieron por su cuello, raspándole la piel con la barba de una forma que sabía que le escocería por la mañana, pero que en ese momento hizo que se sintiera de maravilla. En realidad todo lo que estaba sucediendo hacía que se sintiera de maravilla. Su boca, sus manos, su suave pelo rozándole la mejilla y esa lenta pero constante necesidad que crecía entre sus piernas mientras se movía inquieta sobre su regazo.

A pesar de lo fresca que era la noche, aprovechó para quitarse el cárdigan justo cuando Wells levantó la cabeza para besarla de nuevo. Y, antes de darse cuenta, dejó de moverse y se perdió en ese beso a pesar de que las mangas le inmovilizaban los brazos a los lados.

Cuando Wells le hizo esa cosa adorable con la lengua, gimió de deseo y quiso aferrarse a sus hombros, pero se lo impidió la traidora rebeca de punto.

Wells se rio contra su boca y la ayudó a quitarse el resto de la prenda. Después, con un gruñido de frustración, rompió el beso el tiempo suficiente para lanzar el cárdigan por encima de la camioneta a algún lugar de la noche.

—Eres una mujer preciosa, pero esa prenda es espantosa —le dijo sin aliento, mientras le besaba la mandíbula—. Así que no me arrepiento de haberla sacrificado esta noche.

—Era mi cárdigan favorito —mintió ella—. Vas a tener que comprarme otro.

Wells volvió a reírse y ella se valió de ese sonido para buscar de nuevo su boca con el frío aire nocturno acariciando su enrojecida piel. Wells tenía una palma de la mano apoyada en sus costillas, una sólida y cálida presencia a través de su fina camiseta. ¿Percibiría lo rápido que le latía el corazón?

A pesar de las capas de tela que los separaban, podía sentir su erección debajo de ella. Se acercó aún más, moviendo las caderas. La fricción envió una miríada de escalofríos por sus venas y contrajo los muslos. De pronto, el beso se tornó más salvaje.

Wells subió una mano (esas hermosas y elegantes manos con las que había tenido todo tipo de pensamientos lujuriosos más tiempo del que quería reconocer) hasta su nuca y la enredó en su pelo. La otra la tenía posada justo encima de su trasero, sujetándola contra él mientras ella se frotaba contra su entrepierna, con los cuerpos unidos. Gwyn se preguntó cómo algo tan inocente como besarse, estando completamente vestida, podía sentirse tan lascivo.

¡Y él todavía llevaba el *traje*, por el amor de Dios!

Aunque quizá eso fuera lo que marcara la diferencia. El serio y formal Wells Penhallow con su traje negro, besándola en la parte trasera de su camioneta, como si fueran un par de universitarios cachondos que se habían escapado del campus.

Durante unos segundos, sintió algo parecido a la nostalgia, un deseo de volver atrás en el tiempo para que pudieran ser ese Wells y esa Gwyn sin todas las demás complicaciones.

—¿Sabes? —jadeó, separando los labios de los de él—. Esto se te da de fábula para ser alguien que, según has dicho, nunca hizo este tipo de cosas.

—Te he dicho que nunca hice estas cosas *aquí* —la corrigió Wells, apartándole el pelo de la cara. Aunque la mano en su trasero la animaba a seguir moviéndose, tiró un instante del mechón rosa que le caía por la mejilla—.No he sido un monje, Jones.

—¡Ah! Entonces sí sedujiste a chicas galesas en la parte trasera de una camioneta. Perdón, de un *camión*.

—Creo que has sido tú la que se ha subido a *mi* regazo —le recordó él, acercándose para darle otro ardiente y voraz beso en el cuello.

A Gwyn le estaba dando vueltas la cabeza. Cerró los ojos y se las arregló para decir:

—Puede que yo haya dado el primer paso, pero tú eres el que nos ha metido de lleno en esto, Esquire. Empiezo a pensar que todo eso del chico bueno con chaleco solo es una fachada.

Wells retiró la mano de su trasero y se echó un poco hacia atrás, observándola con el pecho subiendo y bajando por su ardua respiración.

—¿Siempre hablas tanto durante el sexo?

Gwyn se humedeció los labios y respiró hondo.

—¿Eso es lo que estamos haciendo? —preguntó—. ¿Tener sexo?

Wells se frotó el pelo, antes de apoyarse en ambas manos. Gwyn seguía sobre su regazo.

—Me ha parecido que era un preludio de ello, sí.

—¿Eso es lo que quieres? —preguntó ella, con un poco de frío ahora que no estaba pegada a él.

Aunque eso le vino bien.

Necesitaba un poco de espacio entre ellos, un respiro, porque lo que había empezado como algo a modo de broma, sobre lo que había tenido todo el control, estaba empezando a parecerle algo más importante, y eso la aterrorizaba.

—Podemos tener sexo —continuó ella—. O podemos seguir haciendo esto y quizá ir un poco más allá. Ni siquiera me has metido mano y existen *múltiples* testimonios que te dirían que es una lástima desaprovechar mis pechos. Así que —se encogió de hombros— lo que quieras.

Wells se quedó callado durante tanto tiempo que Gwyn llegó a preguntarse si era un androide y acababa de provocarle un cortocircuito en su sistema con sus palabras. O puede que a su sangre le estuviera costando mucho regresar al cerebro.

El viento seguía soplando entre los árboles en un suave susurro. Cuando Wells se sentó despacio, con su pecho contra el de ella y alzó una mano para acariciarle la mejilla, la camioneta emitió un ligero crujido.

La luna le proporcionó la suficiente luz para que pudiera distinguir su expresión mientras la miraba a los ojos, y si hacía un instante había esperado poner un poco de distancia entre ellos, esa mezcla de ternura, contrariedad y lujuria cortó de raíz cualquier posibilidad.

—Lo que quiero —comenzó Wells en voz baja— es volverte loca. —Le rozó los labios con los suyos; un atisbo de beso que la estremeció por completo.

—¡Qué miedo!

Otro roce de labios, un poco más firme.

—Ver cómo te corres, preciosa.

Ahora sí le dio un beso de verdad, breve, pero lo suficientemente ardiente como para que, cuando se separó, ella volviera a aferrarse a su camisa y a respirar con dificultad bajo su abrasadora mirada.

—¡Vaya! —fue todo lo que consiguió decir. Tenía la boca seca, pero todas las demás partes de su cuerpo eran puro líquido en llamas.

Wells esbozó una media sonrisa y volvió a apartarle el pelo de la cara con una caricia tan tenue que le puso la carne de gallina.

—Si eso significa que quieres que te folle, entonces lo haré —continuó, rozándole el labio inferior con el pulgar. Un contacto que sintió en cada célula de su cuerpo—. Pero me sentiré igual de feliz tocándote. O saboreándote.

Gwyn exhaló una trémula bocanada de aire. Se dio cuenta de que estaba temblando de la cabeza a los pies, quería que él le siguiera hablando de ese modo para siempre, que su cálida, grave y áspera voz, pero que llegaba a sus oídos como una suave y sedosa caricia, continuara inundando su cabeza con imágenes de los dos juntos, de las cosas que podía hacerle, de las cosas que le *iba* a hacer.

—Si quieres que sigamos con toda la ropa puesta y restregarte contra mi pene hasta que te corras, me parece bien. Si quieres tocarte mientras yo miro, también.

Wells cambio de postura debajo de ella, sujetándola de las caderas y apretándola contra su entrepierna por si ella no tenía claro lo mucho que a él le excitaba esa idea en particular. Gwyn tragó saliva, con las manos apoyadas en sus hombros, clavándole los dedos en la chaqueta del traje.

—Así que eso es lo que quiero, Gwynnevere Jones —dijo él—. A ti. Corriéndote para mí. De la manera que quieras.

Gwyn lo miró prácticamente estupefacta.

—¿Quién eres tú y qué has hecho con Llewellyn Penhallow, Esquire? —murmuró.

Wells sonrió y le besó el hueco de la garganta.

—Pero si lo que quieres es que paremos ahora mismo, bajemos la montaña y finjamos que nada de esto ha pasado, lo aceptaré dócilmente —susurró contra su piel.

—¡Ah! Ahí está —ironizó ella.

Wells soltó una estentórea risa que Gwyn sintió más que oyó. Después volvió a mirarla, le quitó una mano de su hombro y le dio un beso en la palma.

—Entonces, Jones, ¿qué eliges?

CAPÍTULO 23

Perder la cabeza de ese modo le resultó absolutamente liberador.

Porque estaba claro que eso era lo que había hecho. Y Wells creía que nunca había sido más feliz.

O quizá era porque tenía a Gwyn en su regazo, con ese cuerpo cálido y maleable contra el suyo, y su cara reflejando una mezcla de deseo, necesidad y una deliciosa estupefacción que le hizo querer contarle todos y cada uno de los pensamientos pecaminosos que había tenido con ella y las cosas escandalosas que quería hacerle.

Tardaría un rato, porque estaba seguro de que, en lo que se refería a esa mujer, lo quería todo, pero no le importaba, porque allí arriba, en ese lugar oculto situado por encima de Graves Glen, lejos de todo menos de ella, sintió que tenían todo el tiempo del mundo.

Mientras esperaba a que Gwyn se decidiera y le dijera qué era lo que quería, el tiempo pareció detenerse. Sabía que lo más sensato era que regresaran al pueblo y encontrar alguna otra razón que explicara ese momento de locura, pero, ¡Dios!, estaba harto de ser sensato.

Gwyn debió de sentir lo mismo, porque se inclinó hacia delante y lo besó de nuevo, chupándole el labio inferior de una forma con la que habría podido correrse solo con eso, con la boca de ella sobre la suya, sentada a horcajadas sobre su regazo y sintiendo el peso de sus suaves senos contra su pecho.

Luego ella se echó hacia atrás y lo miró con una peligrosa sonrisa en esa adorable boca que tenía, antes de bajar las manos, agarrarse el dobladillo de la camiseta y quitársela despacio.

Wells contempló con avidez cada centímetro de piel que iba revelando. Una piel que se veía pálida bajo la luz de la luna, como si fuera mármol. No pudo evitar posar la mano en su estómago y rozarle con la punta de los dedos el borde del sujetador mientras ella arrojaba la camiseta por el lateral de la camioneta para que se encontrara con aquel horrible cárdigan.

Se inclinó hacia atrás con ganas de mirarla, deseando que hubiera más luz. Pero entonces se acordó de que era brujo.

—¿Puedo? —preguntó, retirándole la mano del estómago con una débil chispa fluyendo entre sus dedos.

Cuando Gwyn asintió, la chispa creció hasta convertirse en un suave resplandor, apenas un poco más brillante que una vela, pero suficiente para poder verla.

Llevaba un sujetador negro, casi transparente excepto en la zona de los pezones, donde se veían dos caras de gatos negros sonriendo. Wells no pudo evitar reírse, a pesar de que le dolía la mano por las ganas que tenía de acunarle el costado del pecho y deslizar el pulgar sobre uno de esos absurdos bordados de bigotes de gato.

—¡Dios! Esto no debería excitarme tanto —confesó.

Gwyn sonrió.

—¿Te ayudaría si te dijera que voy a empezar a vender estos sujetadores en Algo de Magia?

Wells sacudió la cabeza.

—Sinceramente, no lo sé.

Gwyn, sin dejar de sonreír, se llevó las manos a la espalda y se desabrochó el sujetador. Wells se dio cuenta de que no lo arrojó por encima de la camioneta, sino que lo dejó cerca de su cadera, pero en cuanto fue consciente de que la tenía medio desnuda en su regazo, pasándole las manos por el pelo y arañándole ligeramente, fue incapaz de seguir pensando con coherencia.

—Que sepas —dijo ella con voz ronca mientras guiaba la mano de él hacia su pecho—, que puedes mirar y tocar.

Wells aspiró con fuerza y le rozó el pezón con los nudillos. Después, lo rodeó lentamente con el pulgar mientras ella suspiraba y volvía a oscilar las caderas.

—¿Y si quiero hacer esto? —Agachó la cabeza y recorrió con su aliento la punta fruncida.

Gwyn, con un sonido muy parecido a un gemido, asintió y se pegó más a él. Wells se llevó un pezón a la boca y empezó a chuparlo, con suavidad al principio y luego con más fuerza.

Siempre le había parecido que Gwyn olía de maravilla, que desprendía un aroma a té, hierbas y velas que era tan parte de ella como el pelo rojo o los ojos verdes. Pero eso no fue nada comparado con el sabor de su piel y esa pizca salobre de su sudor. Cuando dedicó atención a su otro pecho, quiso impregnarse de ese sabor, que quedara grabado para siempre en su lengua.

Y en ese momento decidió que se habían acabado las mentiras, que ya no iba a intentar convencerse de que ella tenía ese efecto en él porque hacía mucho tiempo que no estaba con ninguna mujer. No, aquello era porque era Gwyn, y él, y la magia que, de alguna manera, conseguían convocar sus cuerpos cuando estaban juntos. Jamás había sentido nada parecido, y tenía la certeza absoluta de que nunca encontraría nada igual.

—Llevas demasiada ropa —dijo ella, con voz trémula aunque intentara reírse.

Wells liberó su pezón de mala gana y se movió para poder quitarse la chaqueta del traje. Gwyn le ayudó, y después le desabrochó los botones de la camisa. Él se deshizo de la prenda lo más rápido que pudo, temblando mientras ella trazaba un lento sendero con sus uñas por el vello de su pecho, descendiendo por su estómago hasta llegar a la hebilla de su cinturón.

Se dio cuenta de que Gwyn también estaba temblando, y quizá no era por su contacto. La temperatura había bajado durante la noche. Sin pensarlo siquiera, levantó la mano, murmuró rápidamente unas palabras y el aire que los rodeaba se calentó unos cuantos grados, ahuyentando el frío. Era un hechizo que le había sido de mucha utilidad en Gales, y que no había esperado necesitar mucho en Georgia, pero tampoco se había imaginado que terminaría desnudándose en la caja de una camioneta en mitad del bosque.

Gwyn sonrió contra su boca, volvió a besarlo y luego se levantó de su regazo, poniéndose de pie con un movimiento sorprendentemente grácil.

Cuando se agachó para quitarse las botas, la camioneta se balanceó ligeramente. Wells se quedó recostado a sus pies, apoyado en los codos mientras la veía deshacerse de sus *leggins* hasta quedarse desnuda, con el aspecto de una especie de diosa antigua, enmarcada por el cielo nocturno y con su largo cabello rojo ondeando en la brisa.

¡Oh! Estoy completamente jodido.

No se dio cuenta de que lo había dicho en voz alta hasta que la oyó reírse. Cuando se arrodilló de nuevo sobre la manta, volvió a parecerse a una mujer, pero seguía siendo lo más hermoso que había visto en su vida.

—Al final lo estarás —prometió ella—. Pero, si mal no recuerdo, has dicho algo sobre que esta noche las damas elegían cómo correrse.

Wells no se veía capaz de formar palabras coherentes y mucho menos de bromear. Aun así, y para su sorpresa, logró decir:

—Ese ha sido el acuerdo, sí. Palabra de brujo.

—Todavía no lo sé —reconoció ella. Entonces, clavó la vista en su boca y le acarició la mandíbula—. Nunca he tenido sexo oral con alguien con barba.

Tuvo claro que toda la sangre de su cuerpo se acumuló de repente en su miembro, porque nunca había tenido una erección como aquella.

—Siempre es un placer proporcionar nuevas experiencias —consiguió decir.

Gwyn esbozó una media sonrisa.

—Experiencias exclusivas, incluso.

—Esa es la marca Penhallow.

Los dos se acercaron al otro al mismo tiempo, encontrándose en el medio. Wells tiró de ella hacia abajo hasta que se acostó de espaldas, con la parte superior de su cabeza casi rozando el borde de la caja de la camioneta. Colocó a Gwyn encima de él, acariciándole la espalda, los muslos, el trasero, cualquier parte de ella que alcanzara mientras la besaba y la sentaba sobre él, con sus piernas a cada lado.

Gwyn miró la zona donde estaba la manta y empezó a moverse hacia allá, pero él la agarró de las caderas con fuerza, manteniéndola en su sitio.

Entonces ella lo miró, con las cejas enarcadas y la piel ruborizada por la suave luz de su hechizo.

—Tú misma lo has dicho —recordó él, deslizándose por la caja del camión, alzando incluso las rodillas, mientras la instaba a ascender por su pecho—. Experiencias exclusivas, Jones.

Gwyn entreabrió la boca mientras se dejaba guiar por él.

—Eres un hombre lleno de sorpresas —murmuró.

Wells esbozó su sonrisa más altanera.

—No tienes ni idea —contestó. Después, tiró con fuerza de ella, hasta que las rodillas de Gwyn quedaron a ambos lados de sus hombros y la tuvo como quería, con los muslos abiertos y la boca sobre su sexo.

Oyó un jadeo de Gwyn y un ruido sordo cuando ella se inclinó hacia delante y se apoyó en la ventanilla trasera de la camioneta mientras mecía las caderas sobre su boca. Estaba húmeda, caliente, perfecta y embriagadora. Se emborrachó de ella mientras Gwyn jadeaba su nombre y buscaba el orgasmo con la misma brutalidad con la que había conseguido conquistarlo.

Y cuando por fin se estremeció y se desplomó sobre él, cuando la miró y la vio cerrar los ojos, con los labios separados y su cabello rojo reluciendo contra el cielo oscuro, supo que era imposible que pudiera saciarse de ella.

CAPÍTULO 24

—¿Cómo van las cosas con Wells?

Gwyn decidió que FaceTime era un invento del demonio, mientras miraba la cara de deslumbrante felicidad de Vivi en su portátil, apoyado en el mostrador de Algo de Magia.

¿Por qué no podían hablar por teléfono? ¿Por qué tenían que *verse*?

Por teléfono, nadie podía fijarse en que no ibas maquillada, o que seguías en pijama a mediodía. Nadie podía comprobar que tu breve experimento con el flequillo había terminado en tragedia.

Y nadie podía darse cuenta de que te habías sonrojado.

Su prima frunció el ceño y se acercó a la cámara.

—Pareces culpable. Por favor, dime que no has volado su tienda. O lo has convertido en alguna clase de anfibio.

—¡No lo he hecho! —insistió—. ¡Te lo prometo!

Solo le he montado la cara en la parte trasera de mi camioneta en tu mirador favorito, eso es todo. Ha sido la mejor experiencia sexual de mi vida, y ahora no tengo ni idea de cómo lidiar con nada de esto. De modo que sí, quizá debería convertirlo en anfibio, porque así estaría segura de que no volvería a hacerlo, aunque en realidad estoy deseando repetir.

Durante un instante, se imaginó contándole todo eso a Vivi, pero como le gustaba mucho la cabeza de su prima tal y como estaba y no quería que le explotara, se limitó a decir:

—En realidad, salimos ayer y nos comportamos de forma absolutamente civilizada.

No era del todo mentira.

La noche anterior se habían llevado bastante bien.

Su prima no pareció estar muy convencida, pero lo dejó pasar y volvió la cabeza para mirar hacia atrás. Se encontraba en una especie de cabaña de piedra encantadora y, aunque Gwyn no podía ver a Rhys, lo estaba oyendo tararear de fondo, lo que significaba que debía de estar cocinando. A esas alturas lo conocía lo suficientemente bien como para saber que tenía esa costumbre cuando estaba entre fogones.

—Anda, vete —le dijo a Vivi—. Ve a ver qué cosa asquerosamente deliciosa te está preparando tu marido para la cena. Y duerme tranquila; Wells y yo no nos hemos lanzado a la garganta el uno del otro.

Vivi se volvió para mirarla de nuevo y se colocó el pelo detrás de la oreja.

—¿Seguro que todo va bien por allí? Faltan pocos días para el evento anual de Graves Glen, y luego es la Feria de Otoño, en la que tampoco vamos a estar, pero...

—Todo va bien en Graves Glen —le aseguró ella. Otra verdad a medias. Sabía que debería contarle a Vivi lo de la llegada de Morgan al pueblo y todo lo que habían encontrado en el ático de su casa, pero Vivi y Rhys ya habían pasado lo suyo el año anterior y se merecían una luna de miel libre de preocupaciones. Si ocurría algo importante, entonces tal vez pondría al corriente a su prima de todo lo relacionado con Morgan. Por ahora, sin embargo, mantendría a Vivi al margen.

—De acuerdo —dijo Vivi antes de hacer un gesto de despedida con la mano hacia la cámara—. Saluda a sir Purrcival de mi parte. Hablamos pronto.

—¡Lo haré!

Cerró el portátil y miró a Cait y a Parker, que la estaban ayudando a reorganizar el expositor de cristales. Sam estaba trabajando en el Café Cauldron, pero se había pasado por allí hacía un rato y los tres se habían quedado un poco decepcionados al saber que el expediente de Morgan no contenía mucha información.

Gwyn tampoco estaba muy complacida, y ahora estaba intentando averiguar qué hacer a continuación. Siempre le quedaba la opción de llamar a Morgan, invitarla a comer e intentar sonsacarle algo, pero si la otra bruja estaba tramando algo, no creía que fuera a mostrarle sus cartas tan pronto.

Todavía seguía contemplando qué hacer (e intentando con todas sus fuerzas no mirar cada cinco segundos por el escaparate en dirección a la tienda Penhallow), cuando graznó el cuervo sobre la puerta.

—¡Bienvenidos a Algo de Magia! —gritó antes de girarse y ver a Jane de pie.

—¡Oh! —dijo. Luego se limpió el polvo de las manos en la parte posterior de la falda—. Bueno, en tu caso no hace falta que te dé la bienvenida, ya que conoces bastante la tienda.

Esbozó una leve sonrisa y atravesó la sala para situarse frente a su ex. Jane estaba en modo alcaldesa total, con un traje negro muy elegante, tacones altísimos, dos teléfonos móviles en la mano, un iPad asomando del bolso que llevaba colgado al hombro y un bolígrafo detrás de la oreja.

—No me digas que has venido a por una calabaza de plástico —ironizó ella.

Jane sonrió un poco y negó con la cabeza.

—Por mucho que me gusten, no. En realidad, iba a hacerte algunas preguntas sobre la información que encontró Vivi en Penhaven para el evento anual de Graves Glen. —Hizo un gesto, señalando hacia la puerta—. ¿Te apetece tomar un té o lo que sea y charlar un rato?

No se le ocurrían muchas cosas más incómodas que esa, pero asintió y pidió a Cait y a Parker que se quedaran a cargo de la tienda un momento. Después, Jane y ella caminaron por la pintoresca calle principal de Graves Glen, en dirección al Café Cauldron.

Gwyn pidió un *dirty chai* (un expreso mezclado con té chai), esperando a que Jane pidiera su habitual café del tamaño de su cabeza, con la cafeína suficiente para matar a una manada de rinocerontes.

Así que cuando la alcaldesa pidió un té de menta con limón y miel, se preguntó si había oído bien.

Pero, efectivamente, Sam le estaba entregando un té a Jane. Desconcertada, siguió a su ex hasta un reservado en la parte trasera y se sentó frente a ella.

—Te veo... tranquila. —Miró de cerca a su ex. La alcaldesa siempre le había caído muy bien, pero no se podía negar que esa mujer era un torbellino de estrés y Red Bull la mayor parte del tiempo.

Ahora, por lo visto, eso había cambiado. Estaba más calmada que nunca... aunque se sonrojó un poco mientras agachaba la cabeza y sonreía.

—Lorna me convenció de que cambiara el café por un té de hierbas y me instaló esta aplicación en el teléfono con la que se supone que puedo concentrarme más o algo parecido. —Jane sacudió la cabeza y levantó el teléfono que llevaba permanentemente pegado a la mano.

—Es una tontería, pero está funcionando.

—Debes de estar realmente enamorada para renunciar a tus adorados cafés —bromeó Gwyn, pero la forma como se suavizó el rostro de Jane fue muy real.

—Sí, lo estoy —confesó.

Gwyn habría esperado sentirse un poco triste, incluso celosa, pero no hubo nada de aquello. Solo se alegró por Jane.

—Esto es un poco raro —comentó mientras removía el té.

Jane se encogió de hombros y dio un sorbo a su bebida.

—¿Por qué? ¿Nunca has sido amiga de alguno de tus ex?

—No —reconoció Gwyn con honestidad.

Jane se rio y volvió a negar con la cabeza.

—¿Lo has intentado siquiera?

—No —volvió a decir ella—. Siempre he supuesto que estaban demasiado ocupados maldiciéndome o escribiendo relatos malos sobre pelirrojas llamabas Brynn que les arruinaron la vida para siempre.

Jane alzó ambas cejas hasta que estas desaparecieron bajo su flequillo.

—¿Crees que me has arruinado la vida?

—Nadie podría arruinarte la vida —convino ella—. Eres una fuerza de la naturaleza. No está permitido.

Aquello hizo sonreír a Jane. Gwyn se acordó de pronto de que la alcaldesa tenía una sonrisa muy bonita.

—Gwyn, lo nuestro simplemente no funcionó. —Jane estiró el brazo sobre la mesa para apretarle la mano—. Ni te odié, ni me rompiste el corazón. Si te soy sincera, me entristeció que no quisieras pasar más tiempo conmigo. Me gustaba pasar el rato contigo.

—A mí también.

—Y no entiendo por qué no podemos seguir viéndonos como amigas —continuó Jane—. Sobre todo ahora que ambas salimos con otras personas.

Gwyn casi se atragantó con el té.

—¿Qué?

La alcaldesa ladeó la cabeza, confundida.

—Creía que tú y Llewellyn Penhallow estabais saliendo. Morgan Howell me lo comentó el otro día.

Cierto.

Cuando se había lanzado a los labios de Wells en la escalera, no había pensado demasiado en las consecuencias, como que la noticia podría correrse y que la gente pensaría que estaban saliendo juntos porque eso era lo que habían dado a entender.

En cuanto a lo de la noche anterior...

No, no, no. Ni se te ocurra pensar en eso ahora mismo.

Giró el vaso de papel entre las manos, dando golpecitos con las uñas verde oscuro en los lados mientras le preguntaba:

—¿Entonces has conocido a Morgan?

Jane asintió con la cabeza, miró su teléfono y tecleó algo.

—Vino a mi despacho el otro día para presentarse. Se mostró muy interesada en participar en todo. La Unión Anual, la Feria de Otoño,

Halloween. Me dijo que si necesitábamos algo, no dudásemos en hacérselo saber. —Jane levantó la vista con un brillo de emoción en los ojos—. Y después nos donó una cantidad considerable para todo eso. Así que, lo siento, pero ahora es mi nueva residente favorita de Graves Glen.

Aunque aquello levantó sus sospechas, Gwyn hizo un gesto con la mano para restarle importancia.

—Cualquiera te puede extender un cheque, Jane —bromeó—. Pero en lo que respecta a Halloween, ya sabes quién es tu baza más valiosa.

De modo que Morgan se había ofrecido para ayudar. Puede que solo fuera porque quería echar raíces en el pueblo cuya fiesta principal era Halloween. Quizá sí deseaba formar parte de la localidad.

Pero no podía dejar de pensar en todas las cosas que había visto en su ático, en la magia oscura que desprendía toda su casa, en la casualidad de que se hubiera presentado *justo* en ese momento, en el primer Samhain después de que se produjera una transferencia de poder en el pueblo.

Por suerte, Jane no pareció darse cuenta de que Gwyn tenía la cabeza en otro lugar y ambas pasaron la siguiente media hora planeando actividades divertidas para el evento anual, incluyendo una posible aparición de sir Purrcival.

Para cuando salió del Café Cauldron, era de noche. Volvió a pasarse por la tienda para cerrar y, al hacerlo, se dio cuenta de que las luces de Penhallow seguían encendidas.

Luchó contra el impulso de cruzar la calle, se subió a la camioneta y fue hacia la montaña, en dirección a su casa.

La cabaña tenía un aspecto cálido y acogedor cuando aparcó frente a ella. Estaba pensando en darse un buen baño caliente y ponerse su camisón más cómodo (el que, según Vivi, hacía que pareciera una chica de la portada de una novela gótica), cuando se dio cuenta de que la puerta de entrada estaba ligeramente entreabierta.

Se quedó de pie en los escalones del porche, conteniendo la respiración un instante y tratando de recordar qué había hecho por la mañana. Ese día había corrido mucho viento, se avecinaba una tormenta y la cabaña ya tenía unos cuantos años. Las puertas no siempre cerraban todo lo bien que debían, pero ella siempre cerraba la puerta de entrada.

¿Lo habría hecho también ese día?

Por supuesto que sí. Subió los escalones. No percibió ningún atisbo de magia en el aire, ninguna sensación de que hubiera otra persona allí, pero caminó despacio, con el corazón latiéndole con fuerza contra las costillas.

La puerta crujió al empujarla. Accedió al interior, encendió la luz y escudriñó la entrada.

No había nadie.

—¿Sir Purrcival? —Si alguien había estado en la casa, él se lo diría.

La idea hizo que se sintiera un poco mejor. Pero entonces notó que la casa estaba muy silenciosa. No había ruido de patas ni maullidos en busca de golosinas.

Sir Purrcival siempre la recibía en la puerta, maullando por su premio. De acuerdo, ahora sí que estaba asustada. Tomó una profunda bocanada de aire y movió los dedos a un costado, convocando una ráfaga de magia mientras seguía llamando a sir Purrcival.

Estaba tan concentrada en encontrar a su gato, que tardó un minuto en darse cuenta de que su mano estaba inerte y de que ninguna magia fluía por ella.

Empezó a respirar con dificultad, miró hacia abajo, movió los dedos y... nada.

—¿Sir Purrcival? —volvió a llamar.

Subió las escaleras, revisó su habitación, el antiguo dormitorio de Vivi, debajo de las camas, en los armarios, detrás de las sillas, en todos los lugares favoritos del animal. Y, durante todo ese tiempo, intentó convocar su magia con el corazón desaforado y emitiendo unos sonidos que empezaron a parecerse a unos sollozos.

Su magia no estaba funcionando y su gato había desaparecido.

Cuando salió al porche, de pronto sintió como si el bosque, *su* bosque y *su* montaña, se cernieran sobre ella, como si pudieran albergar cualquier peligro. Estaba sola, sin poder hacer magia y sin sir Purrcival.

En lo alto, las nubes surcaban el cielo nocturno, el viento arreciaba y, a lo lejos, un relámpago atravesó los densos nubarrones. Iba a llover y allí, en la montaña, las tormentas podían llegar a ser intensas.

Y Sir Purrcival estaba en algún lugar por ahí fuera.

Se abrazó a sí misma, respiró hondo y cerró los ojos unos instantes.

Cuando volvió a abrirlos, vio unas luces brillantes en los árboles, dirigiéndose hacia ella.

CAPÍTULO 25

Wells llevaba pensando en Gwyn en bucle durante las últimas veinticuatro horas, así que cuando pasó conduciendo junto a su cabaña, de camino a casa, y la vio en el porche, estuvo convencido de que su obsesión por ella estaba empezando a hacer que tuviera visiones.

Pero entonces vio su cara, pálida y preocupada, bajo las luces del porche, y frenó de una forma tan abrupta que la parte trasera del coche derrapó ligeramente por el camino de tierra y grava.

Nada más terminar de aparcar, abrió a toda prisa la puerta del vehículo y se acercó a ella, corriendo.

—¿Gwyn?

—¡Wells! —gritó ella.

Ahí fue cuando supo que, fuera lo que fuese lo que estaba sucediendo, era grave.

Subió los escalones del porche justo cuando ella comenzaba a bajarlos. En cuanto se percató de que había lágrimas en sus ojos, juró por el corazón de san Bugi que iba a matar a quien hubiera hecho llorar a Gwynnevere Jones.

La magia ya fluía por sus venas. Apretó las manos con fuerza a los costados y preguntó:

—¿Qué sucede?

—No encuentro a sir Purrcival —respondió ella con voz débil y asustada; nada que ver con la Gwyn que conocía—. Cuando he llegado a casa, la puerta estaba abierta. Pensé que alguien podría haber entrado, pero creo que esta mañana se me ha olvidado cerrar y, como hoy ha hecho tanto viento, se ha debido de asustar y ha salido.

En ese momento, el viento empezó a ulular, como si lo hubiera invocado con sus palabras, desprendiendo hojas de los árboles. El aire olía a lluvia y a tierra.

Gwyn lo miró con la boca temblorosa.

—Es tan pequeño...

Wells sintió como si se le desgarrara algo en el pecho. En ese instante, habría hecho cualquier cosa para encontrar a ese gato y que no volviera a parecer, ni a sonar, tan desamparada.

—Lo encontraremos —le aseguró de inmediato.

Aunque tenga que peinar cada rincón de esta maldita montaña.

—Lo he intentado —explicó ella con voz indecisa—. Me he puesto a convocar un hechizo de localización pero algo le ha debido de pasar a mi magia porque no está funcionando.

Wells frunció el ceño. Que él supiera, esa era la tercera ocasión en la que la magia de Gwyn daba problemas.

Pero ya se preocuparían por eso más tarde. En ese momento, lo único que quería era encontrar a ese gato.

—Seguro que estabas demasiado alterada —razonó él—. Déjame intentarlo, ¿de acuerdo?

Gwyn asintió y se enjugó los ojos, respirando entrecortadamente. Wells la agarró por los hombros durante un segundo y le dio un apretón.

Luego se volvió y escudriñó el bosque, intentando concentrarse y calmar su acelerado corazón. Solo había visto al gato un puñado de veces, pero se lo imaginó lo mejor que pudo y levantó las manos con la magia chisporroteando en sus dedos. Sintió una especie de tirón en su mente y apareció la imagen de sir Purrcival, le añadió la cara arrasada en lágrimas de Gwyn, el nudo en el estómago cuando se dio cuenta de que ella estaba llorando y el feroz anhelo que tenía de solucionar aquello para ella.

La luz brotó de sus manos, derramándose en el suelo en una línea luminiscente que serpenteó delante de él y a través de los árboles.

Gwyn ya estaba corriendo, siguiendo la luz que zigzagueaba. Wells fue justo detrás de ella, con cuidado de no tropezar con las raíces o las piedras mientras se adentraban en el bosque.

El sendero de luz terminó en un árbol hueco. Gwyn se detuvo y gritó jadeante:

—¿Sir Purrcival?

Y allí estaba ese pequeño bastardo, saliendo del agujero del tronco del árbol, con sus grandes ojos verdes parpadeando mientras miraba a Gwyn.

—¿Chuches? —preguntó.

Ella rompió a llorar con enormes y ruidosas lágrimas. Se inclinó y lo alzó en brazos.

Wells sintió un inmenso alivio. Alivio, orgullo y una alegría incontenible. Y de pronto, ahí estaba de nuevo, esa sensación en su pecho, una mezcla de opresión y calidez mientras miraba cómo Gwyn cubría al gato de besos.

—No te mereces nada —le recriminó ella—. Pero sí, te daré todas las chuches que quieras. Todas las chuches del mundo entero.

—Chuches —confirmó feliz sir Purrcival, acomodándose mejor para seguir acurrucado en ella.

Wells nunca se imaginó que llegaría a tener tanta envidia de un gato.

Gwyn se volvió hacia él, con la cara todavía congestionada y húmeda, y sir Purrcival metido debajo de la barbilla.

—Gracias —le dijo—. En serio. Estaba aterrorizada. No sé qué habría hecho si no hubieras aparecido.

—Al final, lo habrías encontrado —señaló él.

Gwyn tomó otra temblorosa bocanada de aire y le rascó el vientre al animal.

—Aun así —insistió ella—, te lo agradezco mucho. Y sir Purrcival también, ¿verdad?

El felino contempló a Wells unos segundos y luego soltó un somnoliento:

—No es imbécil.

—¿Perdona? —preguntó Wells, sorprendido.

Gwyn hizo un gesto, restándole importancia.

—Llama a Rhys «imbécil». Así que, confía en mí y tómatelo como un cumplido.

—¡Ah! Bueno, en eso sir Purrcival y yo somos de la misma opinión.

Gwyn negó con la cabeza antes de dirigirse de vuelta hacia la cabaña.

—Ya hemos discutido lo de ese lenguaje a lo Austen, Esquire —dijo. Ya volvía a parecer la Gwyn de siempre—. Está claro que necesitas ver uno de esos programas basura de telerrealidad para empezar a entender cómo hablamos los humanos.

—O quizá necesite pasar más tiempo con sir Purrcival. Es evidente que tiene un amplio conocimiento de términos coloquiales, divertidos y emocionantes, de los que podría aprender.

Gwyn soltó un resoplido. Wells la siguió hasta el porche y se detuvo al pie de los escalones mientras ella se dirigía a la puerta de entrada. Cuando se dio cuenta de que no la estaba siguiendo, se paró y se volvió para mirarlo.

—Será mejor que vaya a casa antes de que empiece a llover —dijo, haciendo un gesto hacia su coche—. Os dejo solos a ti y a sir Purrcival para que se os pase el susto.

Cuando la había visto tan alterada, le había resultado fácil no pensar en la noche anterior, pero ahora que la crisis había pasado, los recuerdos se agolparon en su mente, interponiéndose entre ellos y haciendo que se sintiera..., bueno, quizá «tímido» no era la palabra exacta, pero sí inseguro. ¿Había significado algo ese ardiente momento compartido en su camioneta, por encima de Graves Glen?

¿O solo había sido una cosa puntual, una forma divertida de pasar la noche?

Wells tenía claro cuál de las dos opciones prefería, pero como no era algo que pudiera decidir él solo, tal vez era mejor mantener las distancias durante un tiempo.

Por el instinto de autopreservación y todo eso.

Pero entonces ella negó con la cabeza y puso los ojos en blanco con una expresión que le pareció de cariño (o eso esperaba).

—Has salvado a mi gato, Esquire. Déjame al menos invitarte a un trago. —Y con eso, empujó con la cadera la puerta para abrirla y le miró por encima del hombro—. ¿Vienes?

En ese momento, mientras subía los escalones de la entrada, decidió que la autopreservación estaba demasiado sobrevalorada.

Es solo un trago.

Gwyn se repitió aquello como si fuera un mantra mientras mezclaba cerezas negras y una cáscara de naranja en la cocina.

Sir Purrcival dormía felizmente en su cama sobre la mesa, ronroneando. Cuando lo miró, oyó el estruendo de un trueno y el golpeteo de la lluvia contra las ventanas. Por fin había llegado la tormenta que había estado amenazando con desatarse durante todo el día. Volvió a sentir un nudo en la garganta. Sir Purrcival se había adentrado en el bosque más de lo que ella se había imaginado. ¿Y si hubiera seguido allí cuando empezó la tormenta? ¿Y si Wells no hubiera aparecido cuando lo hizo?

Pero ha aparecido a tiempo. Por eso le estás preparando una copa. Y luego se la bebe y se marcha. No tiene por qué ser nada más que eso.

Sin embargo, ya parecía más que eso.

Había *llorado* delante de él. Y eso era algo que a Gwyn le parecía mucho más íntimo que tener un orgasmo delante de alguien. Dos cosas que había hecho en las últimas veinticuatro horas con Wells. Aquello tenía que ser una especie de récord de vulnerabilidad emocional para ella. Y teniendo en cuenta que todavía se encontraba un poco alterada, habría sido más inteligente dejar que él se fuera a su casa.

En cambio, lo había invitado a entrar. Y ahora, mientras salía de la cocina con las bebidas en la mano, el corazón le latía a trompicones.

Wells estaba de pie en la sala de estar, de espaldas a ella, lo que le permitió admirar sus anchos hombros, su estrecha cintura, la forma en que su pelo se rizaba a la altura del cuello de la camisa y el culo y los muslos que le hacían esos vaqueros oscuros que llevaba.

Debería haberle dicho que se desnudara, pensó un poco decepcionada. Luego movió la cabeza para aclararse las ideas. Se suponía que tenía que entregarle la copa de «Gracias por encontrar a mi gato» y enviarlo a su casa, no comérselo con los ojos.

—Te he preparado un cóctel clásico. Me ha parecido apropiado —dijo ella.

Wells se volvió ligeramente y aceptó el vaso. Sus dedos se rozaron; un sencillo contacto que le produjo un calor tan intenso que no fue capaz de mirarlo a los ojos mientras brindaban.

—Por Sir Purrcival y por que siempre se mantenga a salvo —señaló Wells. En ese momento oyeron un trueno. Él miró hacia la puerta de entrada con el ceño fruncido—. Siempre que oigo ese sonido pienso que mi padre está cerca y de mal humor.

—¿Acaso tu padre es Zeus? ¿U Odín?

Wells se rio y se encogió de hombros mientras bebía otro sorbo.

—A veces lo parece. Pero no, lo que sucede es que su magia está vinculada al clima, lo que significa que, siempre que se enfada, llueve. Y mucho.

Gwyn solo había estado una vez con Simon Penhallow y no se había llevado una buena impresión de él. Rhys siempre decía que Wells era una versión más joven de su padre, pero ella no lo tenía tan claro. Sí, podía ser tan arrogante como un emperador romano, pero Wells también era amable y considerado. Dulce a su manera.

Y, por lo visto, *muy* generoso en la cama.

Pero esos eran pensamientos muy peligrosos, así que, para distraerse, se fijó en la estantería que Wells había estado contemplando cuando entró.

—¿Qué estabas mirando con tanta atención? —preguntó ella.

Wells estiró el brazo y le dio un golpecito a una carta del tarot que había allí.

—Esto... —respondió él—. Es muy bonita.

Era el Diez de Espadas, una carta dura que solía mostrar a alguien en el suelo, ensartado por todas esas espadas. La suya también tenía esos elementos, pero no era tan sombría, ya que aparecía una mujer pelirroja tumbada, rodeada de espadas, pero sin que se le clavaran en la piel, solo en la tela del vestido largo que llevaba. Y aunque tenía los ojos cerrados, no parecía estar muerta o herida, solo descansando, con un atisbo de sonrisa en los labios. A lo lejos, más allá de una hilera de árboles de aspecto siniestro, salía el sol, bañando la parte superior de la carta con una suave luz rosada.

—Es una carta muy oscura —continuó él—, pero esta es encantadora y parece captar el auténtico sentido del naipe. Que sí, que lo peor ha llegado, pero mira. —Señaló el amanecer del fondo—. Se acerca un nuevo día. Y las heridas que las espadas le han provocado no son mortales, solo la mantienen atada por el momento.

Wells dio otro sorbo a su bebida y Gwyn observó cómo su garganta se movía por encima del cuello de su camisa blanca, provocando que se le constriñera la suya propia.

—Tengo que enterarme de quién hace esta baraja para venderla en Penhallow.

Gwyn hizo un gesto de negación con la cabeza y dejó su bebida en la repisa de la chimenea, justo a su izquierda.

—Eso no va a ser posible —le dijo. Cuando él la miró, se cruzó de brazos y ladeó la cabeza—. Esa baraja solo se vende en Algo de Magia.

Wells enarcó una ceja.

—¿Ah, sí? ¿Por qué?

—Porque la he pintado yo.

Fuera, la lluvia caía con fuerza, el viento aullaba y las luces parpadearon durante un instante antes de que Wells dijera:

—Eres una auténtica maravilla, Gwyn Jones.

Llevaba unos vaqueros rotos y una camiseta de manga larga en la que se leía: «Si yo fuera bruja». Todavía tenía la cara roja, y seguro que también un poco congestionada por el llanto, y el maquillaje que se había puesto esa mañana hacía tiempo que había desaparecido. Se sentía cansada, sin arreglar y preocupada por su magia. Sin embargo, él la estaba mirando como si fuera la cosa más asombrosa que hubiera visto en su vida, una de las maravillas del mundo que no se creyera que tuviera delante.

—Creo que te equivocas por completo —le contradijo con un suspiro.

Después dio un último sorbo a su bebida y se lanzó a sus brazos.

CAPÍTULO 26

Su boca sabía a peligro y a dulzura, como las cerezas y el burbon de su propia lengua, y cuando él gimió y alzó la mano para acariciarle la cara, Gwyn profundizó el beso y se apretó sin ningún pudor contra él, agarrándole de la cintura.

Otro trueno sacudió la casa. Las luces volvieron a parpadear antes de apagarse, sumiéndolos en la oscuridad.

Wells dejó de besarla un instante y miró a su alrededor, con la mano todavía en la mandíbula de ella, acariciándola distraídamente con el pulgar.

—No me digas que te da miedo la oscuridad, Esquire —dijo ella con voz ronca.

Él volvió a mirarla con una media sonrisa.

—En realidad, estaba pensando que, un día de estos, vamos a tener que hacer este tipo de cosas a plena luz del día para que pueda ver cada centímetro de ti —repuso él.

Gwyn se rio, alzó la mano hasta la parte posterior de la cabeza de él y le tiró del pelo.

—¿Quién te ha dicho que ibas a poder ver algo esta noche? —bromeó—. Al fin y al cabo, solo nos estamos besando. No garantiza que vayamos a desnudarnos.

Wells se puso serio.

—Por supuesto. Además, has tenido una noche complicada. No me gustaría que esto pareciera como si estuviera...

—Aprovechándote de mí —terminó ella por él, antes de darle otro ligero tirón de pelo—. Lo sé. Y me parece un detalle muy dulce por tu parte, pero créeme, si así fuera, sería al revés. —Se echó hacia delante y le mordió el labio inferior. Wells gruñó y le acunó la mejilla con la mano mientras se le oscurecía la mirada—. Además —continuó ella, golpeándole los botones de la camisa con las uñas—, los planes que tengo para ti esta noche implican una cantidad indecente de desnudos.

—¿Ah, sí? —murmuró él.

Gwyn asintió, bajando la mano. Cuando sintió su erección a través de la tela de sus vaqueros, esbozó una lenta sonrisa y presionó suavemente contra su miembro, esperando que volviera a hacer ese sonido.

—Desnudos de primer orden —le confirmó. Y sí, le oyó gruñir de nuevo.

Necesitaba que llegaran a esos desnudos lo antes posible, porque el anhelo que sentía entre sus piernas empezaba a ser doloroso. Algo que corroboraron sus enhiestos pezones contra el encaje del sujetador.

Pero cuando se apartó de él y buscó el dobladillo de su camiseta, Wells la detuvo, poniéndole una mano en el brazo.

—Por mucho que disfrutara anoche, y por muy incómodo que me resulte el hecho de que ahora las camionetas me parezcan lugares de lo más erótico, creo que esta noche deberíamos intentar hacerlo en una cama, si te parece bien.

La idea de tener a Wells en su cama hizo que le flaquearan un poco las rodillas y le provocó un pequeño nudo en el estómago. Una cosa era acostarse con él en su camioneta o en el suelo del salón, pero ¿dejarle entrar en su dormitorio?

Aquello lo volvía muy real.

Aunque, al acercarse a él y rodearle el cuello con los brazos, descubrió que eso era lo que quería.

—De acuerdo —dijo ella—. Pero que sepas que tenemos que subir un tramo de escaleras y si vas a ver...

Cuando Wells se agachó un poco, la agarró del trasero y la alzó en brazos, gritó y se aferró a sus hombros.

Entonces él empezó a subir las escaleras con ella encima mientras ella le rodeaba las caderas con las piernas.

—Nunca habría imaginado que el sexo sacara este lado tuyo tan salvaje —le dijo, besándole en el cuello.

—*Tú* eres la que sacas este lado de mí —indicó él, con voz ronca.

Si aquello hizo que sonriera como una boba, al menos él no se dio cuenta.

—Es esta —le dijo mientras se acercaban a la puerta de su habitación.

Wells la llevó dentro y volvió a besarla antes de dejarla en el suelo. El dormitorio era un campo de minas de ropa, zapatos, libros y una caja de calzado con material de dibujo. Ambos se fueron tropezando y riendo contra la boca del otro mientras se quitaban la ropa, tirándola para que se uniera al resto del desorden.

La cama, al menos, estaba libre de trastos. Gwyn retiró el edredón y se subió al colchón justo cuando oyeron un leve zumbido y las luces volvieron a encenderse.

Solo había dejado encendida una pequeña lámpara de la mesita, pero proporcionó suficiente luz para ver a Wells de pie, en el borde de su cama, desnudo, hermoso y perfecto. Se embebeció de él mientras él se la comía con los ojos.

—¡Oh! Jamás he estado tan agradecido a la electricidad como hoy —murmuró Wells.

Gwyn sonrió, estiró el brazo y le rodeó el pene con la mano. Wells aspiró con fuerza y tensó los músculos del estómago.

—Sí, yo ahora mismo soy su fan número uno. —Comenzó a acariciarlo sin dejar de mirarlo a la cara. Le encantó la manera en que abrió la boca, su mirada desenfocada y salvaje, su pecho bajando y subiendo.

Podría haberse quedado contemplándolo para siempre, *tocándolo* durante toda la eternidad, pero él le apartó la mano con dulzura.

—Como sigas haciendo eso, mirándome así —le dio un beso en la palma de la mano, antes de mordisquearle la base carnosa del pulgar—, me voy a correr antes de poder estar dentro de ti. —Sus miradas se encontraron; él tenía las pupilas dilatadas y sus iris azules eran como un delgado anillo alrededor de ellas—. Siempre, claro está, que me quieras dentro de ti.

—Sí —dijo ella, asintiendo a toda prisa—. No te imaginas cuánto.

Wells esbozó esa lenta y sexi sonrisa que, de alguna forma, supo que solo le dedicaba a ella y Gwyn se lamió los labios y se recostó en la cama. Él la siguió, apoyó los brazos a ambos lados de su cuerpo y la miró fijamente.

Sintió la suavidad de las sábanas debajo de ella. Su edredón de colores era un montón arrugado en una esquina de la cama. Wells encajaba tan bien en su habitación que esperó a que llegara la temida oleada de pánico que creía que sentiría, pero solo hubo calor y deseo, y algo que se pareció sospechosamente a la felicidad.

Levantó la cara y rozó sus labios sobre los de él. La barba le hizo cosquillas.

—En algún lugar del suelo, hay un paquete de condones —le dijo.

Wells le devolvió el beso y murmuró algo contra su boca mientras levantaba la mano, con la magia chisporroteando en las yemas de sus dedos.

El paquete levitó del suelo y fue flotando hacia la cama. Aquello la hizo reír, aunque mientras Wells hurgaba en su interior, también se acordó de que su magia había vuelto a fallarle esa noche.

El pensamiento envió un escalofrío por su columna vertebral. En ese momento supo que lo único que podía hacer era atraer a Wells hacia ella y besarlo hasta que se olvidara de todo lo que no fuera su tacto, su sabor, el suave escozor que su barba le dejaba en el cuello, en los pechos y en la piel del estómago.

Wells quiso descender aún más, pero Gwyn quería que él estuviera dentro de ella cuando volviera a alcanzar el orgasmo, así que lo agarró de los hombros, tirando de él hacia su cuerpo, abriéndose para él.

Lo quería así, encima de ella, con las pieles de ambos tocándose. Cuando la penetró y su vagina se apretó a alrededor de su miembro, ambos gimieron.

Tenía la cara de él muy cerca y se quedó fascinada con cada gesto de emoción que vio cuando él empezó a moverse en su interior, la manera como se tensó, casi como si le doliera y luego, cuando abrió los ojos, el ardor y la atención con la que la miró.

Era demasiado, *demasiado*. Apartó la vista mientras alzaba las caderas para recibir sus envites. El placer y la tensión se fueron acumulando en su estómago, hasta que deslizó una mano entre ellos y se tocó a sí misma.

Los movimientos de Wells se tornaron entrecortados, respiraba con fuerza y murmuró algo en galés que casi le sonó como una oración.

Después de eso, todo se sumió en una neblina; una neblina caliente, sudorosa, con los labios de él sobre los suyos, ella tocándose con más frenesí y él embistiéndola con más fuerza, más hondo. La cama de bronce chirriaba y la tormenta aún arreciaba fuera. Y entonces llegó al clímax, con la frente pegada a su hombro y los brazos alrededor de él.

Wells la siguió unos instantes después, susurrando su nombre en medio de otros murmullos galeses. Y en esa ocasión, cuando sus ojos volvieron a encontrarse, Gwyn no apartó la mirada.

CAPÍTULO 27

—Me gusta estar aquí —confesó Wells somnoliento. Estaba tumbado en la cama de Gwyn, contemplando el techo con ella a su lado. No tenía ni idea de la hora que era. Fuera, la lluvia había amainado hasta convertirse en un suave repiqueteo contra el tejado. Ahí dentro, estaban resguardados y a una cálida temperatura.

Al oírlo, ella se rio y levantó la cabeza de su hombro para mirarlo. Todavía tenía la piel sonrosada y los labios ligeramente hinchados. Estaba preciosa. En ese instante supo que, pasara lo que pasase, atesoraría ese momento en sus recuerdos para siempre.

—¿Te refieres a estar en la cama conmigo o en Graves Glen en general?

—Estoy encantado con lo primero, obviamente. —Se puso de costado y le acarició la cadera—. Pero sí, estaba pensando en lo segundo.

—¿Por alguna razón en particular?

Suspiró y siguió acariciándole la cadera mientras Gwyn se arqueaba hacia él como un gato.

—Te va a parecer una tontería —le advirtió. No estaba seguro de si iba a poder explicarse—. Es por el tiempo que hace esta noche. Por la tormenta. En Dweniniaid, solía tumbarme en la cama mientras oía llover y pensaba en que, a la mañana siguiente, me despertaría y seguiría lloviendo, que pasaría otro día en el *pub* sin que entrara nadie, en cómo todas esas jornadas de lluvia parecían encadenarse una tras otra, siendo prácticamente iguales.

—¿Y ahora? —preguntó ella, metiéndose las manos bajo la mejilla.

—Ahora estaba pensando en que estoy pasando una noche lluviosa en compañía de una mujer asombrosa y que mañana abriré una tienda donde entrarán clientes de verdad; clientes que estarán contentos de encontrarse allí. Y que no tengo ni idea de qué más me deparará el día, lo que hace que me sienta de maravilla.

Gwyn sonrió al oírle decir eso y le rozó el pie descalzo con el suyo.

—¡Vaya! Así que ahora te gustan las sorpresas. Sin embargo, cuando organicé la despedida de soltera en tu casa, *no* te hizo tanta gracia.

—Porque ahí —dijo él, rodeándole la cintura con el brazo y acercándola hacia él. A Gwyn se le nubló la mirada por el deseo— estaba agotado y confuso y no estaba preparado para encontrarme una casa llena de gente.

—¡Pero si solo eran seis personas!

—¡Ah! Pero tú, mi Gwynnevere, cuentas como cinco mujeres, por lo menos.

Gwyn puso los ojos en blanco, pero lo besó de todos modos, empujándolo sobre su espalda e inclinándose sobre él.

—Siento que tu primera noche en Graves Glen incluyera diademas con penes.

Wells se rio y alzó la cabeza para acariciarle la mandíbula con la nariz antes de dejarse caer sobre la almohada. Luego estiró el brazo y tiró con suavidad de su mechón rosa.

Gwyn se miró el mechón y sonrió.

—¿Eres consciente de lo mucho que haces eso? ¿Tienes algún tipo de fetiche o algo parecido con el pelo rosa?

—Mmm —canturreó él. Después, soltó el mechón, dejándolo caer sobre su cuello y sus hombros.

Gwyn lo miró con los ojos abiertos de par en par.

—Un momento, sí que lo tienes, ¿verdad?

Él la miró y sintió que se ruborizaba un poco, lo que era una completa locura, ya que en ese momento estaba desnudo, con una erección y pegado a ella, también desnuda.

—A ver, sé que no está bien hablar de otras mujeres mientras estás en la cama con una... —empezó.

Gwyn alzó ambas cejas, apoyó las manos sobre su pecho y la barbilla sobre ellas.

—Vale, ahora sí que soy toda oídos.

Wells sonrió, aunque le ardían las puntas de las orejas.

—Cuando estuve en Penhaven, de vez en cuando veía a una chica.

—¿La veías en sentido bíblico?

Wells le pellizcó el trasero y ella soltó un chillido exagerado.

—La veía en un sentido «romántico de anhelarla desde la distancia», gracias. —Miró al techo mientras recordaba—. Tenía el pelo de un tono morado muy bonito. En realidad, violeta. Siempre la veía de lejos y me decía a mí mismo que tenía que hablar con ella. Pero como ya dejamos claro, en esa época era un completo imbécil. Y un día, por supuesto, me puse en ridículo delante de ella, en medio de su clase, comportándome como un auténtico fanfarrón. De modo que sí, ese fue otro de los éxitos románticos de Wells Pen... ¿Por qué me estás mirando así? —preguntó al ver que tenía la vista clavada en él con una expresión de lo más extraña en el rostro; una que ni siquiera sabía cómo interpretar. ¿Habría metido la pata al contarle lo de la chica del pelo morado?—. Que conste que no sigo suspirando por ella ni nada parecido —le dijo con el ceño fruncido—. Por si te preocupa que haya vuelto a Graves Glen para tratar de conquistar a un amor de juventud. Simplemente me gustaba mucho su pelo, y sí tuve varias fantasías explícitas con él, pero...

Ella interrumpió su balbuceo con otro beso, y mientras le ponía la pierna sobre el regazo y se sentaba a horcajadas sobre él, desapareció de su cabeza cualquier mujer que no fuera Gwyn.

Más tarde (mucho más tarde) Gwyn suspiró entre sus brazos y dijo:

—Creo que he pospuesto la preocupación por mi magia todo lo que he podido.

Wells se acurrucó con ella, pegando el pecho a su espalda, y le dio un beso en el hombro, disfrutando del leve toque salobre de su sudor.

—Estabas alterada —la recordó—. Y ya sabes que la magia no siempre sigue las reglas.

Gwyn levantó la mano y movió los dedos.

Nada.

Soltó otro suspiro, bajó el brazo y se acercó a él.

—Pasa algo más —explicó—. Algo va mal. Y lleva estando mal desde que Morgan volvió. —Se retorció entre sus brazos y lo miró—. Puede que haya llegado la hora de una confrontación directa.

Gwyn no estaba segura de cuál era el atuendo apropiado para enfrentarse a una bruja malvada por haberle robado la magia, pero intuyó que era muy difícil equivocarse con el negro. Así que, a la mañana siguiente, después de ducharse (una ducha que, en un alarde de amabilidad y generosidad, había compartido con Wells antes de enviarlo a su casa para que se cambiara de ropa), había sacado sus vaqueros más negros y un jersey y un par de botas del mismo color.

El problema fue que, cuando Wells regresó de su casa, había decidido que el negro también era una buena opción, y en ese momento, mientras bajaban a toda velocidad por la montaña en su camioneta, lo miró y le dijo:

—No sé si tenemos aspecto intimidante o parecemos recién salidos de una banda gótica.

Wells resopló y tiró de sus solapas.

—Y yo que pensaba que parecíamos un par de trabajadores de una funeraria.

Gwyn sonrió; toda una hazaña, teniendo en cuenta lo asustada (y cabreada) que estaba. Wells debió de darse cuenta porque la agarró de la mano y le dio un apretón.

—Vamos a solucionarlo, Gwyn —le prometió. Ella le devolvió el apretón.

Seguro que se trataba de las hormonas sexuales que todavía estaban surtiendo efecto, pero le gustaba tener a Wells a su lado. Y lo que era más aterrador, le gustaba del mismo modo que le había gustado tenerlo en su habitación la noche anterior.

Tal vez, iba siendo hora de hacerse a la idea de que le gustaba Wells en general. De que se sentía bien con él.

Y eso era lo que iba a hacer.

Pero antes, iba a recuperar su magia.

Mientras conducía por la calle principal, Wells se giró un poco en su asiento y vio cómo dejaban atrás la vía.

—Tendría que haber colgado esta mañana el cartel de cerrado en Penhallow.

Gwyn negó con la cabeza.

—No te preocupes, Esquire. Parker ha abierto hoy Algo de Magia y le he dicho a Cait que abriera también tu tienda. ¿Sabías que el hechizo de cierre que tienes es una mierda? Cait tardó en romperlo unos tres segundos.

Sintió la mirada clavada de Wells en ella.

—¿Has enviado a uno de tus novatillos a mi tienda?

—Sí, de nada.

Hacía tiempo que Llewellyn Penhallow no le dedicaba uno de sus ceños patentados, pero ahí lo tenía, en toda su gloria. Y le supuso todo un alivio.

—¿Debería llamar a mi aseguradora? —inquirió él—. ¿Cerciorarme de que tengo una cláusula contra incendios en la póliza?

—He dado instrucciones muy precisas a Cait de no usar ni un ápice de magia ahí dentro. Ni siquiera puede tocar la chimenea —explicó ella.

Wells se puso un poco pálido.

—No me acordaba de la chimenea —murmuró para sí mismo. Luego buscó en su bolsillo su teléfono móvil—. ¡Por las tetas de Rhiannon!

—masculló mientras abría una aplicación—. ¿Cómo es posible que esté tan mosqueado contigo y, aun así, esté pensando que tienes un pelo precioso bajo la luz del día?

Gwyn sacudió la cabeza.

—Algo me dice que es una sensación a la que ambos vamos a tardar un poco en acostumbrarnos.

Wells resopló, moviendo los dedos a toda prisa en la pantalla, con el sol reflejándose en la piedra oscura de su sello.

—¿Tú también piensas que *mi* pelo es precioso bajo la luz del día, Gwynnevere?

—En realidad, estaba pensando que, en cuanto consigamos que Morgan revierta el hechizo que me ha lanzado, deberíamos volver a tu tienda, echar a Cait, cerrar la puerta con llave y follar delante de esa chimenea de la que estás tan orgulloso.

El jadeo ahogado que soltó Wells fue muy satisfactorio. De nuevo sintió la mirada de él clavada en su rostro, pero en esa ocasión fue por un motivo *muy,* muy diferente.

—¿Te parece *apropiado*? —preguntó ella, mirándolo. Sí, definitivamente su expresión era muy distinta a la de antes.

—No lo sabes tú bien —logró responder él.

Gwyn tomó la carretera que llevaba a la casa de Morgan.

Wells se aclaró la garganta, se desabrochó el botón superior del cuello de la camisa y se lo abrió un poco.

—Entonces, ¿estás segura de que ha sido Morgan? ¿Y de que esto se puede revertir sin problema?

—La primera sí, la segunda no tanto —reconoció ella.

Si era sincera, había estado toda la mañana pensando en aquello. ¿De verdad creía que era Morgan la responsable de que su magia no funcionara o solo quería creerlo porque era la respuesta más fácil?

No lo sabía, pero a ella siempre le había gustado enfrentarse a los problemas con una buena dosis de confianza, y en esa ocasión no iba a hacer una excepción.

La casa de Morgan apareció ante su vista tan grande y extraña como la noche de la fiesta. En la planta superior, le pareció ver una cortina que se abría y se cerraba.

Bien.

Tomó una profunda bocanada de aire, abrió la puerta de la camioneta y salió. A pesar de que hacía un perfecto día de otoño, la hierba todavía estaba húmeda bajo sus pies. Contempló la casa y se estremeció.

Entonces sintió la mano de Wells, cálida y fuerte, sobre la suya.

—Acabemos con esto, ¿vale? —dijo él.

Gwyn asintió.

—¡Oh, sí, joder!

CAPÍTULO 28

Seguro que en otra vida fue un buen general, pensó Wells mientras seguía a Gwyn hasta la casa de Morgan. *O el líder de una secta.*

Porque, en ese momento, se le ocurrían mil razones por las que desafiar a una bruja potencialmente peligrosa en su guarida le parecía, en el mejor de los casos, desacertado, y en el peor, un desastre absoluto, y más teniendo en cuenta que a Gwyn no le funcionaba su magia. Y, sin embargo, cuando esa misma mañana ella le había comunicado su intención de hacer precisamente eso, Wells no la había cuestionado.

Por una parte, porque quería creer que ella tenía razón. Que enfrentarse a Morgan pondría fin a todo aquello, devolvería a Gwyn su poder y restauraría el *statu quo.*

Y, por otra, porque sospechaba que se estaba enamorando perdidamente de ella y haría todo lo que le pidiera.

Una idea que encendía todas las alarmas en su interior, ya que solo la conocía desde hacía unas semanas. Sin embargo, sabía perfectamente lo que había sentido cuando se había despertado junto a ella esa mañana. No era un sentimiento al que estuviera muy acostumbrado (en realidad solo había tenido un breve contacto con él hacía años), pero lo había reconocido de todos modos.

No era lujuria (bueno, vale, no era *solo* lujuria), sino algo más profundo.

Algo más fuerte.

Algo que había decidido mantener oculto por el momento, pues tenía la certeza de que ella no pensaba lo mismo.

Todavía.

Pero tenían tiempo por delante, ¿verdad?

La casa de Morgan seguía desprendiendo esa magia opresiva que hacía que, cuanto más se acercaban, más le rechinaban los dientes, y le provocaba un dolor de cabeza sordo en la parte posterior del cráneo. Cuando Gwyn subió los escalones de la entrada, la siguió despacio.

Gwyn llamó a la puerta, se volvió hacia él y le susurró:

—No hemos decidido quién va a ser el poli bueno y quién el poli malo.

—¿Qué? —murmuró él, pero entonces la puerta se abrió y allí estaba Morgan, de pie, con una sonrisa en la boca, aunque sorprendida de verlos.

—¡Gwyn! ¡Wells! ¿Qué os trae por aquí?

—Tenemos que hablar contigo de algunas cosas, Morgan —dijo Gwyn. Y, sin esperar a que la invitaran, entró en la casa, obligando a Morgan a apartarse.

Wells la siguió. Si había esperado que esa casa fuera un poco menos horrible a la luz del día, se llevó una gran decepción. Toda ella seguía irradiando esa sensación que solo podía describir como «errónea». Además, las pesadas cortinas y los muebles oscuros parecían absorber toda la luz del lugar.

Las botas de Gwyn resonaron en el suelo de madera cuando entró en la sala de estar. Morgan la siguió con el ceño fruncido. También iba vestida de negro, lo que no ayudaba a cambiar la impresión de que era una especie de bruja malvada.

—Como sabes, Morgan —empezó Gwyn, cruzándose de brazos—, Wells y yo somos los responsables de supervisar la magia en Graves Glen y de asegurarnos de que se está usando de forma responsable y segura.

Morgan los miró alternativamente.

—Sí, ya sé que tu magia ahora controla el pueblo —repuso despacio.

Gwyn asintió con expresión seria.

¿Eso la convierte en el poli malo? ¿Y se supone que yo soy el bueno?

Wells se aclaró la garganta y añadió:

—Y desde que has regresado se han producido algunas... anomalías, desde el punto de vista mágico, que nos preocupan a Gwyn y a mí.

Ahora a Morgan se la veía claramente confundida. Se llevó una mano a la cadera, haciendo que los brazaletes que llevaba resonaran entre sí.

—¿A qué te refieres?

Wells se colocó junto a Gwyn, imitando su postura, pero luego se lo pensó mejor y colocó las manos detrás de la espalda para que no pareciera que estaban posando para la portada de un disco.

—Sabemos que, hace diez años, en Penhaven te pidieron que abandonaras la universidad. —Algo en la expresión de Morgan se endureció y apretó los labios rojos. —Y... —continuó él— también sabemos que en el ático tienes una colección de artefactos bastante... digamos... *cuestionables.*

—Ya sabía yo que vosotros dos no os estabais enrollando en la escalera —dijo Morgan, intentando sonreír, aunque lo que hizo fue más bien una mueca, enseñando los dientes.

—Por otro lado —prosiguió Wells—, esta casa desprende una magia que me pone los pelos de punta, y no encuentro ninguna explicación lógica para eso. Una sola de estas cosas ya sería motivo de preocupación. Pero ¿todas juntas?

—Graves Glen ya ha sido maldecido en el pasado y logramos solucionarlo —comentó Gwyn, acercándose a Morgan, que se encogió un poco—. De modo que no te resultará extraño que nos mostremos un poco protectores con nuestro pueblo. Por si fuera poco, alguien está intentando quitarme la magia, así que me lo estoy tomando de una forma bastante personal.

Segundos antes, había visto nerviosa a Morgan, pero ahora volvía a estar confundida.

—¿Qué?

—Mi magia no está funcionando —explicó Gwyn—, y eso empezó justo cuando tú regresaste al pueblo. Así que, sea lo que sea lo que hayas hecho, te sugiero que lo reviertas. Ahora.

Sí, estaba claro que Gwyn era el poli malo, porque incluso él estaba un poco asustado.

—Yo... Yo no le he hecho nada a tu magia, Gwyn —dijo Morgan.

Wells la estudió unos segundos y tuvo la sensación de que, salvo que fuera una actriz estupenda, estaba diciendo la verdad.

Gwyn parecía menos convencida. Estaba mirando a Morgan con los ojos entrecerrados.

Entonces la otra bruja suspiró y agitó una mano haciendo un dramático arco.

—Me pidieron que abandonara Penhaven porque Rosa, Harrison y yo, junto con Merry Murphy y Grace Li hicimos magia prohibida. Glamur en humanos, transformar trozos de papel en dinero, cambiar nuestro aspecto y cosas así... Fue... Bueno, ahora sé que era algo peligroso, pero en ese momento apenas éramos unos críos y nos pareció divertido. —Se mordió el labio inferior y el rubor tiñó sus mejillas—. Fue vergonzoso. Todo el mundo supo que nos habían expulsado, aunque le pusieran otro nombre. Así que, cuando volví, quise... No sé, supongo que causar sensación. Mostrar a todos lo lejos que había llegado.

Entonces Morgan movió la mano y agitó los dedos, y las paredes que los rodeaban empezaron a emborronarse y a oscilar.

Wells parpadeó y se pellizcó el puente de la nariz. Todavía podía ver el papel de seda, los retratos dorados y las pesadas cortinas de terciopelo, pero temblaban y se volvían transparentes. Y detrás de ello, pudo distinguir simples trozos de madera y cortinas de algodón.

Gwyn giró en un lento círculo.

—Toda la casa está bajo un hechizo de glamur —dijo.

Morgan asintió.

—Sí. Está claro que no aprendí la lección. Pero os prometo que no he hecho daño a nadie. Solo quería volver al pueblo triunfante. Pensé en construir una casa entera a base de magia, pero me pareció mucho más sencillo hacer esto. En realidad, tenía pensado reformarlo todo con tranquilidad. Sin embargo, quise dar una fiesta antes de que empezara la temporada de Samhain.

Las paredes dejaron de moverse, volviendo a su aspecto anterior. Wells parpadeó de nuevo, tratando de ver mejor. Aquello, sin embargo, explicaba perfectamente lo que estaba sintiendo. Un glamur tan grande, tan potente, tenía que alterar su percepción de la magia.

—¿Y qué pasa con las cosas del ático? —preguntó, metiéndose las manos en los bolsillos—. ¿Eso también son obra del glamur?

—No, por desgracia son muy reales. Compré otra propiedad a una bruja sin verla, y cuando abrí los baúles, me quedé tan horrorizada como vosotros. Pero no quería vender nada y que terminara en las manos del brujo equivocado, así que guardé todo ahí arriba. —Se volvió hacia Gwyn—. Eso era lo que iba a enseñarle a Harrison. Estaba pensando en comprármelo todo y deshacerse de ello de forma segura. —Agachó la cabeza y suspiró—. Y eso es todo. Sé que he cometido una estupidez, me siento mortificada y soy consciente de que he arruinado cualquier tipo de buena impresión que quisiera causar, pero te lo prometo, Gwyn —se acercó a ella y le tomó la mano entre las suyas—, no le he hecho nada a tu magia. Jamás haría algo así. Regresé al pueblo en cuanto me enteré de que tú y tu familia os habíais hecho cargo de él porque siempre fuimos amigas y pensé que Graves Glen podría volver a ser mi hogar. Lo siento mucho.

—No, yo soy la que lo siento —indicó Gwyn con un suspiro. Wells odió la forma en que hundió los hombros—. No debería haberte acusado de nada. Y me alegro de que hayas vuelto, de verdad. —Le dio un apretón en las manos a Morgan y sonrió—. Somos amigas y eres bienvenida a Graves Glen. Aunque quizá podrías buscar otra casa en la que vivir que fuera un poco menos espeluznante que esta y deshacerte de ese patio de recreo de Satanás que tienes ahí arriba, ¿no crees?

Morgan se rio, asintiendo.

—Trato hecho —dijo, dando un rápido abrazo a Gwyn. Cuando se apartó, le propinó una palmadita cargada de comprensión—. Y en serio, si quieres, puedo ayudarte con el asunto de la magia. Ya he oído hablar de este tipo de cosas antes, y estoy segura de que hay una solución.

Wells vio que Gwyn estaba dispuesta a creer lo mismo, haciendo gala de esa confianza que siempre llevaba como una armadura.

—Estaría genial, Morgan, gracias. —Luego lo miró—. Será mejor que volvamos al pueblo.

Después de quedar con Morgan en que se verían otro día para hablar de un evento importante del pueblo, se marchó, con él pisándole los talones. Hicieron el trayecto hacia la camioneta en silencio.

Un silencio que se extendió hasta casi llegar a la calle principal de Graves Glen. Entonces Gwyn suspiró y dijo:

—Me alegro de que Morgan no sea mala, pero si te soy sincera, Esquire, también me siento enormemente decepcionada de que no lo sea.

Wells sonrió, le agarró la mano y le besó el dorso.

—No es más que un pequeño bache en el camino hacia el triunfo —le aseguró.

Ella resopló y esbozó una media sonrisa.

—Solo por esta vez, voy a abstenerme de decirte nada acerca de tu forma de hablar.

Gracias a Dios, Penhallow seguía de una pieza cuando llegaron. Wells pasó el resto del día allí, mientras Gwyn y sus novatillos atendían Algo de Magia.

Al caer la noche, cuando estaba a punto de empezar a cerrar, la vio acercarse desde el otro lado de la calle. Durante un instante, se preguntó si iba a cumplir su promesa de la chimenea. Pero entonces se percató de que los otros tres brujos la seguían y entendió que no iba a ser ese tipo de visita.

Una auténtica pena.

Minutos después, estaba sentado en uno de los sillones de su tienda, frente a la crepitante chimenea. Gwyn se encontraba en el sillón de al lado, Parker y Cait en el que había a su derecha y Sam estaba tumbada en la alfombra, hojeando uno de sus libros de hechizos.

—Tiene que haber una razón por la que la magia de Glinda se haya ido a la mierda —señaló—. Y si no es Morgan, puede que se trate de alguna otra bruja.

—Tal vez es una maldición —sugirió Cait—. Como la que tú y tu prima le lanzasteis a su marido.

—Eso fue un accidente —dijo Gwyn—. Y al final fue algo mucho más complicado que eso.

—Pero merece la pena investigar esa opción —insistió Cait.

Gwyn se encogió de hombros. A Wells le llamó la atención lo cansada que se la veía a la luz del fuego, lo pálida que parecía su cara contra el vivo terciopelo rojo del sillón.

Sin pararse a pensarlo, estiró el brazo y entrelazó su mano con la de ella.

Gwyn volvió la cabeza hacía él y sonrió, con un brillo adorable en sus ojos y él le devolvió la sonrisa.

—Pero, ¿qué cojones?

¡Ah, sí!

Tenían público.

Sam los estaba mirando con la boca abierta, Cait se había llevado una mano a la boca, con cara de estupefacción y Parker estaba esbozando una sonrisa de oreja a oreja tal que sus labios parecían estar a punto de romperse.

Wells puso los ojos en blanco, con las orejas rojas.

—Bueno, bueno —masculló.

Cuando los tres por fin estallaron en una cacofonía de risas y preguntas, le soltó la mano a Gwyn.

—¿Cuánto? ¿Cuánto tiempo nos habéis estado ocultando esta relación prohibida?

—¡Oooh! El otro día, cuando íbamos a llevar a cabo El Plan, me pareció que os estabais lanzando miradas muy calentorras y pensé: «Imposible, se odian», pero supongo que el odio a veces te puede poner a mil porque ahora estáis agarrados de la mano. ¿Cómo...?

—¿Puedes acostarte con el hermano del marido de tu prima? ¿Has *pensado* siquiera en la cuestión del árbol genealógico?

Gwyn se rio y le dio una patada a Sam mientras Wells hacía un gesto hacia la puerta.

—Fuera. Largo de aquí, bárbaros.

—Oye, que no eres mi padre —dijo Parker, levantándose del sillón. Lo que provocó otra ronda de risas mientras ponía de pie a Cait y Sam recogía su libro y su chaqueta.

Wells los siguió hasta la entrada, ignorando sus continuas burlas, y cerró la puerta tras ellos, mientras salían a la calle riéndose y hablando cada cual más alto. Cait se encaramó a la espalda de Parker y luego desaparecieron en dirección al Café Cauldron.

Wells sacudió la cabeza y sonrió muy a su pesar. Después, dio la vuelta al cartel de abierto, dejando el de cerrado, se giró con las manos en los bolsillos y se dirigió hacia la chimenea.

—No es mi intención hablar mal de tus habilidades como mentora, Jones, pero esos tres son un peligro y deberían...

Cuando vio a Gwyn de pie y desnuda frente al fuego, las palabras murieron en su garganta.

—Te lo advertí —le dijo ella.

Wells asintió con la boca seca.

—Cierto. Pero pensé que, después de todo lo que ha pasado, tal vez no querías llevarlo a cabo.

Gwyn fue hacia él y lo abrazó. Wells la acarició. Tenía la piel caliente por el fuego.

—Estoy muy decepcionada —reconoció ella, poniéndose de puntillas para besarle—. Ojalá hubiera sido Morgan. No te imaginas las ganas que tengo de recuperar mi magia.

Wells emitió un quejido de angustia al oírla decir eso, pero ella se limitó a volver a besarlo con una sonrisa en la boca.

—Y la voy a recuperar —le prometió, mientras lo llevaba al sillón—. Tengo este magnífico cerebro mío y todos los recursos de brujería posibles. Tengo a mi familia, a los novatillos..., no me mires así..., y te tengo a ti.

Cuando sintió la parte trasera de sus rodillas chocando contra el sillón, se sentó y tiró de ella.

—Sí, me tienes a mí —dijo como si fuera una promesa. Como un juramento.

Y así fue.

CAPÍTULO 29

Cuando aceptó formar parte del comité de planificación de la temporada de Halloween, Gwyn había sido consciente de que no se lo iba a pasar precisamente bien, pero aun así, le sorprendió la cantidad de papeleo que conllevaba aquello.

—Todo el mundo tiene su carpeta, ¿verdad? —preguntó Jane, situada en la cabecera de la mesa del pequeño ayuntamiento donde se celebraban las reuniones.

Gwyn miró a los demás miembros del comité que, al igual que ella, tenían una carpeta que parecía contener al menos cincuenta mil folios. Había formularios de vendedor para la Feria de Otoño, hojas de inscripción para las tiendas en las que se celebrarían los eventos de Halloween, un montón de exenciones y puede que hasta toda la documentación posible del pueblo.

Durante los últimos meses, había asistido a varias reuniones de ese tipo, pero casi siempre había dejado que Vivi actuara como la representante de la familia Jones. Tendría que haberse dado cuenta de que, al tratarse de la última reunión antes de la Unión Anual de Graves Glen, también conocida como «el primer gran evento de la temporada de Halloween», Jane se pondría en modo intenso total.

Al otro lado de la mesa, Morgan estaba sentada erguida, con las manos cruzadas y las uñas de color granate. Cuando se dio cuenta de que Gwyn estaba pendiente de ella, esbozó una rápida sonrisa, miró de reojo a Jane y luego a ella, dirigiéndole una mirada de «Esto es demasiado».

La misma mirada que ella solía dirigir a Vivi en ese tipo de reuniones.

Le devolvió la sonrisa a Morgan, aunque todavía sentía un pequeño tirón en el estómago por haberse enfrentado a ella hacía unos días en su propia casa.

O quizá fuera por el horroroso café que servían en el ayuntamiento.

O, pensó cuando Jane empezó a hablar del nuevo camión de palomitas que llevarían al primer evento de la temporada, tal vez se debía a que la preocupación por su falta de magia estaba empezando a carcomerla por dentro.

Durante los últimos días, solo había pensado en eso y había dedicado todo su tiempo libre a buscar la forma de hallar una solución.

Wells y ella habían probado un ritual para fortalecer la magia, con la esperanza de que la suya solo hubiera sufrido un desgaste. Porque cabía la posibilidad de que se tratara de eso, ¿verdad?

Pero no había funcionado.

Los novatillos habían dado con un hechizo que amortiguaba el poder de alguien (Parker había dicho que era como una especie de bloqueador de la señal de wifi) pero que se podía deshacer con facilidad. Solo había que beber agua de un manantial recogida durante la luna llena, darse un baño con cuarzo y sal y, ¡bum!, bloqueador eliminado.

Gwyn había seguido las instrucciones al pie de la letra, pero continuaba sin magia y cada vez le estaba costando más no contárselo a Vivi y a su madre. Pero su prima tenía pensado volver a casa justo antes de Halloween y era difícil localizar a Elaine en el desierto. Además, no era algo que le apeteciera decirles por teléfono y, en el fondo, esperaba poder arreglarlo por su cuenta sin tener que preocuparlas.

Tenía que haber una solución. Solo hacía falta tomar como ejemplo lo que había sucedido con Rhys. No había resultado fácil, pero aquello había sido mucho más grave, ¡y habían conseguido arreglarlo! Incluso mejoraron las cosas.

De modo que sí, en alguna parte estaba la respuesta a su problema, solo tenían que encontrarla.

—¿Te parece bien, Gwyn?

¡Mierda!

Alzó la vista y vio a Jane mirándola con esos enormes ojos marrones que tenía. ¿Qué se suponía que tenía que parecerle bien y cómo podía salir de esa sin que Jane se diera cuenta de que no había prestado atención a la reunión durante los últimos cinco minutos más o menos?

—Creo que Gwyn ya tiene bastante con Algo de Magia. Quizá sería bueno que otra persona se encargara de las barras luminosas —intervino Morgan, abriendo su carpeta y escribiendo algo con un bolígrafo morado—. Si quieres, puedo hacerlo yo.

Jane hundió los hombros aliviada, como si la supervivencia de todos los habitantes de Graves Glen dependiera de conseguir esas barras luminosas.

—Gracias, Morgan. Eso estaría genial.

La reunión concluyó poco tiempo después. Mientras Gwyn salía a la calle, Morgan se puso a su lado.

—Así que esto es lo que hay entre bastidores —dijo, haciendo un gesto hacia la sala de reuniones—. Reconozco que, cuando estudié aquí, no tenía ni idea de lo mucho que se esforzaban los humanos para celebrar Halloween.

Gwyn se cambió el bolso de hombro y tomó una profunda bocanada de aire fresco nocturno.

—Te aseguro que no siempre ha sido así de intenso. Antes solo celebrábamos el Día del Fundador y, por supuesto, Halloween. Pero Jane añadió la Feria de Otoño y, ahora que ya no hay Día del Fundador, está poniendo toda la carne en el asador para la Unión Anual. El año que viene, seguro que ninguno de nosotros va a tener tiempo de dormir desde primeros de septiembre hasta Samhain.

Morgan se rio. Sus tacones repiqueteaban en la acera.

—Pero me ha resultado divertido ver esta época del año a través de sus ojos.

Era una noche fresca. Gwyn se ajustó la chaqueta de cuero mientras las hojas de los árboles se deslizaban por la calle.

—Visto de ese modo sí, parece divertido —señaló ella. Luego miró a Morgan—. Creo que en el fondo te ha gustado formar parte del comité de planificación. Ya sabes, carpetas llenas de documentos y todo eso.

—Sí, lo de las carpetas me ha ganado bastante.

—No es que te lo quiera poner más bonito de lo que ya es —ironizó ella—, pero si te sigues mostrando tan amable con Jane, puede que hasta te regale una de esas máquinas para hacer etiquetas.

—¡Oh! Ese sí que es mi sueño.

Ambas se echaron a reír. Gwyn se detuvo y se giró para mirar a Morgan. El viento nocturno le apartó el pelo de la cara.

—Sigo sintiéndome fatal por haber pensado que eras una persona malvada.

Morgan hizo un gesto con la mano, restándole importancia al asunto.

—No pasa nada —dijo, deshaciéndose de una patada de una hoja que se le había quedado enganchada en el tacón—. Yo también habría sospechado de alguien que hubiera regresado al pueblo tan de repente y tuviera una casa tan rara y todos esos artefactos mágicos en el ático. —Esbozó una sonrisa de disgusto—. Y sé que siempre he sido un poco perfeccionista. En la universidad me parecías una chica tan guay y ahora tu magia rige este pueblo y yo... solo quería caerte bien.

—Y me caes bien —le aseguró ella. Levantó la mano y le dio un ligero apretón a Morgan en el brazo—. En serio. Incluso me caes todavía mejor ahora que has evitado que tenga que buscar diez mil barras luminosas.

Morgan gimió y echó la cabeza hacia atrás.

—No me lo recuerdes. Al menos los quiere para Halloween, no para el evento anual. Todavía tengo tiempo. —Luego volvió a mirarla con el ceño fruncido—. ¿Y si intento hacerlos con magia?

—Tal vez merezca la pena —respondió Gwyn con una sonrisa, a pesar del nudo que se le hizo en el estómago—. Te ayudaría con eso, pero...

Ahora fue Morgan la que le tocó el brazo para animarla.

—¿Todavía no has recuperado la magia?

—No —Gwyn soltó un suspiro antes de dar su golpe de melena más confiado—. Pero estamos en ello.

—Si necesitas que te eche una mano, no tienes más que pedirlo —señaló Morgan—. Puedo buscar entre todas las cosas que tengo en el ático. —Alzó una mano—. No me refiero a las cosas que dan miedo. Sino a algunos libros antiguos y otros artefactos. No perdemos nada intentándolo. ¿Por qué no te pasas por casa la semana que viene?

Gwyn asintió, aunque se estremeció ante la idea de tener que estar más tiempo en ese ático.

—Sí, tal vez lo haga. —Y lo peor de todo fue que lo dijo en serio. Si ella y Wells no lograban resolver aquel asunto pronto, ni siquiera un ático aterrador lleno de antiguos dispositivos de tortura le parecería una mala idea.

Se despidió de Morgan y siguió caminando lo que quedaba de la manzana hasta donde estaba aparcada su camioneta.

Se suponía que Wells la estaba esperando en la cabaña para que pudieran seguir investigando más soluciones para restaurar su magia, pero cuando Gwyn abrió la puerta de entrada, tuvo claro que allí se estaba gestando un tipo de hechizo diferente.

Siguió el delicioso aroma que llenaba la casa hasta la cocina y vio a Wells de pie, junto a los fogones, con la olla más grande que tenían bullendo en un fogón. Llevaba un paño de cocina metido en el cinturón y estaba tarareando mientras removía el contenido. Gwyn se apoyó en el marco de la puerta, feliz de poder observarlo un rato sin que se diera cuenta.

No era solo el tremendo atractivo que despedía un hombre que sabía cocinar (que también), ni lo bien que se le veía en su cocina con el pelo un poco despeinado y la camisa remangada. Era la sensación que se instaló en su pecho por lo cómodo que parecía en su casa, en su mundo, con sir Purrcival enroscado en sus tobillos, esperando que le diera un poco de lo que hubiera en esa olla.

Que Wells estuviera allí era lo correcto. En su espacio. Con ella y su gato, como si estuviera rellenando un hueco que siempre había estado en su vida, en el que solo él encajaba perfectamente.

Y lo más aterrador de todo fue que no le dio ningún miedo.

—¡Mamá! ¡Mamá, mamá, mamá, chuche de guiso!

Wells se volvió hacia ella y Gwyn señaló con un dedo acusatorio al gato y los ojos entrecerrados.

—Eres un chivato —dijo.

Sir Purrcival se acercó trotando, se alzó sobre sus patas traseras y apoyó las delanteras en la pierna de ella para estirarse.

Gwyn se agachó para recoger al animal y señaló los fogones.

—Por favor, dime que lo que sea que hay ahí está casi listo porque nunca he olido nada tan apetitoso en toda mi vida.

Wells sonrió, satisfecho consigo mismo, y removió la olla una vez más, antes de levantar la cuchara de madera y soplar sobre ella para ofrecérsela y que la probara.

Gwyn se inclinó y, efectivamente, comprobó de primera mano que lo que fuera que estaba cocinando estaba tan exquisito como olía. Abrió los ojos de par en par y dijo:

—Pero bueno, Esquire, nunca me has dicho que eras todo un brujo-chef.

Él soltó una carcajada, se acercó a ella y le limpió con el pulgar un poco de guiso que le había quedado en el labio inferior. Un simple roce que le envió una oleada de calor por todo el cuerpo.

—No lo soy —replicó él, volviéndose hacia la olla—. Lo que pasa es que, como el *pub* siempre estaba vacío, he tenido mucho tiempo libre para practicar mis habilidades culinarias.

Gwyn dejó a sir Purrcival en el suelo, fue hacia el fregadero para lavarse las manos y sacó un par de cuencos y cucharas. Mientras Wells servía el guiso, le preguntó:

—¿Y por qué te quedaste allí? ¿En Gales, llevando un *pub* al que no iba nadie? Es evidente que eres un brujo con mucho talento. ¿Por qué decidiste ganarte la vida sirviendo cervezas?

—Perdona, lo que hacía era *tirar pintas* —la corrigió Wells, llevando los dos cuencos a la mesa.

Se dio cuenta de que había encendido velas (esas tan bonitas de arrayán que había hecho su madre), lo que hizo que reprimiera una sonrisa mientras se sentaba.

—Además —continuó él, tomando asiento frente a ella—, era más que un *pub*. En el pasado fue un punto de anclaje.

—¿Y eso qué es? —preguntó ella, agarrando un trozo de pan del plato que Wells había colocado en el centro de la mesa.

—Un foco de magia antigua —dijo—. No es muy distinto a las líneas ley de aquí, aunque no es tan fuerte. Mi familia depositó una chispa de su magia en lo que luego sería el centro del pueblo de Dweniniaid. Supongo que era como una especie de reclamo frente a otros brujos. De esa forma, cualquier otro brujo que llegara a la zona percibiría que ya había un aquelarre allí.

—Entonces, ¿esa magia alimenta la vuestra o algo así? —preguntó, intrigada.

Wells negó con la cabeza.

—No, nada de eso. Es más bien como una parte de nuestra historia, y para mi padre era crucial que se conservara. Así que me encargué de llevar la taberna e hice algún que otro hechizo y trabajo con runas para mantener vivo ese pedacito de magia.

—Y ahora que ya no estás, ¿morirá?

Wells se encogió de hombros, tomando una cucharada del guiso.

—Es más como una vela que se apaga. Pero si te soy sincero, ya era hora. Solo estábamos retrasando lo inevitable, y creo que mi padre por fin lo ha entendido.

Gwyn removió el contenido de su cuenco con la cuchara.

—¿Por eso dejaste la universidad? ¿Para ser una especie de guardián de la llama?

Él asintió.

—Mi tío estuvo allí años, pero al morir, su lugar tenía que ocuparlo un Penhallow, así que...

No terminó la frase. Se quedaron en silencio durante un buen rato, con el único sonido de fondo del tintineo de sus cucharas y el viento azotando los árboles en el exterior.

—Conocí a tu padre —dijo ella.

Wells alzó la vista. El azul de sus ojos se intensificó a la luz de las velas.

—¡Oh! Ya lo sé —comentó él.

Gwyn se rio y se echó el pelo detrás de los hombros.

—No nos caímos muy bien —agregó ella.

Wells resopló, sacudió la cabeza y volvió a mirar su cuenco.

—Ladra mucho, pero no muerde.

Pero Gwyn se acordó de Simon, sentado en esa misma mesa, mirándolos a todos con el ceño fruncido, y no tuvo claro que eso fuera del todo cierto.

—Sé que puede llegar a ser... Bueno, estoy seguro de que Rhys tendría el término más apropiado y pintoresco para definirlo, pero no siempre fue así. Creo que cuando murió mi madre, le resultó más fácil refugiarse en su magia y en la historia familiar. Le dio algo en lo que centrarse para mitigar el dolor.

Gwyn estiró el brazo sobre la mesa y le dio un apretón en la mano.

—Rhys dice que tu madre era genial.

Wells le devolvió el apretón con una sonrisa tensa antes de apartar la mano.

—Rhys no la recuerda. No de verdad. Cuando murió, solo tenía cuatro años. Y Bowen cinco. Tampoco creo que tenga muchos recuerdos de ella, y desde luego no de ella y nuestro padre juntos.

—Pero tú, sí —dijo Gwyn.

Él asintió.

—En realidad, se parecía mucho a Rhys. Divertida. Encantadora. Era una buena influencia para mi padre y, sin ella, creo que él... se encontró perdido. La magia le dio algo a lo que aferrarse, algo que le hizo conectar de nuevo con el mundo. —Volvió a esbozar otra de esas sonrisas carente de humor—. Es cierto que a veces puede ser un poco intenso, con toda esa obsesión que tiene por el legado familiar, pero prefiero al viejo gruñón dándome la tabarra con algún Penhallow que murió en 1432, que a la persona en la que se convirtió cuando murió mi madre.

Gwyn asintió, aunque se le rompió un poco el corazón. En ese momento entendió la obediencia y lealtad de Wells hacia su padre. Pero si Rhys había tenido cuatro años cuando murió su madre, Wells solo había tenido siete. Un niño de siete años, cuya madre había fallecido, dejándolo con unos hermanos menores que él y un padre roto de dolor.

—¡Dios! Esta no es la conversación que esperaba que tuviéramos esta noche —comentó Wells, volviendo a dar buena cuenta del guiso—. Solo llevo unas semanas en los Estados Unidos y, mírame, ya me he puesto en plan sentimental.

Gwyn sonrió y le dio una leve patada por debajo de la mesa.

—Que sepas, Esquire, que la línea que separa el hablar de la infancia de uno a abrirse una cuenta en Instagram y subir fotos de atardeceres y frases motivadoras es muy fina.

—Tomo nota. —Volvió a mirarla—. ¿Y tú? Creo que nunca te he oído hablar de tu padre.

—¿De Taliesin? —Gwyn se encogió de hombros—. Es un tipo estupendo, pero solo es mi padre en un sentido estrictamente biológico. Mi madre decidió que estaba preparada para tener un hijo, pero no quería todos los problemas que conllevaba el matrimonio o la paternidad compartida. Así que escogió al chico más guapo y simpático de la Feria del Renacimiento de Tennessee y ¡voilà! —Se señaló a sí misma—. Aquí estoy. Suele enviarme una tarjeta de felicitación por mi cumpleaños, o más bien cuando se acerca mi cumpleaños, y es cariñoso conmigo, pero también un poco raro. Nos seguimos en nuestras redes sociales y eso es todo. Para mí es suficiente. Mi madre ha sido todo lo que he necesitado.

En ese momento se dio cuenta de que echaba de menos a su madre. ¿Qué le parecería Wells? A Elaine tampoco le había caído bien Simon, pero adoraba a Rhys. Y no le costaba imaginársela en esa mesa, con ellos, con Wells formando parte de su vida.

De la familia.

Otro pensamiento que no debería estar teniendo.

—Bueno, ¿qué crees que pensará tu padre de todo esto? —preguntó, señalando a ambos con la cuchara.

Wells dejó la suya al lado del cuenco y juntó los dedos, estudiándola.

—¿De los dos cenando juntos un guiso? —preguntó—. ¿O de los dos trabajando codo con codo para restaurar tu magia?

—De los dos echando un polvo —respondió ella.

Él echó hacia atrás la cabeza y volvió a soltar una carcajada. Un mechón de pelo le cayó sobre la frente.

—Bueno, como no me dedico a hablar de mi vida íntima con mi padre, puedo asegurarte de que no va a ser algo a lo que tengamos que enfrentarnos pronto.

Pero sí algo a lo que tendremos que enfrentarnos en algún momento, pensó ella. *Si seguimos haciendo esto.*

Y estaba segura de que iban a seguir haciéndolo.

Entonces sir Purrcival, como si le hubiera leído el pensamiento, se acercó, y en lugar de intentar saltar encima de la mesa, se acurrucó tranquilamente en el suelo junto a la silla de Wells y ladeó la cabeza para mirarlo.

—Esquire —dijo, con voz soñolienta y cariñosa.

Wells se rio y se inclinó para acariciarlo.

Y ahí fue cuando Gwyn supo que se había metido un problema muy, muy gordo.

CAPÍTULO 30

El día de la Primera Unión Anual de Graves Glen amaneció con un cielo gris y sombrío y con la primera oleada de frío real del otoño.

En otras palabras, una mañana perfecta.

O lo habría sido si Gwyn no hubiera estado tan preocupada por su magia.

Después de la cena de hacía dos noches, ella y Wells se habían puesto a investigar y habían dado con un hechizo para encantar un cristal que se suponía podía «devolver lo perdido». Sin embargo, el único efecto que tuvo fue que Gwyn encontró un par de zapatillas que pensaba que nunca volvería a ver.

Un triunfo, aunque no exactamente el que esperaba.

Wells le había asegurado que seguirían intentándolo, y ella se había aferrado a eso, aunque sabía que había llegado el momento de comunicar a Vivi y a Elaine lo que le ocurría.

Pero antes, tenía que conseguir que Wells superara el primer gran evento de Graves Glen.

La noche anterior, había intentado advertirle de que la anterior fiesta conocida como el Día del Fundador siempre había sido una jornada extenuante, que daba el pistoletazo de salida a la temporada de Halloween y que suponía la primera gran afluencia de turistas al pueblo.

Pero él esbozó esa exasperante sonrisa y le dijo algo así como: «Tranquila, Gwynnevere, no te preocupes. Estoy más que preparado para recibir cualquier avalancha de variopintos turistas que vengan a nuestro hermoso pueblo». .

Vale, tal vez había sido un poco exagerada, pero a ella le sonó así.

En ese momento, mientras se colocaba detrás del mostrador de Algo de Magia, vio que ya se estaba formando una buena fila a la entrada de la tienda Penhallow y sonrió para sí misma.

Espero que hayas preparado toneladas de té, Esquire.

Las siguientes horas pasaron a toda velocidad, los clientes entraron en manada a la tienda, y Gwyn no paró de ir de un lado a otro atendiendo a la gente, sacando cajas extra de la parte de atrás y respondiendo a preguntas sobre cristales. A las diez de la mañana miró el reloj con el ceño fruncido.

A Sam le tocaba turno ese día en el Café Cauldron, pero ¿dónde narices se habían metido Parker y Cait? No era propio de ellos faltar al trabajo, aunque había tantas cosas programadas para ese día que tal vez se les había pasado.

Sin embargo, no pudo preocuparse mucho por ello porque ya tenía a más clientes entrando por la puerta. Y luego un niño chocó con el expositor de calabazas de plástico, tirándolas al suelo.

Hasta que no llegó el mediodía, no pudo tomarse un pequeño descanso. Colocó el cartel de «Vuelvo en quince minutos» y salió de la tienda.

Las calles estaban abarrotadas y el aire olía a palomitas y a manzanas de caramelo. Se compró una caja de palomitas y entró en Penhallow.

—Hola, bienvenidos a... ¡Oh! Menos mal que eres tú.

Gwyn había visto a Wells enfadado, preocupado, divertido, consumido por la lujuria, pero era la primera vez que lo veía *agobiado* y tenía que reconocer que le hizo muchísima gracia.

—Te lo advertí. —Se acercó al mostrador donde él había colocado varias tazas de té con sus correspondientes platos en fila y las estaba llenando una a una con la tetera. A su lado, tenía una pila de cristales para envolver y varias cajas de té.

—Sí, sí, a todo el mundo nos encanta que nos digan un «Te lo dije» —espetó Wells.

Gwyn sonrió, agarró un puñado de palomitas y se lo metió a Wells en la boca.

Él soltó un gemido de satisfacción mientras lo masticaba y luego miró a su alrededor y agachó la cabeza para darle un rápido beso detrás de la oreja antes de reanudar sus quehaceres con el té.

—Si me envuelves esos cristales, te aseguro que más tarde me encargaré de que te haya merecido la pena.

—¡Oh! Un soborno erótico, mi favorito.

Gwyn se terminó las palomitas, se sacudió los restos de las manos e hizo lo que él le pedía. Después, atendió a varios clientes y se aseguró de que hubiera bolsas suficientes cerca de la caja registradora.

—Eres la eficiencia personificada —comentó él con una ceja enarcada al contemplar los paquetes envueltos.

Gwyn le dio una palmadita en el hombro y le guiñó un ojo.

—Yo que tú me hidrataría.

Wells resopló divertido y le lanzó una mirada con la que le aseguró que cumpliría con creces su parte del trato.

Cuando volvió a salir a la calle, se preguntó cómo sería tener eso a diario. No el evento (su cuenta bancaria estaría encantada; su cordura no tanto), sino trabajar con Wells. Que los dos se acercaran a la tienda del otro y se echaran una mano.

Que formaran un equipo.

La idea le gustó más de lo que esperaba y se distrajo tanto con ella que casi no vio a los novatillos, acurrucados bajo la puerta cerrada de la tienda.

—¿Dónde os habéis metido? —preguntó a Cait y a Parker. Después miró a Sam—. ¿Por qué no estáis en el Café Cauldron? —Al verlos más de cerca, arrugó la nariz—. ¿Estáis bien? Tenéis un aspecto...

—Llevamos veinte horas despiertos y los tres nos hemos tomado más Red Bull de lo que consideraría adecuado cualquier médico —explicó Sam—. Pero creemos que hemos dado con algo, Glinda. Para lo de tu magia.

Gwyn parpadeó y abrió la puerta. Los tres entraron corriendo a la tienda. Iban cargados con bolsas repletas de lo que parecían libros voluminosos y se les veía nerviosos por la emoción y la cafeína.

—¿Qué es lo que habéis encontrado exactamente? —preguntó ella mientras la gente empezaba a acceder de nuevo a la tienda.

Sam hizo un gesto de negación con la cabeza.

—Todavía no queremos contártelo, pero estamos cerca. Muy cerca. ¿Podemos usar tu almacén?

Gwyn miró a su alrededor y suspiró. Necesitaba que le echaran una mano con los clientes, pero estaba claro que esos tres no estaban en condiciones de ayudar a nadie, así que asintió y señaló la cortina.

—Adelante. ¡Pero nada de fuego!

Los tres se apresuraron a cruzar la tienda y desaparecieron en la trastienda.

Gwyn se preparó para una nueva avalancha.

Unas veinte mil calabazas de plástico después, Algo de Magia echó oficialmente el cierre por ese día. Gwyn no había estado más cansada en toda su vida. Los años anteriores, Vivi siempre le había echado una mano y ella también había hechizado su té para mantenerse en pie durante toda la jornada. Pero ese año, la falta de ayuda y la ausencia de magia la habían dejado extenuada.

Cuando oyó el cuervo sobre la puerta, deseó que su magia funcionara, aunque solo fuera para poner a quienquiera que fuera de patitas en la calle.

Pero solo era Wells, que parecía tan agotado como ella. Se acercó a él y casi se desplomó contra su cuerpo con un gemido cansado.

Wells la abrazó, y cuando fingió caerse al suelo, Gwyn se rio y lo agarró con fuerza.

—¿Te acuerdas cuando te dije que me gustaba tener una tienda? Pues ese no era yo. Era un yo más tonto. Unos cuantos años más joven que ahora.

—Bienvenido a la vida de un pueblo que vive del turismo, en plena temporada turística.

Él le dio un beso en la sien, haciéndole cosquillas con la barba.

—Veo que me queda mucho por aprender.

—Por lo menos tienes una semana para prepararte para la Feria de Otoño —le recordó ella.

Wells gimió y miró al techo.

—¡Por las pelotas de san Bugi! ¿Pero cuántas fiestas tiene este pueblo? Esa es la de las casetas, ¿verdad? ¿Donde vendemos la mercancía en el campo?

—¡Ajá! Y la de las tartas de manzana y caramelo. Te prometo que merecen la pena. Además, tenemos que ir disfrazados.

Wells bajó la cabeza y entrecerró los ojos.

—Es una trampa, ¿no? Tú irás vestida normal mientras yo me presentaré con una túnica de brujo, pareciendo un imbécil.

—Seguro que estás muy guapo con una túnica de brujo —dijo ella, levantando la cara para darle un beso en la mandíbula.

Wells la asió con más fuerza de las caderas.

—Seguro que tú estás estupenda sin la túnica de bruja.

Ella sonrió y le rodeó el cuello con los brazos.

—Es la cosa más cursi que me has dicho nunca, sobre todo teniendo en cuenta que sabes perfectamente cómo estoy sin ropa.

Wells sonrió de oreja a oreja.

—Te sigue excitando, ¿verdad?

—Un poco —reconoció ella y cuando lo vio inclinar la cabeza para besarla, su sonrisa se hizo aún más amplia.

Pero entonces les llegó una ráfaga de aire que provenía de la cortina que llevaba al almacén y el olor a humo inundó la tienda.

Se apartó de Wells, soltó un suspiro, lo agarró de la mano y tiró de él.

—Os dije que nada de fuego —se quejó mientras abría la cortina con Wells a su lado.

Sam, Cait y Parker estaban sentados en círculo, frente a unas runas dibujadas con tiza en el suelo y unas velas encendidas con las llamas oscilando. Cuando ella y Wells entraron, los tres se volvieron al unísono y la miraron fijamente.

Gwyn jadeó sorprendida.

—¿Qué...? —Pero entonces se dio cuenta de que no la estaban mirando a ella.

Estaban mirando a Wells.

CAPÍTULO 31

Wells miró los tres rostros hostiles que se habían vuelto hacia él y parpadeó, confundido. La última vez que había visto a esos tres, habían estado riendo y bromeando con él.

Ahora parecía que todos estarían encantados de verle con las entrañas fuera, y no estaba seguro de qué era lo que había hecho para provocar ese cambio.

—¿Qué sucede? —preguntó Gwyn, dando un paso adelante y soltándole la mano.

—Eso. ¿He metido la pata en algo? —quiso saber él, con las manos en los bolsillos—. Porque si lo he hecho...

—Eres tú, colega —dijo Sam. Se puso de pie y se cruzó de brazos—. Tú eres el motivo por el que Gwyn ha perdido sus poderes.

Era una respuesta tan inesperada, tan absurda, que Wells se rio incrédulo.

—¿Qué?

Sin embargo, nadie más se rio. Y aunque se había burlado de Gwyn sobre su aquelarre de novatillos, en ese momento, los tres parecían unos brujos expertos y lo miraban muy serios.

Muy enfadados con él.

—¿De qué estáis hablando? —les preguntó Gwyn, gracias a Dios, con una expresión tan confusa como la que él sentía. Pero ya no estaba a su lado, y cuando Sam se agachó y agarró un voluminoso libro de cuero, ella se apresuró a agarrarlo con manos ansiosas.

—Es un hechizo antiguo y muy difícil de hacer. Se tarda años en encontrar todo lo que se necesita —explicó Sam, dando un golpecito a una página mientras Gwyn la leía, con los ojos entrecerrados—. Al principio, ni siquiera nos molestamos en echarle un vistazo porque, ¿quién podría hacer este tipo de magia? Y entonces Parker vio la referencia al anillo y recordó otro hechizo.

Parker también se levantó. Tenía otro libro en la mano y su rostro era solemne bajo la luz de las velas.

—Por eso nos ha costado tanto dar con la solución. Se trata de *dos* hechizos combinados. Así que busqué el de usar un anillo y fue cuando vi esto.

Señaló algo en la página. Wells vio que Gwyn se ponía rígida y tragaba saliva. Luego lo miró con un gesto tan inexpresivo, que su cara bien podía haber sido una máscara.

—Tu anillo —le dijo.

Wells bajó la vista hacia la mano donde llevaba el anillo de sello de su padre. La joya parecía negra a la luz de las velas, pero no había nada más siniestro en ella, ni tampoco desprendía ninguna sensación de poder.

—¿Esto? —preguntó, levantando la mano de la discordia—. Esto... es una reliquia familiar, no un hechizo. Lleva generaciones en la familia. Si hubiera sido capaz de quitarle los poderes a un brujo, os aseguro que ya nos habríamos dado cuenta.

Gwyn le entregó el libro sin decir nada.

Cuando Wells lo agarró se dio cuenta de que le estaban temblando las manos. Primero por lo molesto que se sentía de que alguien hubiera podido pensar que él tuviera algo que ver con la falta de poderes de Gwyn, y segundo por miedo. Sí, no le costaba nada reconocerlo.

Esa mirada distante de Gwyn...

La página era complicada de leer ya que estaba escrita tanto en inglés como en galés en párrafos muy estrechos, pero en la esquina derecha, vio el dibujo de un anillo.

Un anillo que se parecía mucho al que Wells llevaba actualmente.

—No, esto... esto no es posible... No sé cómo se supone que...

—¿Quién te dio el anillo, Wells? —preguntó Gwyn. Estaba allí, flanqueada por Parker y Sam. Cait seguía sentada a sus pies, con un rostro tan pétreo como el de los demás.

Wells empezó a sentir algo parecido al pánico ascendiendo por su garganta.

—Mi padre —respondió.

—Justo antes de que te enviara aquí para robarle la magia a Gwyn —dijo Sam.

Wells hizo un gesto de negación con la cabeza y se pasó una mano por el pelo.

—No. *No*. Fui yo el que se ofreció a venir. En realidad, mi padre no me quería en Graves Glen. El anillo fue solo un gesto, nada más.

—Dámelo.

Gwyn le tendió la mano y Wells no lo dudó un instante, se quitó el anillo del dedo y lo dejó en la palma de ella. Al fin y al cabo, todo aquello era un malentendido. Los alumnos de Gwyn eran buenos chicos, pero todavía eran brujos jóvenes que solían meter la pata. Eso era todo. Una cagada monumental; igual que cuando le habían echado la culpa a Morgan.

—Gwynnevere... —empezó él, pero ella ya se estaba dando la vuelta.

—¿Hay alguna forma de saberlo con certeza? —preguntó Gwyn.

Sam asintió y regresó al círculo.

—Podemos transferirte un poco de nuestra magia, pero solo durante unos segundos —explicó la joven—. Aunque eso debería bastar.

Gwyn asintió, y mientras los muchachos se sentaba de nuevo, se colocó en el centro del círculo.

Sam encendió otra vela, Parker dibujó una nueva runa en el suelo y Cait comenzó a murmurar unas palabras en voz baja, con la luz de las velas parpadeando.

Gwyn estaba sentada, con los ojos cerrados, con su anillo enfrente de ella. Sam, Parker y Cait se dieron las manos. Tardó un momento, pero Wells lo sintió enseguida, una lenta onda de magia que salió de ellos, fluyendo hacia Gwyn. Mientras la observaba, el cabello rojo se apartó de su cara como si alguien acabara de cerrar una puerta de un portazo.

Y entonces el anillo empezó a brillar.

Primero la banda de plata, después la joya central, palpitando con una luz oscura. De repente, Wells sintió un agudo y punzante dolor en la mano, como si se hubiera quemado.

Bajó la vista, y allí, en el dedo donde había llevado el anillo, apareció una pequeña banda negra que se deslizó por su piel mientras él la contemplaba con horrorizada fascinación.

Cuando volvió a alzar la vista, Gwyn lo estaba mirando.

—Te lo juro —le dijo, con el corazón yéndole a tal velocidad que casi sintió náuseas—. Te juro por lo más sagrado que no sé lo que está pasando.

—Lo que está pasando es que tu padre te dio un anillo maldito con una antigua magia de sangre que drena lentamente el poder del linaje de otro brujo —le dijo Parker, con un brillo sombrío en los ojos—. Seguramente porque estaba muy cabreado con que Gwyn y su familia hubieran reemplazado la magia de *vuestra* familia del pueblo.

—No. —Wells sacudió la cabeza—. Reconozco que mi padre puede ser muchas cosas: orgulloso, arrogante y no siempre el hombre más amable del mundo, pero esto es algo perverso. Mi padre no es *así*.

Se acordó de aquella noche en el *pub*, cuando su padre había parecido tan desolado. Triste, pero resignado cuando le dijo que iría a Graves Glen. Le había llamado «hijo» y se había quitado el anillo; ese anillo que Wells le había visto llevar toda su vida.

Tenía que haber algo más; algo que estaba pasando por alto.

—Gwyn —la llamó. Ella se volvió hacia él, pero aquellos adorables ojos que tenía lo miraban inexpresivos, mientras se abrazaba a sí misma—. Por favor. Tienes que creerme.

—Creo que no lo sabías —repuso ella, con voz apagada—. Creo que nunca harías algo así. Pero sí, Wells, creo que tu padre sería capaz de cargarte como si fueras un arma y enviarte aquí para que destruyeras a mi familia.

—No lo conoces —insistió él—.Te digo que aquí hay algo más. Nos equivocamos con Morgan y nos estamos equivocando con esto.

—No lo creo —dijo ella.

Wells atravesó la estancia. Quería tocarla, *necesitaba* tocarla, hacerle ver que podían arreglar eso juntos.

Pero ella retrocedió y él, al ver que se había abierto una brecha enorme entre ellos, bajó las manos a los costados.

Volvió la cabeza hacia Sam.

—¿Hay alguna forma de extraer la magia del anillo? ¿De devolvérsela a Gwyn?

La joven bruja negó con la cabeza con los ojos brillantes. Wells se dio cuenta de que estaba haciendo todo lo posible para no echarse a llorar.

—No. La magia no está en el anillo. Está en la sangre de quien creó el hechizo. Y extraer la magia de una persona para ponerla en otra sin usar algún objeto maldito es bastante difícil.

—Cierto.

Wells se quedó pensando un momento, intentando ignorar lo mal que sentía, como si alguien le hubiera apuñalado en el pecho y su sangre se estuviera filtrando por las runas de tiza del suelo.

La culpa era suya, así que tenía que ser él quien lo arreglara.

Y solo se le ocurrió un lugar por el que empezar.

Se metió la mano en el bolsillo del chaleco y cerró los dedos en torno a la piedra viajera que llevaba allí.

—Voy a solucionar esto, Gwyn. Te lo prometo.

Pensó en Gales, en su casa, en Simon.

Y entonces, Gwyn y su mirada desconsolada desaparecieron de su vista mientras todo se volvía negro.

CAPÍTULO 32

Era medianoche en Gales, pero por suerte para Wells, su padre nunca había seguido un horario normal.

Cuando apareció de repente en la biblioteca de Simon, con la cabeza dándole vueltas y el estómago revuelto, Wells vio que su padre estaba en su lugar habitual, cerca de la gran mesa de cartografía que había debajo de la enorme ventana que daba a las colinas rocosas de Dweniniaid.

Como siempre, había poca luz. Su padre, al verlo avanzar medio tambaleándose hacia él, enarcó sus tupidas cejas.

—¿Llewellyn? —preguntó, saliendo de detrás de la mesa con la túnica ondeando.

En ese momento se acordó de los cientos de ocasiones, miles, en las que había estado en esa estancia. Cuando su padre lo felicitó por el primer hechizo que lanzó con éxito, cuando le comunicó que iba a mandarlo a Penhaven, cuando le pidió que llevara la taberna después de la muerte de su tío...

Aquel lugar había sido el escenario de casi todos los encuentros importantes que habían tenido, así que sintió que ese era el sitio correcto para lidiar con el problema más trascendental al que había tenido que enfrentarse en su vida.

—Papá —empezó—. Ha pasado algo. En Graves... Glynn Bedd.

—Más despacio, muchacho, más despacio —le instó su padre, estirando los brazos para sujetarlo, pero Wells se apartó de él.

—Estoy bien, pero no tengo mucho tiempo. Necesito hacerte una pregunta sobre...

Tu anillo.

Las palabras estaban ahí, en sus labios, pero Simon todavía tenía las manos en alto y el tenue resplandor de la lámpara de araña de hierro y astas que tenían sobre sus cabezas resplandeció sobre su anillo; el anillo que se suponía que le había dado.

Wells sintió como si el suelo bajo sus pies empezara a abrirse lentamente.

Simon volvió a dar un paso hacia delante, pero él retrocedió al instante y lo miró.

—Creía que me habías dado ese anillo —dijo.

Simon se miró la mano.

—¡Ah! —Flexionó los dedos—. Y veo que no llevas el tuyo —indicó su padre, señalando la mano de Wells—. ¿Alguna de ellas ya se ha dado cuenta? Reconozco que son listas. Pero da igual, muchacho, supongo que el anillo ya hizo su trabajo.

Simon empezó a alejarse. Wells se quedó petrificado, con la sangre zumbando en sus oídos.

—Has sido *tú*. —Odió sonar tan sorprendido. Odió que en su interior, una parte de él siempre hubiera querido que sus hermanos se equivocaran con su padre. Que fuera un hombre mejor de lo que ellos creían.

Un padre mejor.

Simon cruzó las manos delante de él y lo miró con gesto sorprendido.

—¿Qué? ¿Creíste que otra persona había maldecido un anillo para hacer sufrir a nuestros enemigos? —Soltó una de esas risas, medio carcajada medio resoplido, que Wells se había oído a sí mismo y que se había prometido no volver a hacer nunca más.

—Tú... Tú me diste ese anillo para que drenara el poder de las Jones. —Seguía sin querer creérselo, aunque estaba claro que era cierto.

—Sí, pero no pensé que te atraparían tan pronto. Se suponía que iba a ser un proceso lento, que tardaría meses, incluso años.

—Solo ha tardado unas semanas —dijo Wells, con voz plana—. Y solo le ha drenado el poder a una de ellas.

Simon alzó ambas cejas.

—Entonces debes haber tenido una relación muy estrecha con ella. El hechizo funciona por proximidad, de modo que, cuanto más cerca estabas de ella, más poder recibías. Bueno, recibía *yo*, para ser justos. —Le dio una palmada a Wells en el hombro—. Hacía años que no era tan poderoso. Lo que es una buena noticia, ya que devolver nuestra magia a ese pueblo va a costarnos un poco.

—Me utilizaste. Esa noche, cuando entraste en el *pub*, sabías que me ofrecería a ir allí. Por eso fuiste. Tenías que hacerme creer que era idea mía porque, de haber conocido tus intenciones, nunca, jamás, habría participado en esto. Pero bueno, yo era Llewellyn, el obediente y no pude dejar pasar la oportunidad de intentar hacer que te sintieras orgulloso.

—No te hagas el dolido, muchacho —espetó su padre con voz ronca—. Hice lo que había que hacer. Además, ¿cómo sabemos que esos tristes pretextos de brujas decían la verdad? Gryffud Penhallow era un brujo poderoso. No necesitaba tomar la magia de una mujer como Aelwyd Jones, que, por lo que he leído, debía de ser una bruja de bajo nivel. No, todo eso no fue más que un plan de esas mujeres Jones para arrebatarnos el control de nuestro pueblo y...

—Para —ordenó Wells, sin gritarle.

No era de los que levantaban la voz. Y, desde luego, nunca se la había levantado a su padre, pero tampoco lo había interrumpido, ni jamás lo había mirado como sabía que debía de estar mirándolo en ese momento.

No supo si fue esa mirada o algo en su tono de voz, pero el caso es que Simon se quedó callado, aunque con el ceño fruncido.

—Rhys tenía razón —continuó Wells—. Y el espíritu de Aelwyd Jones también tenía razón. Gryffud era un brujo poderoso, sí, pero también usó la magia de ella, y la familia Jones tiene tanto derecho al pueblo de Graves Glen como nosotros. Incluso más, ya que lo han convertido en su hogar. Lo que has hecho ha sido...

—Necesario —dijo Simon.

En ese momento, Wells supo que había llegado a un punto de no retorno con su padre.

Volvió a pensar en el rostro de Gwyn a la luz de las velas, mirándolo inexpresiva, con los ojos como dos témpanos de hielo.

Cada vez que había estado cerca de ella, cada vez que la había tocado, besado, le había estado drenando su magia.

Sintió tal vergüenza que estuvo a punto de ahogarse.

Supo que nunca perdonaría a su padre por aquello. Y lo que era aún peor, que nunca se perdonaría a sí mismo.

—Pues has fallado —le dijo—. Puede que Gwyn haya perdido su poder, pero su madre sigue teniendo el suyo, al igual que Vivi. Y Rhys no volverá a dirigirte la palabra después de esto. Tampoco Bowen. Esta vez has ido demasiado lejos.

Simon le restó importancia con la mano.

—Los tres os habéis vuelto muy melodramáticos.

Si Wells no hubiera estado tan abatido, le habría respondido que aquellas palabras eran muy atrevidas, viniendo de un hombre al que le gustaba vestir con túnicas.

—Lo entenderás con el tiempo —continuó Simon—. Y sabrás lo que hay que hacer para preservar el legado de esta familia.

—En esta familia no hay nada que merezca la pena conservar. —Wells se dio la vuelta y se dirigió a la puerta.

—¿Adónde vas?

Wells se detuvo y se giró para mirar al hombre al que siempre había querido complacer.

—¿Sinceramente? No lo sé —respondió—. Pero no me voy a quedar aquí ni un puto segundo más.

Simon lo miró iracundo.

—No te atrevas a usar ese lenguaje conmigo, muchacho.

Pero Wells ya se había ido.

Hacía más de una semana desde que Wells había desaparecido del almacén de la tienda de Gwyn.

Más de una semana desde que se enteró de que él era el motivo por el que había perdido su magia.

Y también hacía más de una semana que no tenía ganas de sonreír. Ni de reír.

Ni de levantarse de la cama.

Pero el mundo no se detenía cuando te rompían el corazón. Eso era lo que siempre se había dicho cuando había tenido que superar (mucho más rápido) rupturas anteriores, y era lo que volvería a decirse esa vez.

Así que se levantó de la cama todos los días, se preparó el desayuno, dio de comer a sir Purrcival, fue a la tienda e intentó averiguar otras formas de deshacer lo que Wells le había hecho sin saberlo.

E hizo todo aquello como si tuviera una bolsa de cristales rotos en el interior del pecho.

Esa sensación era nueva. En el pasado, volver a la normalidad lo más rápido posible había sido su marca personal, despejando el dolor y la angustia mejor que cualquier hechizo.

Pero esa vez, no.

¿Por qué no podía hacerlo? Era cierto que esa noche se había quedado petrificada, pero cuando descubrías que el hombre del que creías que te estabas enamorando era la razón por la que habías perdido tu magia, se te permitía tomarte un tiempo para procesarlo.

Y sí, le había molestado que enseguida se pusiera a defender a su padre, pero sabía que Wells era leal. Además, ¿qué hijo iba a creerse así como así que su padre había pasado de ser «un imbécil» a «un monstruo ávido de poder»?

Aun así, le había dolido. Porque, en ese momento, lo único que había querido era que Wells la creyera, y él no lo había hecho.

O no había podido hacerlo.

En cualquier caso, esa noche había esperado que Wells regresara, que fuera a su casa, pero... aquello no sucedió.

¿Habría vuelto a Gales, descubierto la verdad y supuesto que ella no quería volver a verlo?

¿Habría desaparecido su padre y lo estaba buscando?

O (y esa era una posibilidad que solo acudía a su mente en mitad de la noche, en forma de voz interior que le susurraba cuando no podía dormir), ¿Wells había sabido en todo momento lo que estaba haciendo y, una vez cumplida su parte del plan y logrado su objetivo, se había largado a su casa?

Gwyn sabía perfectamente que aquello no podía ser cierto, pero cuanto más tiempo pasaba, más fuerte se hacía esa voz.

Se suponía que éramos un equipo, se había dicho a sí misma un millón de veces desde que él se había marchado. *Se suponía que íbamos a resolver esto juntos.*

Y ahí estaba el quid de la cuestión. Cuando las cosas se habían puesto difíciles, se habían complicado, él se había ido, y en ese momento, mientras estaba sentada en el puesto que había montado en la Feria de Otoño, no podía dejar de mirar el lugar vacío donde debería haber estado el puesto de la tienda Penhallow. Todavía podía sentir sus brazos alrededor de ella cuando habían estado en Algo de Magia, bromeando sobre las túnicas de brujo. Pensó en lo feliz que había sido en ese instante, en lo bien que había estado allí de pie con él, lanzándose pullas, besándose y haciendo planes juntos.

Parecía imposible que todo hubiera cambiado de la noche a la mañana.

El recuerdo hizo que le escocieran los ojos, así que dejó de pensar en aquello y se volvió hacia un cliente que se acercaba a su puesto con una sonrisa.

A fin de cuentas, ese era su lugar. Aquello era lo que hacía y se le daba de fábula. Wells Penhallow no iba a estropearle la Feria de Otoño.

Se enderezó el sombrero de bruja y vendió un montón de barajas del tarot, mientras la brisa del atardecer balanceaba las guirnaldas de luces colgadas sobre su cabeza y el olor del otoño impregnaba el aire.

Cuando dejó de tener clientes esperando, echó un vistazo a su teléfono móvil (intentaba no sacarlo mucho en eventos como ese; la tecnología destruía el ambiente exotérico que pretendía dar a su puesto). Se sorprendió al ver que tenía una llamada perdida de Sam, dos de Cait y otra de Parker.

¡Qué raro!

Quizá habían recibido alguna noticia de Wells.

Estaba a punto de devolverles la llamada cuando oyó que alguien gritaba su nombre.

—¡Gwyn!

Al levantar la vista, vio que Morgan se aproximaba a ella. No iba vestida tan sobria como de costumbre, llevaba una blusa naranja, una falda de tubo negra y unas medias de rayas naranjas y negras.

Gwyn sonrió y se guardó el teléfono.

—¡Veo que te has metido de lleno en el ambiente de la Feria! —gritó.

Morgan hizo una pose y levantó los brazos.

—¡Cómo no iba a hacerlo, estando en Graves Glen! —respondió ella.

Gwyn le levantó un pulgar.

—En realidad —continuó Morgan, acercándose—, he venido a ver si me puedes echar una mano. Revolviendo entre todas las cosas que tengo en el ático, he encontrado un cuadro que no da pánico ni es mágico, y he pensado en donárselo al puesto de mi amiga Charlotte.

Gwyn conocía a Charlotte de vista, era una humana del pueblo que tenía una pequeña galería justo al lado del Café Cauldron.

—Sí, claro —dijo Gwyn, saliendo de detrás de su puesto.

En ese momento, no había mucho ajetreo en esa zona de la feria. A esas horas de la noche, casi todo el mundo estaría haciendo cola en los puestos de comida para cenar y a ella le vendría bien estirar un poco las piernas.

Morgan se puso a andar a toda prisa, y aunque Gwyn tenía las piernas bastante largas, tuvo que correr un poco para seguirle el ritmo.

En lo alto, el cielo estaba oscuro, con nubes, y ella tembló de frío cuando los sonidos de la feria empezaron a alejarse.

—¿Has aparcado en otro estado? —preguntó.

Morgan soltó una carcajada un poco aguda y forzada.

—Lo siento, está un poco más allá.

Gwyn se encogió de hombros.

—Ahora entiendo por qué necesitabas que te ayudara. No debe de ser fácil cargar sola con un cuadro desde aquí.

Morgan no respondió.

A Gwyn se le erizó el pelo de la nuca.

Se detuvo y miró a su alrededor. La hierba allí era más alta y la notó húmeda contra los tobillos. Pero se dio cuenta de que no se estaba estremeciendo *solo* por el frío de la noche.

Ahí había magia. Mucha.

—¿Morgan? —la llamó.

Entonces Morgan se dio la vuelta, se cruzó de brazos y torció los labios en una sonrisa engreída.

—¿Sabes? Es una auténtica pena que te hayan quitado la magia, Gwyn.

Por el rabillo del ojo, vio una figura oscura acercándose. Se volvió y vio a otra. Y a una tercera. Y a una cuarta.

—Por suerte para nosotros —continuó Morgan, yendo hacia ella con las manos extendidas y el poder fluyendo de sus dedos—, no necesitamos tu magia. Solo tu sangre.

CAPÍTULO 33

Después de llevar una semana en la cabaña de Bowen, Wells estaba empezando a entender por qué su hermano estaba en el estado en que se encontraba.

Por un lado, ese maldito refugio estaba a kilómetros de cualquier tipo de civilización, y también era tremendamente difícil de encontrar. Wells se había pasado días buscándolo, incluso con la piedra viajera. Pero resultó que Bowen había lanzado los suficientes encantamientos alrededor del lugar como para despistar a cualquier brujo. Sin embargo, Wells no había cejado en su empeño.

Porque, si había alguien que supiera cómo arreglar lo que su padre había hecho, ese era Bowen, allá arriba, en su cabaña, haciendo todas esas mierdas mágicas y exotéricas que llevaba a cabo. Wells había estado decidido. Iba a deshacer aquello.

Y le daba igual si eso significaba tener que subir a la montaña equivocada durante tres putos días.

Cuando por fin encontró a su hermano, prácticamente parecía un animal salvaje, carcomido por la preocupación y la rabia. Aunque Bowen tampoco se mostró muy civilizado, ya que lo había dejado entrar solo con un gruñido y un «¿Qué diablos te ha pasado?».

Cuando terminó de contarle toda la historia, Bowen tenía los puños apretados, la mandíbula tensa y se puso a trabajar de inmediato. La cabaña era pequeña, apenas estaba amueblada, salvo por dos catres y poco más, y tenía una letrina exterior que Wells esperaba borrar de su memoria cuanto antes, pero lo que le faltaba a su hermano en comodidades, lo compensaba con magia.

Si necesitaban consultar un libro sobre un determinado asunto, Bowen lo tenía. Si hacía falta un ingrediente para un hechizo, lo podías encontrar en una estantería con infinidad de cubículos. Todo lo que había en la cabaña estaba al servicio de la magia y, al cabo de unos días, a Wells casi no le importaba la falta de tuberías.

Apenas comía, apenas dormía. Bowen estaba a su lado en todo momento, ambos hojeando libros, probando anillos, piedras... cualquier cosa que pudiera funcionar.

Bowen creía que habían dado con algo. En cuanto se enteró de que el hechizo de su padre había sido una combinación de dos, dedujo que seguramente necesitarían hacer lo mismo para revertirlo.

—Es complicado —le dijo en ese momento a Wells, mientras se encontraban junto al único mueble propiamente dicho de la cabaña, una mesa enorme cubierta de hechizos, libros y pergaminos—. Pero así es la magia, ¿verdad?

—¿Esto también va a requerir mi sangre? —preguntó él, mientras leía las notas que había tomado su hermano.

Bowen le dio una palmada en el hombro, mostrando un atisbo de sus dientes debajo de toda aquella tupida barba.

—El amor duele —dijo.

Wells respondió soltando un gruñido.

¡Dios! Llevaba demasiado tiempo junto a su hermano.

Alargó la mano y dejó que Bowen le hiciera un tajo rápido con una hoja de plata. Hizo una mueca de dolor y observó cómo la sangre goteaba sobre un pequeño recipiente de nácar.

—¿Dónde has conseguido todas estas cosas? —le preguntó, intentando olvidarse de que estaba sangrando.

—De aquí y allá —replicó su hermano, muy al estilo Bowen.

—Gracias —dijo él—. Eres una constante fuente de información, como siempre.

Bowen esbozó una media sonrisa.

—De tiendas —especificó—. De otros brujos. De algunos humanos que comercian con artefactos mágicos, conozco a uno de ellos.

—Eso parece peligroso... ¡Ay!

Wells lo taladró con la mirada mientras Bowen le aplicaba algún tipo de bálsamo en el corte. Picaba como un demonio, pero fuera lo que fuese, le curó la herida casi al instante. Se miró la mano, impresionado.

—¿Cuándo crees que puede estar listo? —preguntó.

Su hermano se encogió de hombros y se dio la vuelta.

—Con la magia, nunca se sabe —Bowen se dirigió al armario y metió el recipiente con la sangre—. ¿Cuándo le dijiste que ibas a volver?

—No se lo dije.

Bowen se detuvo en seco.

—¿Qué?

—Cuando me fui —explicó Wells, distraído mientras leía el hechizo—, simplemente me fui. Y en cuanto me enteré de la verdad por boca de Simon, supe que tenía que solucionarlo como fuera, así que vine directamente aquí.

—De modo que, cuando te dijeron que había perdido su magia por culpa de nuestro padre, te largaste sin más.

—Si estás intentando decirme algo, Bowen, ahora sería el momento de ir al grano.

—¿No se te ocurrió que ella podía pensar que estabas metido en esto? ¿Que, en cuanto cumpliste con tu cometido, volviste a casa de nuestro padre?

Ahora fue el turno de Wells de quedarse helado.

—No... No podía volver sin una solución —respondió. Porque eso era en lo único que había pensado durante todo ese tiempo. Él había provocado aquello y no regresaría hasta que no pudiera restaurar su magia.

—¿Ni siquiera la has llamado por teléfono? —sugirió Bowen—. ¿Un mensaje? «Hola, siento mucho que mi familia esté tan mal de la cabeza, volveré en cuanto arregle las cosas».

—¡Mierda! —masculló, pasándose una mano por la barba. Todavía no la tenía tan salvaje como la de Bowen, pero sin duda iba por ese camino—. Debería haber hecho eso.

—Sí, deberías —comentó su hermano—. ¿Cómo es posible que estando aquí arriba todo el tiempo, sin ninguna mujer en kilómetros a la redonda, sepa más de estas mierdas que tú y que Rhys? De verdad que no lo entiendo.

—Creo que porque, cuando estás enamorado, pierdes la cordura y te vuelves tonto de remate —dijo él, todavía con un nudo en el estómago.

¿Creería Gwyn que la había dejado para siempre? O, peor aún, ¿que él también había formado parte del plan de su padre?

—Mira, tenemos que conseguir que este hechizo funcione lo antes posible —comentó, volviéndose hacia Bowen—. Tengo que volver con ella, tengo que...

Estaba mirando a su hermano y, al segundo siguiente, Sam, Cait y Parker aparecieron entre él y Bowen, con las bocas abiertas y los ojos como platos.

—¡Oh, Dios mío, ha sido acojonante! —exclamó Sam.

Detrás de ellos, Bowen frunció el ceño.

—¿Quién diablos sois vosotros y cómo habéis entrado en mi montaña?

—Es el hombre lobo —susurró Cait, mirándolo fijamente.

Sam miró a su alrededor antes de fijarse en Wells.

—¡Oh, menos mal! —gritó.

Entonces los tres se abalanzaron sobre él, balbuceando a la vez. Wells se había quedado tan atónito al verlos, que no entendió nada de lo que dijeron hasta que oyó un: «¡Se ha llevado a Gwyn!».

—¡Basta! —ladró. Los tres se callaron de inmediato y lo miraron con las caras pálidas—. ¿Qué ha pasado? —inquirió, intentando mantener la calma con todas sus fuerzas, aunque el corazón le latía a tal velocidad que creyó que se le saldría del pecho.

—¡Morgan se llevó a Gwyn! —exclamó Parker.

Wells retrocedió un paso, sorprendido.

—¿Morgan? ¿Pero de qué estáis hablando?

Al ver que los tres comenzaban a hablar de nuevo a la vez, señaló a Parker.

—Tú. Cuéntamelo todo.

Parker lo miró nerviose, pero asintió y se humedeció los labios.

—Después de que te fueras, continuamos investigando formas de revertir el hechizo de tu padre. Y cuando buscábamos entre las cosas de Gwyn, encontramos el expediente de Morgan.

—Ese expediente apenas decía nada.

Parker asintió.

—Ya lo sé, pero usé esto en él. —Sacó la moneda que le había dejado el día que sacó el archivo de la universidad, la que estaba hechizada y podía absorber todo el contenido escrito y copiarlo en otro lugar. Pero Wells no lo había usado, solo se había llevado el archivo—. Estaba jugueteando con ella, esperando a que Cait terminara el libro que estaba hojeando, y la pasé por encima del expediente, solo para comprobar si funcionaba, pero cuando puse la moneda sobre otro papel...

—El archivo estaba encantado —informó Sam, tendiéndole una hoja de papel.

Wells la tomó y la leyó. Y donde en el archivo original de Morgan aparecía aquello tan impreciso de «prácticas mágicas inapropiadas e indecorosas» ahora se describía una historia muy diferente y mucho más oscura.

—¡Mierda! —susurró él.

—Casi matan a una estudiante —señaló Cait—. Le drenaron la sangre, al estilo vampiro, supongo que porque tenía entre sus antepasados a una bruja poderosa. La única razón por la que la universidad no fue más allá fue porque la chica se ofreció voluntaria.

—Por lo visto, la víctima creyó que iban a potenciar sus poderes, pero solo la estaban utilizando —añadió Sam.

Al oír aquello, Wells estuvo seguro de que su sangre se había transformado en agua helada.

—¿Y decís que Morgan se ha llevado a Gwyn?

—Su puesto de la Feria de Otoño estaba vacío, y alguien dijo que la vio salir con una mujer de pelo oscuro que no volvió. Cuando hemos ido a casa de Morgan, había un campo enorme de magia a su alrededor. No hemos podido entrar —indicó Parker.

—Y no hemos sabido qué hacer porque Vivi y Elaine todavía no han regresado y nosotros no somos lo suficientemente poderosos como para enfrentarnos a un grupo de brujos oscuros, pero entonces nos hemos acordado de que en el almacén de Algo de Magia había una piedra viajera —continuó Sam.

—Y aunque estábamos cabreados contigo, no sabíamos a quién acudir. Así que hemos pensado en ti y ¡pum! —sintetizó Cait.

—Un momento, ¿habéis entrado en mi montaña sin más? ¿Solo con pensar en Wells? —Bowen los estaba mirando con una mezcla de recelo e interés, pero Wells ya se había puesto en marcha y estaba señalando el hechizo que había sobre la mesa de su hermano.

—Termínalo. Tan rápido como puedas. Luego reúnete conmigo en Graves Glen.

Bowen asintió.

—Ve a ayudar a tu chica.

—¿Podéis volver los tres sin problema? —le preguntó a Sam.

Ella sacó la piedra viajera.

—Creo que sí. Debería resultarnos más fácil regresar a casa que venir aquí.

—Bien.

Wells sacó su propia piedra viajera, tratando de no pensar en lo indefensa que estaría Gwyn sin su magia y a merced de Morgan y su aquelarre.

Entonces se imaginó el rostro de Gwyn, apretó la piedra con fuerza y pensó en una única palabra.

Casa.

CAPÍTULO 34

Gwyn no era ninguna experta en magia oscura, pero estaba bastante segura de que estar atada a una mesa negra de piedra, con un puñado de gente a su alrededor vestidos con túnica, no auguraba nada bueno. Con la cabeza todavía embotada por el hechizo que le habían lanzado, intentó soltarse de sus ataduras, pero como eran cadenas de plata, no le sorprendió comprobar que no cedían mucho y se dejó caer de nuevo sobre la mesa con un suspiro, luchando por no sucumbir a un ataque de pánico.

Si alguna vez ha habido algún momento adecuado para tener un ataque de pánico, sin duda es este, se dijo a sí misma. Pero si dejaba que el terror se apoderara de ella, entonces no podría pensar. Y si no podía pensar, no saldría de esa. Y necesitaba salir de esa.

—Entonces, supongo que todo ese rollo que me contaste de que os echaron por lanzar hechizos de glamur era una patraña, ¿no?

Desde algún lugar detrás de su cabeza, oyó a Morgan reírse.

—Con eso nos castigaron ayudando en el servicio comedor. Nos expulsaron por la magia de sangre.

—Sí, en la universidad suelen ser muy estrictos con ese tipo de cosas —dijo Gwyn, tirando de las cadenas—. No logro imaginar por qué. Aunque, si te soy sincera, nunca me llamó la atención. ¿Que puedes obtener un poco más de poder? Sí. ¿Pero que *también* es asqueroso y superperverso? ¡Otro sí!

—No esperamos que lo entiendas.

Ese era Harrison, cerca de sus pies. Al ver la imponente figura de la doncella de hierro detrás del brujo, se dio cuenta de que estaban en el ático.

Genial.

—La magia tiene sus límites —continuó él—, pero si estás dispuesto a ir más allá, a sangrar, esos límites desaparecen y todo es posible. Puedes construir ciudades enteras de la nada, crear universos.

—Claro, pero tú no eres el que va a sangrar, ¿verdad? —ironizó ella.

—No —respondió Rosa, dando un paso adelante. Miró a Gwyn con un brillo sorprendentemente compasivo en los ojos—. Pero ninguno de nosotros tiene en su linaje a una bruja poderosa como Aelwyd Jones.

—Hablaba en serio cuando te dije que quería ayudarte a recuperar tu magia, Gwyn —confesó Morgan—. Nos habría venido mucho mejor si la hubieras tenido.

Gwyn recordó la conversación que habían mantenido fuera del ayuntamiento.

—Por eso me invitaste a venir a este puto ático —espetó.

—Sí. Pero entonces Harrison se dio cuenta de que teníamos que hacer el ritual antes de Samhain y se nos acababa el tiempo. Tenía que ser ahora, durante la luna nueva. —Morgan señaló el cielo oscuro que podía verse a través de la ventana del ático—. Y aunque tu magia haya desaparecido, por tus venas sigue corriendo la sangre de Aelwyd. Cuando la derramemos, su poder será nuestro. Graves Glen también será nuestro, y con todo un pueblo alimentando nuestra magia... —alzó las manos— seremos imparables.

—No creo que la cosa funcione así —dijo ella.

Morgan frunció el ceño y la miró con dureza.

—Creo que de este tema sabemos un poco más que tú, Gwyn. Todos nos hemos pasado los últimos diez años fortaleciendo nuestra magia mientras tú estabas aquí, vendiendo juguetitos a los turistas. He reunido algunos de los talismanes más poderosos del mundo, solo para esto.

Gwyn levantó la cabeza lo suficiente para mirar a su alrededor y contempló los cuadros, los aplastapulgares y el resto de los artefactos aterradores que ella y Wells habían visto. Así que de eso se trataba. Todas esas cosas estaban impregnadas de magia negra, fortaleciendo los poderes malignos de Morgan.

—Si quieres, podemos hechizarte primero —le ofreció Rosa—. Así no te dolerá.

Gwyn estuvo a punto de reírse ante eso. O de ponerse a llorar.

—Claro. Como si estuviera en el dentista y no en lo que diablos sea esto.

Morgan le puso una mano en la frente. Tenía la piel húmeda y fría.

—Se acabará rápido, te lo prometo. No nos gusta hacer sufrir a nadie. Pero la última vez nos dimos cuenta de que no basta con un poco de sangre. Vamos a necesitar toda la tuya.

El pánico que Gwyn había intentado controlar surgió de nuevo, haciéndola temblar un poco. Si hubiera tenido su magia, quizá hubiera podido con todos ellos... o no. ¿Pero sin ella?

Cuando Morgan y los demás empezaron a acercarse, cerró los ojos y respiró hondo. El hechizo que Rosa le había ofrecido debía de estar empezando a funcionar, porque sintió una especie de entumecimiento deslizándose por sus extremidades a medida que se le nublaba la vista.

Pensó en Vivi y en Elaine, y en Sir Purrcival y en sus novatillos.

Incluso pensó en Wells, cuando estaba detrás del mostrador de Penhallow, o en su cama, o a su lado. Cerró las manos en sendos puños y apretó los dientes.

Morgan estaba entonando algún cántico. Los otros se unieron a ella. La magia en la habitación crecía, haciéndose más poderosa.

Más oscura.

Iba a morir para que unos brujos ávidos de poder, vestidos con unas estúpidas túnicas, pudieran jugar a ser dioses.

¡Ni de broma!

El pensamiento le llegó de una forma tan potente a la cabeza que abrió los ojos de golpe y el entumecimiento del hechizo de Rosa desapareció *ipso facto*.

Ese no iba a ser el fin de Gwynnevere Jones.

Mientras seguía oyendo los cánticos, se concentró con todas sus fuerzas, moviendo los dedos.

Obtuvo una chispa como respuesta.

Sí, era débil, casi insignificante, pero allí estaba. Reprimió una sonrisa mientras la invadía una inmensa alegría.

Nadie puede quitarme mi magia, pensó. *Es mía. Y sigue ahí.*

Y así era. Podía sentirla, corriendo a través de ella, fluyendo por su sangre. Y en esa ocasión, cuando volvió a agitar los dedos no hubo solo una chispa.

Hubo fuego.

Cuando Wells apareció en el campo frente a la casa de Morgan, se le revolvió el estómago.

Y no precisamente por haber usado la piedra viajera.

La sensación de que algo malo pasaba con la magia que allí había ahora era diez veces más fuerte, como una putrefacción latente. Era tal el malestar que le provocaba, que apretó los dientes y se tambaleó hacia delante.

Todo estaba oscuro. Miró su reloj y vio que eran casi las tres de la madrugada.

La hora de las brujas.

A pesar del dolor de cabeza que tenía, se obligó a ponerse en marcha. Por el rabillo del ojo, vio a Sam, a Cait y a Parker, tropezándose en el suelo.

—¡Atrás! —les ordenó.

No habían mentido cuando le dijeron que el campo de magia que rodeaba la casa era muy potente. Aunque su cerebro no dejaba de gritarle que se diera prisa, que Gwyn estaba allí dentro, intentó concentrarse, buscando mentalmente algún punto débil y acumulando una ráfaga de magia que pudiera ser lo suficientemente fuerte como para abrir un agujero en él.

Cuando estaba a punto de reunir la energía suficiente para lanzar una descarga decente contra el campo, oyó un fuerte estallido y el sonido de cristales rompiéndose. Alzó la vista y observó horrorizado cómo una llamarada de fuego salía por una ventana de la parte superior de la casa.

No supo muy bien cómo atravesó el campo de magia o cómo entró en la casa. Lo único que supo fue que estaba mirando la llama, y al segundo siguiente, estaba dentro de la vivienda, subiendo la escalera del ático y abriendo la puerta de golpe.

Lo primero que vio fue a Gwyn, la magnífica y gloriosa Gwyn, viva y de pie, encima de una especie de mesa de piedra negra, con las manos brillando extendidas hacia delante. Sintió tal alivio, que estuvo a punto de caer al suelo de rodillas.

Entonces se dio cuenta de que se estaba enfrentando al imbécil de Harrison, que en ese momento estaba blandiendo una maza con púas en dirección a ella. La ráfaga que había estado preparando para destrozar el campo de fuerza no fue nada comparada con la que disparó contra ese hombre.

Cuando Harrison salió volando por los aires, estrellándose contra la pared, Gwyn volvió la cabeza hacia él y lo vio.

Y entonces sonrió.

Wells sintió esa sonrisa en cada célula de su cuerpo. Ningún amanecer habría sido más deslumbrante que esa sonrisa.

Pero no tuvo tiempo de perderse en ella porque Rosa fue hacia él, empuñando una aterradora espada medieval que logró esquivar mientras intentaba reunir la magia suficiente para hacerla retroceder.

Estaba agotado; el tiempo que había pasado fuera debía de haberle debilitado más de lo que creía. Su alivio al ver a Gwyn sana y salva y su enfrentamiento con Rosa no le permitieron ver que tenía a Morgan detrás de él hasta que oyó gritar a Gwyn:

—¡Wells!

Todo pareció ocurrir a cámara lenta. Morgan se acercó a él, mostrando los dientes, con los ojos desorbitados y con una daga de plata en la mano.

Va a apuñalarme, pensó, como si aquello le estuviera pasando a otra persona y él fuera un mero espectador.

En ese momento se produjo otra explosión de luz y Morgan se echó hacia atrás, agarrándose el brazo mientras la daga caía al suelo.

Gwyn estaba junto a él, con las manos todavía extendidas. Se fijó en que Morgan tenía el borde de la manga chamuscado, la piel de la mano roja y agrietada, y estaba mirando con un odio feroz a Gwyn, mientras retrocedía a trompicones.

Pero entonces chocó con uno de los baúles del ático. La cerradura oxidada cedió y cayó al suelo con un sonoro golpe.

Durante un instante, todo pareció congelarse y el único sonido que oyeron fue la agitada respiración de Morgan. Luego la tapa del baúl se abrió de repente con un aullido.

Wells oyó gritar a Morgan, pero sobre el ático pareció caer una especie de huracán, un viento salvaje que le hizo cerrar los ojos y abrazar a Gwyn con fuerza. Los aullidos no cesaban y sintió que se ponía a temblar de la cabeza a los pies.

De pronto, el baúl se cerró con un chasquido, como si fuera una enorme mandíbula, y el ático volvió a quedarse en silencio.

Miró a su alrededor, no había rastro de Morgan ni de los otros miembros de su aquelarre.

CAPÍTULO 35

—Francamente, todo este asunto ha sido una valiosísima lección de por qué no debéis tener nunca artefactos mágicos aterradores en vuestra casa —dijo Gwyn mientras se alejaba de la casa de Morgan, con Wells a su lado y Sam, Cait y Parker trotando a su alrededor—. Espero de corazón que la hayáis aprendido.

—¿Así que se los comió sin más? —preguntó Parker, estremeciéndose.

Wells soltó un suspiro y se metió las manos en los bolsillos.

—No exactamente. Creo que lo que Morgan tenía es lo que se conoce como un «atrapa almas». Succiona a la gente a otra dimensión y la mantiene allí cautiva. Es algo un poco desagradable.

—No tanto como que te coman —señaló Sam.

Gwyn no podía estar más de acuerdo.

—¿Y por qué no os succionó también a vosotros? —inquirió Parker.

Wells se encogió de hombros.

—Que yo recuerde, los atrapa almas se alimentan de energía negativa, y en ese aquelarre había un montón de almas oscuras. Supongo que, cuando las atrapó a todas, se... llenó.

Gwyn no pudo reprimir un escalofrío ante la idea, incluso después de todo lo que Morgan y su aquelarre habían intentado hacerle.

—Bueno, me alegra saber que mi alma sigue relativamente intacta a pesar de aquel año en el que fui al festival Burning Man —ironizó—. ¡Ah! Y del año en el que me corté el flequillo. En realidad, a pesar de todos los años desde el 2011 al 2014.

—Pero lo más importante de todo es... —señaló Cait, prácticamente dando saltos sobre la hierba húmeda— ¡que tu magia ha vuelto! —Se giró hacia Wells y le preguntó—: ¿Tu hermano consiguió hacerte llegar el hechizo a tiempo?

Gwyn se detuvo y lo miró.

Wells estaba... Bueno, era guapo estuviera como estuviese, esos pómulos de modelo seguían allí, pero se notaba que estaba exhausto, con ojeras y una barba desgreñada. La miró y esbozó una sonrisa.

—No —contestó él—. Eso lo ha logrado ella sola.

—¡Dios, Glinda, eres tan cojonuda! —exclamó Cait.

Sam y Parker asintieron y Sam entrelazó un brazo con el de ella.

—La mejor mamá bruja de la historia —dijo.

Gwyn se rio, cansada pero feliz, y apoyó la mejilla en el reluciente cabello de Sam.

—Sigo pensando que debería castigaros por haberos puesto en peligro de esa forma. Morgan y sus amigos iban muy en serio. Prometedme que no volveréis a hacer nada parecido a esto nunca más.

—Lo prometemos —corearon los tres.

Sam lanzó una mirada furtiva a Wells.

—También fuimos a Gales. Usando *magia*.

—Y conocimos al aterrador hermano de Wells.

—Y, aunque no lo dijo, creo que se quedó bastante impresionado de que nos transportáramos allí.

Los tres siguieron hablando, superponiéndose entre sí y poniéndola al corriente de todo lo que había pasado. Gwyn los escuchó y sonrió cuando debía, pero no dejó de mirar de reojo a Wells y él hizo lo mismo. Quería pegarlo, besarlo y preguntarle dónde narices se había metido. Se prometió que eso sería lo primero que haría cuando se quedaran a solas.

Sin embargo, cuando gracias a la piedra viajera, aparecieron al pie de los escalones del porche de Gwyn, se dio cuenta de que eso iba a tener que esperar.

—¡Gwyn!

Vivi salió disparada por la puerta de entrada, con Elaine pisándole los talones. Gwyn corrió hacia ellas con el corazón a toda velocidad y se lanzó a sus brazos.

—¿Qué hacéis vosotras dos aquí?

—Percibimos que algo iba mal —dijo su prima.

—Las dos. Casi al mismo tiempo —confirmó su madre, alargando la mano para alisarle el pelo, mientras ella se apretaba contra aquella caricia, con lágrimas en los ojos.

Cuando pensó en ellas, en aquella horrible mesa, la habían sentido. Habían sabido que las necesitaba y habían regresado a casa para ayudarla.

—Ha sido una noche muy larga —les dijo—, y la historia es más larga todavía, pero os puedo adelantar algo. Por cierto, Wells...

Sin embargo, cuando se volvió para mirarlo, Wells ya no estaba.

Había hecho lo correcto al dejar a Gwyn a solas con su familia, pensó Wells, mientras se sentaba en su oscuro salón, solo.

Ella las había echado de menos y tenía muchas cosas que contarles, y él no quería sentarse allí, como un incómodo invitado, mientras Gwyn les explicaba todo lo que su padre había hecho.

Así que sí. Estaba siendo un caballero.

Una persona noble.

—Estás siendo un puto imbécil.

Wells soltó un suspiro y se volvió hacia la puerta de entrada. Había dejado las luces del porche encendidas y pudo ver a una figura que probaba el pomo de la puerta y gritaba:

—¡Eh, nenaza! Sé que estás ahí dentro, compadeciéndote de ti mismo. Déjame entrar.

Sabía por experiencia que Rhys no se iría hasta que no hubiera dejado clara su opinión, así que se levantó y abrió la puerta.

Su hermano pequeño dio un empujón a la puerta y entró. Se le veía exasperantemente descansado y feliz.

—No estoy compadeciéndome de mí mismo. Solo le he dado a Gwyn un poco de espacio.

—¿Te ha dicho ella: «Quiero que me des espacio»? ¿O estás haciendo lo que siempre haces, asumiendo que sabes más que todo el mundo?

—He de decir, para que conste, que no te he echado nada de menos. En realidad, creo que Vivienne y tú deberíais hacer una segunda y mucho más larga luna de miel. Posiblemente viajando a la luna de verdad.

Rhys sonrió de oreja a oreja y le dio una palmada en el brazo.

—¿Y volver a perderme todas estas emociones? Jamás.

De pronto, se oyó un estruendo en el comedor. Ambos se volvieron y se encontraron con Bowen, tambaleándose un poco sobre sus pies, pero con su habitual mal humor.

—Rhys —dijo Bowen.

Rhys hizo una mueca y se balanceó sobre sus talones.

—¿Qué diablos estás haciendo aquí? Espera, ¿esto es una especie de quedada de hermanos? ¿Hemos hecho una quedada de hermanos para meternos con Wells por ser un desastre y nadie me lo ha dicho?

—Cállate, Rhys —dijeron Wells y Bowen al unísono. Luego se miraron entre sí antes de volver a clavar la vista en su hermano pequeño.

—Creo que no hemos estado los tres juntos en la misma habitación en, al menos, cinco años —dijo él, aunque no sabía si iba a lamentar romper esa tendencia.

—Vamos a servirnos un trago —masculló Bowen.

Al final, necesitaron varios tragos. No solo hablaron de su padre, sino que Wells puso a Rhys al corriente de todo lo que había sucedido mientras había estado en su luna de miel, desde la aparición de Morgan hasta un resumen (muy sintetizado) de cómo estaban las cosas con Gwyn. Para cuando terminó, casi habían acabado el wiski bueno de su padre.

—Sabía que papá era un imbécil —comentó Rhys con un suspiro—, pero jamás pensé que haría algo así.

—Creo que perder el pueblo le afectó más de lo que nos imaginamos. —Wells giró el vaso entre sus manos. Rhys le dio una palmadita en la rodilla.

—Lo siento, hermano. Bowen y yo nunca nos llevamos bien con él. Pero vosotros dos teníais una relación más estrecha. Te has tenido que llevar una gran decepción.

—Mmm —fue la única respuesta que pudo ofrecer. Aunque luego le dio un golpe a Rhys en la pierna y su hermano le sonrió.

—¿Y ahora qué? —quiso saber Rhys—. ¿Pueden los hijos repudiar a sus padres?

—Puede que no de forma legal, pero sí desde un punto de vista sentimental —respondió él, con gesto sombrío.

Había querido a su padre. Puede que una parte de él siempre lo quisiera. La vida sería mucho más sencilla si se pudiera dejar de querer a la gente a voluntad, pero Wells sabía que la cosa no funcionaba así.

Sin embargo, en su vida no tenía cabida un hombre como Simon. Eso era algo a lo que se había resignado durante la larga semana que había pasado en la montaña de Bowen. Tenía a sus hermanos (por muy capullos que fueran) y con eso le bastaba.

Bueno, casi.

Aunque ya lidiaría con eso más tarde. En ese momento, estaban hablando de su padre.

—Ahora mismo nuestro padre, *Simon*, es más poderoso que nunca —les recordó—. Y aunque no pueda recuperar este pueblo, estoy seguro de que tiene algún otro plan en mente. Tal vez el *pub*. Todavía queda algo de la antigua magia Penhallow.

—Antes de declarar la guerra a papá voy a necesitar, como mínimo, una siesta y otro trago —dijo Rhys—. Pero estoy dispuesto a hacerlo si vosotros también lo estáis.

Wells asintió. Sin embargo, Bowen, para su sorpresa, se bebió lo que le quedaba del vaso y se puso de pie.

—Ambos tenéis muchas cosas que solucionar aquí —dijo. Luego lo señaló—. Sobre todo tú.

—¡Por las pelotas de san Bugi! Me encanta este nuevo mundo en el que todos quieren que sea Wells el que se ponga las pilas y no...

—Cállate, Rhys —volvieron a espetar Bowen y él.

Luego Bowen dejó el vaso en la mesa baja de un golpe y dijo:

—Yo me ocuparé de papá.

No tuvo ni idea de lo que quiso decir exactamente con eso, pero después de haber estado en su cabaña, no dudaba de que su hermano estaba bien preparado para cualquier tipo de confrontación mágica.

—Bien —convino él.

—¿Qué? —se quejó Rhys, incrédulo—. ¿No le vas a dar ningún sermón, ni le vas a recordar lo que debería o no hacer? ¿No me vas a dedicar ningún insulto aunque solo sea para divertirnos un rato? Has cambiado.

Wells ignoró a su hermano pequeño, pero esbozó una sonrisa, al igual que Rhys.

Incluso Bowen podría haber estado sonriendo también bajo esa tonelada de pelo facial.

—Entonces él se encarga de papá —continuó Rhys—. Y, por primera vez en mi vida, no he metido la pata y no tengo nada que solucionar, salvo que hemos venido con tanta prisa, que creo que mi magia he enviado nuestro equipaje a Georgia el país, en vez de a Georgia el estado, pero seguro que Vivienne lo entiende. En cuanto a ti...

Le dio a Wells otro golpe en la pierna y él suspiró.

Sí, en cuanto a mí...

Bowen, como si le hubiera leído el pensamiento, hizo un gesto hacia la puerta y, según supuso, hacia la cabaña de Gwyn.

—Así que recuperó su magia ella sola. Sin necesidad de ningún hechizo. —Cuando Wells asintió, Bowen soltó un gruñido—. Es la primera vez que oigo algo parecido.

—No conoces a Gwyn Jones —dijo Wells con una leve sonrisa.

Rhys echó la cabeza hacia atrás y se rio.

—¡Ah! Así es como suena un hombre que ha caído en las garras del amor. Conozco muy bien la sensación.

Wells no se molestó en llevarle la contraria. Estaba perdidamente enamorado de Gwyn. Algo que, a esas alturas, todo el mundo debía de saber.

Todo el mundo, excepto la persona más importante de todas.

CAPÍTULO 36

Gwyn se imaginó que el hecho de haber estado a punto de ser sacrificada en un ritual de magia negra le daba a una chica la excusa perfecta para dormir hasta tarde, así que, al día siguiente, no se presentó en Algo de Magia hasta el mediodía. Su madre le había dicho que no hacía falta que fuera, pero quedarse en casa solo habría hecho que estuviera más nerviosa, y eso no le habría venido bien.

Lo que de verdad necesitaba era volver a la normalidad. Y nada le parecía más normal que su tienda.

El centro del pueblo estaba bastante tranquilo ya que era un día entre semana, pasado el mediodía. Mientras abría la puerta, miró de reojo la tienda Penhallow.

Vio que estaba colgado el cartel de abierto.

Entonces, todavía sigue aquí.

Después de que Wells desapareciera la noche anterior, Rhys había ido tras él, y cuando había regresado a la cabaña, le había confirmado que Wells estaba en su casa, justo un poco más arriba de la montaña.

Al menos era algo.

También había vuelto por ella. Y, según Cait, había estado trabajando con su hermano en algún hechizo de reversión. De modo que Gwyn había tenido razón, Wells no había querido volver a Graves Glen hasta que no tuviera una solución.

Un detalle muy propio de Esquire.

Y, sin duda, ahora se mantendría alejado, porque supondría que ella no quería verlo, también muy típico de Esquire, y esperaría a que ella diera el primer paso. Sería un caballero hasta el final.

Bueno, a ella se le daban muy bien los primeros pasos.

Se alejó de Algo de Magia y cruzó la calle hasta Penhallow, pensando en lo que le iba a decir. Le confesaría que lo había echado de menos, pero que le había dolido que se fuera, que esa autoflagelación no iba con ella y que él no podía decidir por su cuenta si ella estaba enfadada o no con él.

El paseo fue corto, pero le había proporcionado el tiempo suficiente para que su cabeza trabajara a toda velocidad. Abrió la puerta de Penhallow y oyó la campanilla sonar con fuerza.

—Mira, no vamos a hacer esto... —empezó, pero entonces, el espectacular discurso que había preparado empezó a disolverse como si de una niebla se tratara.

Wells estaba de pie frente al mostrador, con una larga túnica negra. Una de esas túnicas formales de brujo, de las que ella solía burlarse.

La prenda era de lo más ceremonioso, pero el sombrero puntiagudo que tenía en la mano, con estrellas plateadas, y que ella vendía de vez en cuando en Algo de Magia, no.

Wells tenía los ojos rojos, y cuando la vio, los abrió de par en par. Los dos se quedaron en silencio, mirándose.

—Llevas una túnica —dijo por fin ella, frunciendo el ceño.

Wells se miró a sí mismo, con el sombrero puntiagudo todavía en una mano.

—Sí. Me... Me di cuenta de que me había perdido la Feria de Otoño, y como habíamos hablado..., bueno, supongo que bromeado, que yo iría con túnica y Rhys me dijo que quizá tendría que hacer un gran gesto, tenía pensado ir a tu tienda de esta guisa. El sombrero era para... que te hiciera gracia. Y como también es un poco humillante, pensé que lo disfrutarías, ya que parece que una de las cosas que más te divierte es burlarte de mí, y que conste que no me molesta. ¡Ah! También había comprado esto.

Echó la mano hacia atrás y alcanzó del mostrador una bolsa de terciopelo que enseguida reconoció. Le entraron tales ganas de reírse que hasta le dolieron las mejillas.

—Así que pensaba ir a tu tienda con la túnica, el sombrero de broma y el brillo corporal comestible, y después de suplicarte perdón por tener un padre que es un monstruo, y por no creer al principio que lo era, y también por largarme sin decirte que iba a volver (la parte de la disculpa iba a ser un poco larga), te iba a ofrecer el brillo corporal y a soltar una réplica ingeniosa y demoledora sobre cómo, aunque estuvieras furiosa conmigo, si alguna vez necesitabas una excusa para besarme, yo podría proporcionarte una.

Ahora le costaba un poco respirar y tenía las orejas rojas. Gwyn intentó poner una expresión muy solemne mientras él continuaba:

—Pero cuando me he puesto la túnica, me he dado cuenta de que parecía un poco imbécil, y entonces he empezado a pensar que un plan que se te ocurre cuando llevas veinticuatro horas sin dormir y solo te has alimentado de té y del alivio de saber que estás viva, puede que no sea el plan más inteligente del mundo. Y también he llegado a la conclusión de que, si nunca he hecho caso a Rhys, por qué voy a hacer ahora una excepción, en uno de los momentos más trascendentales de mi vida, cuando estoy intentando recuperar a la mujer de la que estoy enamorado. Y justo a los tres segundos después de tener esa epifanía has entrado tú —terminó él, lanzando el sombrero sobre uno de los butacones como broche final a ese sorprendente discurso.

Gwyn parpadeó y Wells la miró fijamente, con el pecho subiendo y bajando agitado, el puño en la cadera y el pelo alborotado. Ahí fue cuando se dio cuenta de que llevaba un zapato negro y otro azul marino. Un detalle que habría hecho que se enamorara de él, si no lo hubiera hecho ya en algún momento entre la noche en que encontró a sir Purrcival y el día de la primera fiesta importante del pueblo, cuando entró en esa misma tienda y lo vio llenando las tazas de té, agobiadísimo.

—Eres un desastre —le dijo—. Y no solo en este preciso instante; puede que hasta en lo más básico.

Wells asintió.

—Así es. Suelo disimularlo bien, pero sí, Gwynnevere, soy una ruina absoluta de hombre.

Gwyn se acercó hacia él un poco más, con el corazón desaforado.

—Y yo que pensaba que tú eras el responsable de los dos.

—Una farsa. Un trampantojo de proporciones épicas.

Gwyn se rio y, a medida que se iba acercando, vio que él la estaba mirando con un brillo de ternura y pasión en los ojos.

—¿No es un poco raro que me guste esta versión de ti? Ni siquiera puedo llamarte Esquire cuando te pones así.

—Puedes llamarme lo que te dé la gana —le dijo él con una expresión de tal anhelo, que a ella se le hizo un nudo en la garganta—. Wells, Esquire, el imbécil que trabaja enfrente. Lo que sea —continuó él.

Gwyn tragó saliva con fuerza, alargó un brazo, rozándole la mano y entrelazando los dedos con los de él un instante.

—¿Y si solo quiero llamarte «mío»? —preguntó ella en voz baja.

Wells le apretó la mano.

—Lo seré hasta el día en que me muera.

Gwyn levantó la cabeza y lo miró a los ojos.

—Entonces, supongo que hablabas en serio cuando has dicho que soy la mujer de la que estás enamorado.

Wells hizo una mueca de dolor.

—Sí, lo he dejado caer en medio de esa loca diatriba que te he soltado, ¿verdad? La he cagado tanto en la disculpa *como* en la declaración de amor. Bien por mí.

Pero Gwyn hizo un gesto de negación con la cabeza.

—No, la última ha sido mejor. A ver, sí, quiero que te arrastres, suplicando por mi perdón, porque ¿a qué chica no le gusta una disculpa así? Creo que hasta la voy a grabar con el teléfono. —Wells emitió un sonido que bien podría haber sido una carcajada y ella tomó una profunda bocanada de aire, colocando entre ellos sus manos unidas—. Hacía tiempo que nadie me decía que estaba enamorado de mí. Y más tiempo aún desde la última vez que yo lo dije. —Wells se había quedado inmóvil, observándola; algo que, de alguna manera, hizo que lo que en el pasado le había costado horrores decir, ahora le resultara tan fácil como respirar—. Pero te quiero, Wells.

Wells entrelazó los dedos con los de ella y tragó saliva. Gwyn alzó la mano y le dio un ligero tirón en la barba.

—Y esto es lo que quiero —continuó—. No grandes gestos. Solo a ti. Todo tú. La parte que es un desastre y la parte que dice expresiones pedantes como «en lo sucesivo».

—Yo nunca he dicho eso —se quejó. Cuando ella lo miró, añadió—: Al menos a ti.

Sin dejar de sonreír, Gwyn bajó la cabeza y le besó los nudillos.

—Quiero al hombre que encuentra a una mascota perdida, al que me hace un buen guiso y al que habla como si estuviera representando una obra de teatro clásica, pero también el que me hace el amor en la parte trasera de una camioneta.

Wells le apartó un mechón de pelo de la cara con la mano que tenía libre.

—Yo también quiero todas tus partes —confesó él—. A la bruja poderosa y a la mujer a la que no hay nada que le guste más que tomarme el pelo cuando me lo merezco. A la mujer a la que adoran los gatos parlantes, los novatillos y todo el mundo que la conoce porque lo único más impresionante que su magia es su corazón. Te amo, Gwyn Jones.

—Pues eso es lo único que importa —dijo ella, con una alegría que fluyó por sus venas y su corazón con el mismo poder que su magia.

Y el beso que él le dio también fue mágico, lento y minucioso, una promesa, una declaración de amor y una disculpa. Gwyn lo aceptó todo, abrazándolo y fundiéndose con él por lo natural que era todo aquello.

Pero justo en ese momento, oyeron unos golpes y tuvieron que romper el beso. Se separaron y miraron hacia el escaparate. Allí estaban Sam, Cait y Parker, con las caras prácticamente pegadas al cristal.

Parker, golpeando el cristal con el puño, Sam gritando y Cait derritiéndose por ellos.

—Bárbaros —gruñó Wells, pero estaba sonriendo.

Gwyn también se rio, incluso cuando les hizo un gesto con la mano para que se largaran de allí.

—Si me quieres, también tienes que querer a mis novatillos —dijo ella.

Él la miró, sonriendo.

—Lo primero es lo más fácil que he hecho en mi vida. Lo segundo quizá requiera un poco de práctica.

—Será mejor que empieces ya mismo —replicó Gwyn—. Creo que esos tres van a ser una parte fundamental del emporio Jones y Esquire.

Sin dejar de sonreír, Wells le rozó los labios con los suyos.

—Penhallow y Jones.

Gwyn le devolvió el beso.

—Jones y Penhallow es mi última oferta.

—Lo hablamos en casa —repuso él, antes de volver a besarla.

Gwyn se dio cuenta de que no sabía si se refería a su cabaña o a la mansión familiar encantada, pero le daba igual.

Su casa estaría dondequiera que estuvieran los dos juntos.

Agradecimientos

Llevo en esto de la escritura el tiempo suficiente para pensar que me acordaría de ese proverbio de los escritores que dice que los segundos libros siempre son una bestia. ¡Y vaya si lo son! Aunque teniendo en cuenta lo testarudos que son tanto Wells como Gwyn, no debería haberme sorprendido de que me metieran tanta caña en su camino hasta el «y fueron felices para siempre».

Por suerte para mí, tenía fuerzas poderosas de mi lado en la forma de mi increíble editora, Tessa Woodward, y mi fabulosa agente, Holly Root. Tessa, tu paciencia y tu apoyo con este libro lo han sido todo para mí. Holly, si dieran una medalla de oro por sacar a los autores de sus crisis tendrías una habitación entera llena de ellas. Gran parte de conseguir publicar un libro se reduce a trabajar con buenas personas, ¡y tengo la inmensa fortuna de poder trabajar con lo mejor de vosotras dos!

Gracias a todo el mundo de Avon/HarperCollins, tanto por su apoyo a estos libros como por su buen hacer.

Como siempre, no podría hacer esto sin el apoyo de mi familia y mis amigos, un poderoso aquelarre.

Por último, ha sido un placer ver a sir Purrcival convertirse en la estrella de estos libros (¡COMO TENÍA QUE SER!). Es un personaje que me inspiraron mis dos gatos negros, un par de hermanos que adopté en una protectora local en 2018. Son unos pequeñajos absolutamente maravillosos, pero los gatos negros siguen teniendo problemas para ser adoptados por un montón de factores que van desde la superstición, hasta el miedo a que no sean muy fotogénicos (¡aunque si echáis un vistazo a mi Instagram veréis que eso no es cierto!). Así que, si estás pensando en adoptar un gato, espero que pienses en sir Purrcival cuando pases por tu protectora y te lleves a casa tu propio gato brujo.

RIN STERLING, que también escribe como Rachel Hawkins, es la autora de los superventas del New York Times *Mi ex y otras maldiciones* y *The Wife Upstairs,* así como de múltiples libros para jóvenes. Su obra ha sido traducida en más de una docena de países. Estudió «Género y sexualidad en la literatura victoriana» en la Universidad de Auburn y actualmente vive en Alabama.

¿TE GUSTÓ ESTE LIBRO?

escríbenos y
cuéntanos tu opinión en

 /Sellotitania  /@Titania_ed

/titania.ed

#SíSoyRomántica